叶圣陶文学作品选读

主审 杨 斌
主编 项春雷 魏 群

苏州大学出版社
Soochow University Press

图书在版编目(CIP)数据

叶圣陶文学作品选读 / 项春雷,魏群主编. —苏州:苏州大学出版社,2016.11
ISBN 978-7-5672-1869-7

Ⅰ.①叶… Ⅱ.①项… ②魏… Ⅲ.①中国文学-现代文学-作品综合集 Ⅳ.①I216.2

中国版本图书馆 CIP 数据核字(2016)第 241925 号

叶圣陶文学作品选读

项春雷　魏　群　主编

责任编辑　史创新

苏州大学出版社出版发行
(地址:苏州市十梓街1号　邮编:215006)
宜兴市盛世文化印刷有限公司印装
(地址:宜兴市万石镇南漕河滨路58号　邮编:214217)

开本 787×1092　1/16　印张 12.75　字数 279 千
2016 年 11 月第 1 版　2016 年 11 月第 1 次印刷
ISBN 978-7-5672-1869-7　定价:28.00 元

苏州大学版图书若有印装错误,本社负责调换
苏州大学出版社营销部　电话:0512-65225020
苏州大学出版社网址 http://www.sudapress.com

《叶圣陶文学作品选读》编委会

主　审　杨　斌
主　编　项春雷　魏　群
副主编　周月芳　钱　静
编　者　陈　佳　葛　娴　蒋　涛
　　　　祁小芸　吴兆华　张　磊

前言

　　1894年10月,苏州的一个家境清苦的贫寒之家,一个男孩呱呱坠地,在地主家做账房的父亲为孩子起名绍钧,字秉臣,用的是《诗经》中的句子:"秉国之均,四方是维。"父亲期望儿子将来能干出一番大事业。

　　1907年,仅读一年小学的叶绍钧跳级进入刚刚成立的公立苏州第一中学堂。叶绍钧在这里一读就是五年,接受了完全新式的教育,不仅受到西方现代科学的思想启蒙,而且还接受了现代教育的壮丽洗礼。辛亥革命来了,绍钧自觉名字有点"陈旧",请老师帮助改名,老师取"圣人陶钧万物"之意,为他取号"圣陶"。这是一次意味深长的改名。不管是有心还是无意,"陶钧万物"事实上成了叶圣陶一生的志业追求。

　　中学毕业前夕,叶圣陶在日记中认定了自己的人生志向:"此身定当从事于社会教育,以改革我同胞之心。"1912年,叶圣陶中学毕业后开始在苏州的小学任教。1914年,教学闲暇,叶圣陶开始文言小说创作。这年的6月10日,叶绍钧在《小说丛报》第2期发表文言小说《玻璃窗内之画象》,署名"圣陶"。以后他又把姓"叶"与笔名"圣陶"连了起来,成为著名于世的笔名。1918年,叶圣陶发表第一篇白话小说《春宴琐谭》,20年代陆续出版了《隔膜》《火灾》《线下》《城中》《未厌集》等短篇小说集,以及长篇小说《倪焕之》。早期小说大多描写知识分子和小市民的灰色生活,代表作品如《潘先生在难中》等;后转向摄取与时代斗争有关的重大题材,如《夜》《倪焕之》等,较为深刻地反映了第一次国内革命战争前后的社会现实。他的小说呈现出朴实冷隽的艺术格调。

　　叶圣陶是中国现代童话创作的拓荒者。叶圣陶在任小学教师后,经常给孩子们讲童话,看到孩子们"皆乐而静听",就萌生了也要创作童话的念头。1916年,叶圣陶推出第一个童话故事《稻草人》,之后《旅行家》《小白船》《古代英雄的石像》《一粒种子》《快乐的人》等陆续推出。他的童话构思新颖独特,描写细腻逼真,富于现实内容。鲁迅说,叶圣陶的"《稻草人》是给中国的童话开了一条自己创作的路的"(《表·译者的话》)。

　　抗日战争爆发后,叶圣陶辗转到四川工作和生活,写作以散文和文艺评论为主。主要散文集有《脚步集》《未厌居习作》《西川集》《小记十篇》等。他的散文感情朴实,意趣隽永,语言洁净,大多具有厚实的社会内容。《藕与莼菜》《五月卅一日急雨中》《牵牛花》等是他散文中各具特色的名篇。

与其他文学作品相比,叶圣陶的诗歌创作时间更早,中学时代即开始旧体诗词写作,五四新文化运动中他竭力提倡写新诗。他在诗歌创作上忠于"真实恳切"的创作原则,对新诗歌运动的发展做出了重要贡献。抗战爆发后,叶圣陶避寇入川,逃亡途中,以及旅居重庆、乐山、成都、贵州、桂林等地的见闻和感触太多了,他用旧体诗词抒写生活和感怀,寄托爱国忧民、严辨夷夏的思想感情,以及朝夕怀想、时萦梦寐的思乡念友之情。《鹧鸪天》《江行杂诗》《水龙吟》《和佩弦》等诗一写出来便不同凡响,无一首不臻上乘。汇集在这本选编中的十几首诗词,都是叶圣陶诗词中的精品。他写于1957年的诗作《悼亡》,表达了对妻子去世的无限悲痛与对妻子的怀念之情,读来令人唏嘘不已。

他的作品就是这样,如同一面镜子,反映着真相与现实。他表达的情感和感受构筑了真相与现实的基础,使他的文章充满无穷的力量。

文学批评家哈罗德·布鲁姆在《影响的焦虑》中说过这样的话:我们都是莎士比亚的孩子。因为"莎士比亚为我们创造了心智和精神,我们只是姗姗来迟的追随者"。他还说,"莎士比亚为我们所有人思考了所有的问题"。

爱默生也有类似的观点:莎士比亚"为现代生活写好了教科书"。

我们是否也可以这样说叶圣陶:"我们都是叶圣陶的孩子","叶圣陶为我们创造了心智和精神,我们只是姗姗来迟的追随者","叶圣陶为我们所有人思考了所有的问题","叶圣陶为中国现代生活写好了教科书"。

他的文学作品不是用来供人消遣的,而是用认知和对现实的思考来填充人们的余暇。

作为叶圣陶五年中学的母校,江苏省苏州第一中学多年坚持学习实践叶圣陶教育思想,长期开设"叶圣陶文学作品选读"的校本课程。为了提高这门选修课的教学质量,也为了让同学们更好地阅读叶圣陶文学作品,我们组织部分语文老师编选了这本《叶圣陶文学作品选读》。为了便于同学们更深入地阅读和理解叶圣陶文学作品,我们在每个单元加了导读,每一篇作品皆有"阅读提示"和"赏析品鉴"。希望有更多的青少年同学喜爱上叶圣陶文学作品。

由于我们对叶圣陶文学作品研究水平有限,错谬之处,在所难免,竭诚欢迎批评指正。

中学时代为爷爷的一生开了个好头

（代 序）

叶小沫

叶圣陶先生中学时代早年是苏州公立第一中学的学生,这所百年老校就是现在的江苏省苏州第一中学,当年它坐落在玉带河草桥南堍路东,因此又被当地人称为草桥中学。为了让同学们对这位老校友有更多的了解,一中的语文老师特地选编了这本《叶圣陶文学作品选读》,为的是让大家通过读他的作品,更好地了解他的作文和做人。叶圣陶先生的文学作品很多,老师们精心挑选了适合同学们阅读的小说、童话、散文和诗歌共五十多篇,并认真地为每一篇作品写了"阅读提示"和"赏析品鉴"。老师们的这份真心诚意,同学们在阅读这本书的时候,一定会深切地体会到。做老师的总是想着要把最好的东西送给学生,这本由他们编选的《叶圣陶文学作品选读》就是一个很好的例证。

叶圣陶先生是我的爷爷,一中的老师希望我能为这本集子写一篇序,我很想借这个机会和同学们说说话,于是就愉快地答应了。在这里我不想解读爷爷的这些文学作品,有了老师的指导,同学们的阅读收获一定比我说的要深刻得多。我想和同学们说的是爷爷在你们这个年龄,在你们的这所学校里的那段生活。看看中学时期的叶圣陶爷爷都在想些什么,做些什么。

1907年,爷爷以优秀的成绩越级考入了新创办的苏州公立第一中学,成了这个学校的第一批中学生。在那个时代,这是一所按现代教育办的全新的学堂。和旧学堂不一样,学校开设了国文、英文、算学、博物、经学、修身、历史、地理、化学、体操、唱歌和图画等新式课程,学校和老师们创造各种条件,鼓励学生自由发展。中学时期是青少年成长最活跃的阶段,又赶上中国正处在从改良主义的"维新运动"过渡到民主革命运动的大变革年代,爷爷在草桥中学五年的生活,为他的身体、学习和思想的成长都打下了很好的基础,更为他一生的发展开了个好头。咱们一起来回顾一下爷爷在这个时期做过的几件事。

开始写日记　1910年11月2日,爷爷开始写日记,在日记前面他写了一篇小序。在这篇二百多字的序的最后他写道:"以今日为十七岁之第一日,故即以今日始。且我过失孔多,已而察之,之至日记;已而不察,人或告知,亦志之日记:则庶以求不贰过也。"从这句话来看,爷爷写日记的初衷不过是为了自省,记录自己的过失,以求不再重犯。其实从一开始,他在日记中记的,就不只是检讨和改过,更多的是他的学习、生活、工作和交友。从那以后,爷爷坚持天天写日记,以至于像刷牙洗脸一样成了习惯,直写到九十多岁,视力衰弱得看不见了才停笔。爷爷的一生挺长,活了94岁,经历了清朝末年、辛亥革命、五四运动、抗日战争、解放战争、建立新中国和包括"文化大革命"在内的历次运动。毫不夸张地说,爷爷写的那些日记,就是一部他生活的那些年代的史记。除了在战乱时散失了的十几年的日记外,最近我们整理下来的就有七百多万字,不久将会出版。不能忘记的是,爷爷写日记,始自中学时代。

　　参加军事训练　草桥中学的校长袁希洛先生,是我国近代革命的先驱,同盟会在江苏的负责人,又是著名的教育家。他推崇武功,认为"上课钟当为醒世钟,操场当视为战场,学生当自认为军人"。在他的倡导下,学生们参加了许多军事训练。爷爷小时候身体比较柔弱,在草桥的军事训练,让他喜欢上了体育。他的日记里记录了许多训练时的片段,随便摘取一段:"午后即雨,第五时体操,诸人皆欲于雨中演戏战功,魏先生允之。遂先至钟楼头,令五六人为敌人而已破城而入者,其余皆为拒之者。继则复云敌人在北局一带,乃出死队拒之,而与巷战,每队五六人,队队所行之路不同。是时雨甚大,衣尽湿,及至北局,获敌二人,旋即归校。"三年多的军事训练,让弱不禁风的爷爷变得健康和勇敢。直到中年,爷爷还写过一篇散文《掮枪的生活》,回忆中学时代,他在文章的最后说:从前的掮枪生活,现在回想起来,颇带一些浪漫意味。这在当时主张军国民教育的人来说,自然是失败了。然而我们这批人的青年生活却因此得到了一些润泽。

　　结社和办报　中学时期,爷爷的爱好颇多,他做诗词,刻图章,写扇面,还热心地把这些本事教给同学们,因此深得同学们的信任。爱好文学的同学结合在一起创办了"放社",推举爷爷做盟主。大家经常聚在一起吟诗、连诗、填词、嵌字、对对子。1911年5月,爷爷和几个好朋友受社会上革命志士为了唤起民众争相办报的影响,办起了年级小报《课馀》,后改名《课馀丽泽》。他在29日的日记里写道:"晨到校绝早,书玉忽提倡组织一种专讲科学之印刷物,以发行于校中。余遂取名曰《课馀》,因作发刊词一首,其他撰稿者则笙亚、书玉、藩室也,而怀兰专任图画。至课毕时共出四张,又画二张,以后则每日两张画一张也。诸同学皆出纸,订阅几遍全堂。"爷爷这里说的"全堂"就是全校。一张钢笔版油印小报,引得全校的同学都来订阅,后来学校各年级纷纷效仿,办起了属于自己年级的报纸。看来,无论是当年还是如今,处在中学时期的学生,都喜欢探索和创新,这种精神永远鼓励年轻人上进。这中学时代的结社和办报的经历,是为爷爷走上文学和编辑的道路铺下的第一层路基。

　　剪掉辫子　1911年10月10日,国内爆发了震惊中外的辛亥革命。11月4日,革命党人从上海来苏州,没费一枪一炮苏州就光复了,革命形势令爷爷兴奋不已。当时拥护辛亥革命的人掀起了剪辫子的潮流,留辫子意味着支持清政府,剪辫子表示拥护辛亥革命。11月5日,爷爷剪掉了在他头上长了十几年的辫子,他非常认真地对待这件事情,把它看成是新生活的开始。在那一天的日记里他写道:"盖近日同学中剪去者已十之八矣。余应之,即请令时捉刀。'嗑榻'一声,'豚尾'之嘲已解,更徐徐修整,令之等长。揽镜自照,已不出家僧矣。而种种居止行动得以便捷,则我生自今日始也。"

投稿书情怀 1911年的11月,苏州有了第一张铅印的《大汉报》,只有17岁的爷爷为此写了一首七古《大汉天声》,抒发自己的壮志豪情。11月21日,《大汉报》刊登了爷爷这首充满激情的词。22日,爷爷在日记中录下了整首诗:"黄鹤楼高高百尺,登楼一呼咸感格。三吴灵秀肯人后?一夜城头旗尽白……未流点血飞一弹,妇欢孺悦次改革……起我同胞扬轩辕,保护我自由,张大我汉魂,世界末日君上存。"词的前面几句说的是苏州光复的经过,当时学校用挂白旗来表示大家"雪耻"的决心。词的最后几句,爷爷写下了自己的希望,要"起我同胞扬轩辕,保护我自由,张大我汉魂,世界末日君上存"。不难看出,中学时期的爷爷就已经是一个满腔正义、以天下为己任的热血男儿了。从此,这样的凛然正气贯穿他的一生,无论在什么年代,他都站在战斗的前沿,用他手中的笔,发出自己的声音。

交结好朋友 草桥中学是一所好中学,聚集了一批优秀的年轻人。爷爷在这个时期就结交了许多好朋友,每逢星期天同学们就聚集在一起,或者到茶馆,或者到苏州的园林,讨论时事政局,谈天下大事。爷爷在提及他早年的交友时说:"做诗词,作画,刻图章,游西郊诸山,而常入茶馆吃茶,同学间畅谈无禁,往往至数小时,尤为今人所弗晓。时作玄想,好谈国外新事物,颇受上海报章杂志影响,古诗文与新译作并为课良伴。"看爷爷这段文字,不禁让人想起毛主席的几句诗词:"恰同学少年,风华正茂;书生意气,挥斥方遒。指点江山,激扬文字,粪土当年万户侯。"看来在那个年代,有志向的年轻人大多是这样的。爷爷中学时代的朋友,很多成了他一生的至交。顾颉刚、王伯祥、吴湖帆、吴宾若等一批优秀的人才,在以后的日子里互相帮助,互相提携,风雨同舟,为国家和人民做出了贡献。

爷爷的中学生活丰富多彩,上面列举的只是其中的几件。中学毕业后,家境清贫,父亲年迈,年仅18岁的爷爷不得不担负起家庭生活的重担。他中断了学业,开始了他的教师生涯。草桥中学是爷爷终止学业的地方,可不是爷爷终止学习的地方,在中学学到的那些本领,支持着他不断地自学。凭着自学,他从小学教员开始,一直做到大学教授;凭着自学,他从编辑第一份稿件开始,一直做到编辑全国中小学生教材的统领;凭着自学,他写小说、写童话、写散文、写诗歌,跟着时代的脚步,讴歌祖国和人们,和一切不合理的事情做斗争。

但是我们不能忘记,所有这些都开始于爷爷的中学时代。一所好的学校,一位开明的校长,一批热心的老师,一些志同道合的朋友。爷爷就像一粒饱满的种子,落在了草桥中学这片肥沃的土地上,充足的水分和阳光使爷爷健康茁壮地成长,在到社会上经历风雨见过世面之后,长成了对祖国和人民有用的栋梁之材。时间如梭,时代变换,如今江苏省苏州第一中学成了一所有着光荣传统的百年老校。百多年来,校长换了一位又一位,老师换了一批又一批,学生毕业了一届又一届,但是大家都没有忘记老校长袁希洛对爷爷说过的话:"立国之本,首在教育。只有振兴教育,养成独立、自尊、自由、平等、勤俭、武勇、绵密、活泼之国民,才能发达我中华民族的国事。"本着这个宗旨,学校、校长、老师和同学一起努力,为国家、为社会送出了无数优秀的学子,成为各行各业的有用之才。

  看到这儿同学们可能明白了,我想和大家说的是,中学时代是你们的黄金时代,能成为一中的学生是你们一生的幸事。趁着现在,趁着年轻,好好向那些有作为的老校友学习,健康快乐地成长,等你们走向社会的时候,就可以肩负起你们要肩负的担当!爷爷曾经说过:"文当然要作的,但是要紧的在乎做人。"希望你们能把这句简简单单的话永远记在心上。我还想告诉同学们:很多人热爱和尊重爷爷,称他为文学家、教育家、编辑出版家、社会活动家,但是爷爷这一辈子从来没有想过要成什么名,成什么家,有一件事他却坚持了一生,那就是:认认真真做好他要做的和他必须做的每一件事情。

2016 年 6 月 29 日于深圳

(叶小沫,叶圣陶先生孙女,曾任《中国少年报》主编)

目 录

一、散　文

1. 没有秋虫的地方　／2
2. 藕与莼菜　／4
3. 生活　／7
4. 牵牛花　／10
5. 五月卅一日急雨中　／12
6. 将离　／15
7. 丛墓似的人间　／18
8. 记佩弦来沪　／21
9. 看月　／25
10. 书桌　／27
11. 牛　／32

二、短篇小说

12. 阿凤　／36
13. 阿菊　／39
14. 隔膜　／44
15. 苦菜　／49
16. 两封回信　／54
17. 潘先生在难中　／57
18. 小蚬的回家　／69
19. 眼泪　／71
20. 夜　／75
21. 一个朋友　／82
22. 一课　／85
23. 伊和他　／89
24. 义儿　／92
25. 这也是一个人　／98

三、长篇小说

㉖ 倪焕之（节选） /102

四、童 话

㉗ 蚕和蚂蚁 /116
㉘ 稻草人 /120
㉙ 古代英雄的石像 /125
㉚ 皇帝的新衣 /129
㉛ 快乐的人 /134
㉜ 小白船 /138
㉝ 一粒种子 /142
㉞ 跛乞丐 /145
㉟ 画眉 /150
㊱ 旅行家 /154
㊲ 傻子 /159
㊳ 书的夜话 /163

五、诗 歌

㊴ 夜 /170
㊵ 锁闭的生活 /172
㊶ 五月三十日 /174
㊷ 鹧鸪天 /177
㊸ 江行杂诗 /178
㊹ 自北碚夜发经小三峡至公园 /180
㊺ 游乌尤山 /181
㊻ 水龙吟 /182
㊼ 闻丐翁回愁为喜奉赠二律 /184
㊽ 和佩弦 /186
㊾ 送佩弦之昆明 /188
㊿ 鹧鸪天·初至乐山 /190
51 墨亡 /191
52 鹧鸪天 /192

一、散文

　　圣陶散文,题材多样、内容丰富,短小精悍、风采斑斓,质朴厚重、率真隽永。他以酣畅淋漓的笔墨将他的经验坦诚呼出,有怒目愤词,也有婉回低吟,有明快赞歌,也有淡雅夜曲,有精辟高论,也有喻理杂说……这些谱成他"象"的人生乐章,回荡他直面现实的高昂激情。

　　细品叶圣陶散文,可发现作家无论何时何地面对何事,总能理智驾驭自己的情感,旨趣宁静淡泊,笔锋使作品既不失之浓艳,也不流于粗疏,能够恰到好处地在文中兼容着凝重而隽秀的气质。除了本书所选的 11 篇之外,读者还可以读一读《天井里的种植》《三种船》《将离》《客语》《与佩弦》《两法师》《卖白果》《昆曲》《在西安看的戏》《记金华的两个岩洞》《过三峡》《记游洞庭西山》等。

1. 没有秋虫的地方

文章通过对没有秋虫的地方的不满和对秋虫灵趣的赞美,热烈而深刻地表达了作者不甘淡漠沉寂的生活,期盼冲向生活激流的强烈愿望。作者恋念秋虫的鸣曲,美慕可以避开"井底似的庭院,铅色的水门汀地"的秋虫,这正是作者不愿辜负生活馈赠,要让生命充实起来的心曲的真实写照。

阶前看不见一茎绿草,窗外望不见一只蝴蝶,谁说是鹁鸽①箱里的生活,鹁鸽未必这样枯燥无味呢。

秋天来了,记忆就轻轻提示道,"凄凄切切的秋虫又要响起来了"。可是一点影响也没有,邻舍儿啼人闹弦歌杂作的深夜,街上轮震石响邪许②并起的清晨,无论你靠着枕头听,凭着窗沿听,甚至贴着墙角听,总听不到一丝秋虫的声息。并不是被那些欢乐的劳困的宏大的清亮的声音淹没了,以致听不出来,乃是这里根本没有秋虫。啊,不容留秋虫的地方!秋虫所不屑居留的地方!

若是在鄙野的乡间,这时候满耳朵是虫声了。白天与夜间一样地安闲;一切人物或动或静,都有自得之趣;嫩暖的阳光和轻淡的云影覆盖在场上。到夜呢,明耀的星月和轻微的凉风看守着整夜,在这境界这时间里唯一足以感动心情的就是秋虫的合奏。它们高低宏细疾徐作歌,仿佛经过乐师的精心训练,所以这样地无可批评,踌躇满志。其实它们每一个都是神妙的乐师;众妙毕集,各抒灵趣,哪有不成人间绝响的呢?

虽然这些虫声会引起劳人的感叹,秋士的伤怀,独客的微喟,思妇的低泣;但是这正是

---

① [鹁鸽(bógē)]一种可以家饲的鸽子,身体灰黑色,颈部和胸部暗红色。
② [邪许(yéhǔ)]拟声词。众多人齐用力时的呼喊声。

无上的美的境界,绝好的自然诗篇,不独是旁人最欢喜吟味的,就是当境者也感受一种酸酸的麻麻的味道,这种味道在另一方面是非常隽永的。

大概我们所祈求的不在于某种味道,只要时时有点儿味道尝尝,就自诩为生活不空虚了。假若这味道是甜美的,我们固然含着笑来体味它;若是酸苦的,我们也要皱着眉头来辨尝它:这总比淡漠无味胜过百倍。我们以为最难堪而极欲逃避的,惟有这个淡漠无味!

所以心如槁木不如工愁多感①,迷蒙的醒不如热烈的梦,一口苦水胜于一盏白汤,一场痛哭胜于哀乐两忘。这里并不是说愉快乐观是要不得的,清健的醒是不必求的,甜汤是罪恶的,狂笑是魔道的;这里只是说有味远胜于淡漠罢了。

所以虫声终于是足系恋念的东西。何况劳人秋士独客思妇以外还有无量数的人,他们当然也是酷嗜趣味的,当这凉意微逗②的时候,谁能不忆起那美妙的秋之音乐?

可是没有,绝对没有!井底似的庭院,铅色的水门汀地,秋虫早已避去惟恐不速了。而我们没有它们的翅膀与大腿,不能飞又不能跳,还是死守在这里。想到"井底"与"铅色",觉得象征的意味丰富极了。

赏析品鉴

文章的寓意明朗:能够演奏绝妙音乐的"秋虫",与作者同一时期其他散文中出现的玉色的雪藕、嫩绿的莼菜、悠扬而轻清的叫卖声一样,都是安宁乡野的产物,它们充满了自然、淳朴、健康的乡村气息。作者正是通过这一组从生活中提炼出来的富含诗意的意象,来反衬自身所生存的城市的枯燥、沉郁和病态。强烈的情感通过富有音乐感的形式,得到了完美的呈现。郁达夫和阿英等人都曾称赞过叶圣陶散文在艺术形式方面的精妙和典范,其文字的形式与情感的变化之间的贴合紧密无间。

文章采用了封闭式的结构,以"阶前看不见一茎绿草,窗外望不见一只蝴蝶"开篇,以"井底似的庭院,铅色的水门汀地"收尾,起点于惆怅,收束于绝望。文首的"阶前""窗外"与文末的"庭院""水门汀地"构成一个封闭的回路,起句的"绿草""蝴蝶"对照尾段的"井底""铅色","绿草"与"蝴蝶"代表着生命的色彩和对生机的渴望,而"井底""铅色"则是一种单调、死寂,这样首尾对照、双起双结、调式整饬的结构,使惆怅更浓郁,绝望更彻底,回味绵长。

---

① [工愁多感]指很容易多愁善感。
② [逗]停留,逗留。

2. 藕与莼菜

文章由吃藕写起,实则表现思乡之情,具有家乡特色的藕和本身无味的莼菜,可以轻易撩拨起作者的乡情。极平常的藕与莼菜,离开了生长之地,变得昂贵不已,使作者不禁怀想起故乡淳朴的民风,勤劳、淳朴、康健的男女藕农们,挑着"一濯再濯"的"鲜嫩玉色的长节的藕"往城里去,让"清淡的甘美的滋味""普遍于家家且人人"。

　　同朋友喝酒,嚼着薄片的雪藕,忽然怀念起故乡来了。若在故乡,每当新秋的早晨,门前经过许多的乡人:男的紫赤的臂膊和小腿肌肉突起,躯干高大且挺直,使人起健康的感觉;女的往往裹着白地青花的头巾,虽然赤脚,却穿短短的夏布裙,躯干固然不及男的这样高,但是别有一种健康的美的风致;他们各挑着一副担子,盛着鲜嫩玉色的长节的藕。在产藕的池塘里,在城外曲曲弯弯的小河边,他们把这些藕一再洗濯①,所以这样洁白了。仿佛他们以为这是供人体味的高品的东西,这是清晨的图画里的重要题材,倘若涂满污泥,就把人家欣赏的浑凝之感打破了。这是一件罪过的事,他们不愿意担在身上,故而先把它们濯得这样洁白了,才挑进城里来。他们要稍稍休息的时候,就把竹扁担横在地上,自己坐在上面,随便拣择担里的过嫩的藕或是较老的藕,大口地嚼着解渴。过路的人就站住了,红衣衫的小姑娘拣一节,白头发的老公公买两支。清淡的甘美的滋味于是普遍于家家户户了。这种情形,差不多是平常的日课,要到叶落秋深的时候。
　　在这里上海,藕这东西几乎是珍品了。大概也是从我们的故乡运来的。但是数量不多,自有那些伺候豪华公子硕腹巨贾②的帮闲茶房们把大部分抢去了;其余的便要供在大

---

① [濯(zhuó)]洗涤。
② [硕腹巨贾]大腹便便有钱的商人。

一点的水果铺子里,位置在金山苹果、吕宋香芒之间,专待善价而沽①。至于挑着担子在街上叫卖的,也并不是没有,但不是瘦得像乞丐的臂腿,便涩得像未熟的柿子,实在无从歆美。因此,除了仅有的一回,我们今年竟不曾吃过藕。

这仅有的一回不是买来吃的,是邻舍送给我们吃的。他们也不是自己买的,是从故乡来的亲戚带来的。这藕离开它的家乡大约有好些时候了,所以不复呈玉样的颜色,却满被②着许多锈斑。削去皮的时候,刀锋过处,很不顺爽。切成了片,送入口里嚼着,颇有点甘味,但没有一种鲜嫩的感觉,而且似乎含了满口的渣,就不想吃第二片了。只有孩子很高兴,他把这许多片嚼完,居然有半点钟工夫不再作别的要求。

因为想起藕,又联想到莼菜。在故乡的春天,几乎天天吃莼菜。它本来没有味道,味道全在于好的汤。但这样嫩绿的颜色与丰富的诗意,无味之味真足令人心醉呢。在每条街旁的小河里,石埠头总歇着一两条没篷船,满舱盛着莼菜,是从太湖里去捞来的。像这样的取求很便,当然能得日餐一碗了。

而在这里上海又不然。非上馆子就难以吃到这东西。我们当然不上馆子,偶然有一两回去叨扰朋友的酒席,恰又不是莼菜上市的时候,所以今年竟不曾吃过。直到最近,伯祥③的杭州亲戚来了,送他几瓶装瓶的西湖莼菜,他送给我一瓶,我才算也尝了新了。

向来不恋故乡的我,想到这里,觉得故乡可爱极了。我自己也不明白,为什么会起这么深浓的情绪?再一思索,实在很浅显的:因为在故乡有所恋,而所恋又只在故乡有,就萦系着不能割舍了。譬如亲密的家人在那里,知心的朋友在那里,怎得不留恋?怎得不怀念?但是仅仅为了爱故乡么?不是的,不过在故乡的几个人把我们牵着罢了。若无所牵,更何所恋?像我现在,偶然被藕与莼菜所牵系,所以就怀念起故乡来了。

所恋在哪里,哪里就是我们的故乡了。

这是一篇借物抒情的美文,作者将自己对故乡的热爱之情寄托在具有典型代表意义的"藕与莼菜"上,借对故乡藕与莼菜的怀念,表达了对故乡的炽热眷恋。文章采用对比的手法,将故乡的藕与莼菜与"这里"的藕与莼菜作对比,从而突出了故乡的藕与莼菜的甘美滋味和令人心醉的味道。作者家乡生动的人物风情,尽收眼底。

文中所怀念的藕与莼菜,如作者所说,其实只是思乡的"牵系",或者如鲁迅所说,只是

---

① [善价而沽]等待高价才出卖。比喻有才干的人等到有赏识重用他的人时才肯出来效力。
② [被(pī)]通"披",覆盖。
③ [伯祥]原名王钟麒,字伯祥,叶圣陶的朋友。

"使我思乡的蛊惑"——当然也是美的"牵系"与"蛊惑"。藕与莼菜的食用意味,是抽象而平淡的"无味之味"(藕的滋味是"清淡"的,莼菜"本身没有味道");而它们的文化意味与审美意味,则是历久弥重的"无味之味"(味似平淡然而"后劲"很大,"令人心醉"且无以名状的"至味")。正是这"无味之味"的乡思,激起了作者"深浓的情绪",引发其对于能够舒展疲惫身心的"故乡"的强烈向往。然而,此处的"故乡",已经具有极强的精神意味了。到了作品的末尾,作者便逐渐离开了对具体且物质的藕与莼菜的思念,而转向了对抽象且精神的"故乡"的追寻——"所恋在哪里,哪里就是我们的故乡了"。这里的"故乡"两个字,大约相当于如今所说的"精神的家园"了。

一、散 文

3. 生 活

阅读提示

《生活》记述了当时几类中国人的生活状态。一种是家乡有钱有闲阶级的生活,每天去茶馆,一坐一天,吃茶闲侃;另一种是城里有钱有闲的人,同样茶馆聊天,无所事事。还介绍了被土地所束缚的农民,他们重复着自己单调而没有出路的生活。无论有钱还是无钱,叶先生观察到他们不过是"没有思想的动物散布在一条大道上罢了"。文章描摹传神。

原文品读

乡镇上有一种"来扇馆",就是茶馆,客人来了,才把炉子里的火扇旺,炖开了水冲茶,所以得了这个名称。每天上午九十点钟的时候"来扇馆"却名不副实了,急急忙忙扇炉子还嫌来不及应付,哪里有客来才扇那么清闲?原来这个时候,镇上称为某爷某爷的先生们睡得酣足了,醒了,从床上爬起来,一手扣着衣扣,一手托着水烟袋,就光降①到"来扇馆"里,泥土地上点缀着浓黄的痰,露筋的桌子上满缀着油腻和糕饼的细屑;苍蝇时飞时止,忽集忽散,像荒野里的乌鸦;狭条板凳有的断了腿,有的裂了缝;两扇木板窗外射进一些光亮来。某爷某爷坐满了一屋子,他们觉得舒适极了,一口沸烫的茶使他们神清气爽,几管浓辣的水烟使他们精神百倍。于是一切声音开始散布开来:有的讲昨天的赌局,打出了一张什么牌,就赢了两底;有的讲自己的食谱,西瓜鸡汤下面,茶腿丁煮粥;还讲怎么做鸡肉虾仁水饺;有的讲本镇新闻,哪家女儿同某某有私情,哪家老头儿娶了个十五岁的侍妾;有的讲些异闻奇事,说鬼怪之事不可不信,不可全信。有几位不开口的,他们在那里默听,微笑,吐痰,吸烟,支颐②,遐想,指头轻敲桌子,默唱三眼一板的雅曲。迷蒙的烟气弥漫一室,一切形一切声都像在云里雾里。午饭时候到了,他们慢慢地踱回家去。吃罢了饭依旧聚集在

---

① [光降]光临。
② [支颐(yí)]以手托下巴。支,支撑。

"来扇馆"里,直到晚上为止,一切和午前一样。岂止和午前一样,和昨天和前月和去年和去年的去年全都一样。他们的生活就是这样了!

城市里有一种茶社,比起"来扇馆"就像大辂①之于椎轮了。有五色玻璃的窗,有仿西式的红砖砌的墙柱,有红木的桌子,有藤制的几和椅子,有白铜的水烟袋,有洁白而且洒上花露水的热的公用手巾,有江西产的茶壶茶杯。到这里来的先生们当然是非常大方,非常安闲,宏亮的语音表示上流人的声调,顾盼无禁的姿态表示绅士式的举止。他们的谈话和"来扇馆"里大不相同了。他们称他人不称"某老"就称"某翁";报上的记载是他们谈话的资料,或表示多识,说明某事的因由,或好为推断,预测某事的转变;一个人偶然谈起了某一件事,这就是无穷的言语之藤的萌芽,由甲而及乙,由乙而及丙,一直蔓延到癸,癸和甲是决不可能牵连在一席谈里的,然而竟牵连在一起了;看破世情的话常常可以在这里听到,他们说什么都没有意思都是假,某人干某事是"有所为而为",某事的内幕是怎样怎样的;而赞誉某妓女称扬某厨司也占了谈话的一部分。他们或是三三两两同来,或是一个人独来;电灯亮了,坐客倦了,依旧三三两两同去,或是一个人独去。这都不足为奇,可怪的是明天来的还是这许多人;发出宏亮的语音,做出顾盼无禁的姿态还同昨天一样;称"某老""某翁",议论报上的记载,引长谈话之藤,说什么都没有意思都是假,赞美食色之欲,也还是重演昨天的老把戏!岂止是昨天的,也就是前月、去年、去年的去年的老把戏。他们的生活就是这样了!

上海的马路上,来来往往的,谁能计算他们的数目。车马的喧闹,屋宇的高大,相形之下,显出人们的浑沌和微小。我们看蚂蚁纷纷往来,总不能相信他们是有思想的。马路上的行人和蚂蚁有什么分别呢?挺立的巡捕,挤满电车的乘客,忽然驰过的乘汽车者,急急忙忙横穿过马路的老人,徐步看玻璃窗内货品的游客,鲜衣自炫的妇女,谁不是一个蚂蚁?我们看蚂蚁个个一样,马路上的过客又哪里有各自的个性?我们倘若审视一会儿,且将不辨谁是巡捕,谁是乘客,谁是老人,谁是游客,谁是妇女,只见无数同样的没有思想的动物散布在一条大道上罢了。游戏场里的游客,谁不露一点笑容,露笑容的就是游客,正如黑而小的身体像蜂的就是蚂蚁。但是笑声里面,我们辨得出哀叹的气息;喜愉的脸庞,我们可以窥见寒噤的颦蹙②。何以没有一天马路上会一个动物也没有?何以没有一天游戏场里会找不到一个笑容?他们的生活就是这样了。

我们丢开优裕阶级欺人阶级来看,有许许多多人从红绒绳编着小发辫的孩子时代直到皮色如酱须发如银的暮年,老是耕着一块地皮,眼见地利确是生生不息的,而自己只不过做了一柄锄头或者一张犁耙!雪样明耀的电灯光从高大的建筑里放射出来,机器的声响均匀而单调,许多撑着倦眼的人就在这里做那机器的帮手。那些是生产的利人的事业呀,但是

---

① [辂(lù)] 古代车辕上用来挽车的横木,或者古时候用的一种大车。
② [颦蹙(pín cù)] 皱眉皱额,比喻忧愁不乐。

……他们的生活就是这样了!

　　一切事情用时行的话说总希望它"经济",用普通的话说起来就是"值得"。倘若有一个人用一把几十位的大算盘,将种种阶级的生活结一个总数出来,大家一定要大跳起来狂呼"不值得"。觉悟到"不值得"的时候就好了。

　　郁达夫曾指出:"五四"以来的散文在思想内容上的特征之一,是"作者处处不忘自我,也处处不忘自然与社会,就是最纯粹的诗人的抒情散文里,写到了风花雪月,也要点出人与人的关系,或人与社会的关系来,以抒怀抱",而叶圣陶的散文创作,尤能做到"思想每把握住现实……令人有脚踏实地,造次不苟的感触"。这是中肯的评判。的确,叶圣陶的散文因力求实践"为人生"的艺术观,所以关注人生、探索人生,并引导读者认识人生、战胜人生。这便成了作品立意的基调。

　　《生活》一文中,从乡镇的茶馆写到城市的茶社,尽管茶客们言谈举止、衣着装饰不尽相同,但他们从早到午,从午到晚,将自己的生命泡在茶馆里,过着"和昨天和前月和去年和去年的去年全部一样"的无味生活。作者为此大呼"不值得",想震醒那些卑琐的人生,麻木的神经。文章旨在批判、抨击腐朽的人生观,并给读者指示正确的人生态度。

4. 牵牛花

　　《牵牛花》全文每一句文字皆是真切实在的,是"可操作的",仿佛就如老农的经验之谈,亦似朋友们的酒后闲话、炉边絮语。这便是叶先生文章的风格,也浸透着叶老的人格。在花前"小立静观",那牵牛花所呈示出来的嫩绿的叶,新生的条,含苞待放的花,生机勃勃的力,尤其是作者所强调的"生之力",是本文神韵之精髓。

　　手种牵牛花,接连有三四年了。水门汀地没法下种,种在十来个瓦盆里。泥是今年又明年反复用着的,无从取得新的泥来加入,曾与铁路轨道旁种地的那个北方人商量,愿出钱向他买一点儿,他不肯。
　　从城隍庙的花店里买了一包过磷酸骨粉,搀和在每一盆泥里,这算代替了新泥。
　　瓦盆排列在墙脚,从墙头垂下十条麻线,每两条距离七八寸,让牵牛的藤蔓缠绕上去。这是今年的新计划,往年是把瓦盆摆在三尺光景高的木架子上的。这样,藤蔓很容易爬到了墙头;随后长出来的互相纠缠着,因自身的重量倒垂下来,但末梢的嫩条便又蛇头一般仰起,向上伸,与别组的嫩条纠缠,待不胜重量时重演那老把戏;因此墙头往往堆积着繁密的叶和花,与墙腰的部分不相称。今年从墙脚爬起,沿墙多了三尺光景的路程,或者会好一点儿;而且,这就将有一垛完全是叶和花的墙。
　　藤蔓从两瓣子叶中间引伸出来以后,不到一个月工夫,爬得最快的几株将要齐墙头了,每一个叶柄处生一个花蕾,像谷粒那么大,便转黄萎去。据几年来的经验,知道起头的一批花蕾是开不出来的;到后来发育更见旺盛,新的叶蔓比近根部的肥大,那时的花蕾才开得成。
　　今年的叶格外绿,绿得鲜明;又格外厚,仿佛丝绒剪成的。这自然是过磷酸骨粉的功效。

他日花开,可以推知将比往年的盛大。

但兴趣并不专在看花,种了这小东西,庭中就成为系人心情的所在,早上才起,工毕回来,不觉总要在那里小立一会儿。那藤蔓缠着麻线卷上去,嫩绿的头看似静止的,并不动弹;实际却无时不回旋向上,在先朝这边,停一歇再看,它便朝那边了。前一晚只是绿豆般大一粒嫩头,早起看时,便已透出二三寸长的新条,缀一两张长满细白绒毛的小叶子,叶柄处是仅能辨认形状的小花蕾,而末梢又有了绿豆般大一粒嫩头。有时认着墙上斑驳痕想,明天未必便爬到那里吧;但出乎意外,明晨竟爬到了斑驳痕之上;好努力的一夜功夫!"生之力"不可得见;在这样小立静观的当儿,却默契了"生之力"了。渐渐地,浑忘意想,复何言说,只呆对着这一墙绿叶。

即使没有花,兴趣未尝短少;何况他日花开,将比往年盛大呢。

《牵牛花》全文不满千字,朴素无华,有一种天然神韵。作者先写种花,后写赏花。这种与赏,皆透露出人格。文章细致实在,栽种"三四年",瓦盆"十来个",肥料"一包",麻线"十条",条距"七八寸",高矮"三尺光景":文字叙述的精细,表现出作者为人处世的精细。文章没有修饰,不含浮夸,朴实自然,平和亲切。

作者说,对此他可以"浑忘意想",完全融入景中,进入清静无为的忘我境界。文章写到这里,气韵已然升华,已于平实的叙述之中,由物升至灵;读者读到这里,灵魂会随文字净化,暂时忘却世俗的烦嚣,去体味自然赐予的清新与流畅、生机与活力,从而激发起一种昂扬的感情。朴朴素素的千字文,能让人反复回味,其奥妙就在于平淡的背后包含着启迪人生的深意。作者当然没有故作深沉状,这深沉是他人格的转化,是他热爱生活、拥抱生活、诚实做人所结出的鲜果。神韵存,文章立,现当世,存永久。

5. 五月卅一日急雨中

阅读提示

叶圣陶在"五卅"惨案以后不久写出的《五月卅一日急雨中》,是他在五卅运动中一段亲身经历的生动记录。就叶圣陶的散文创作,乃至他的全部创作历程而言,这篇作品也具有重要的意义。这篇作品说明,叶圣陶的创作开始较为直接地与急剧变化的时代形势相结合。文章在题材和内容上,都接近于当时的现实生活和时代形势。

原文品读

从车上跨下,急雨如恶魔的乱箭,立刻打湿了我的长衫。满腔的愤怒,头颅似乎戴着紧紧的铁箍。我走,我奋疾地走。

路人少极了,店铺里仿佛也很少见人影。哪里去了!哪里去了!怕听昨天那样的排枪声,怕吃昨天那样的急射弹,所以如小鼠如蜗牛般蜷伏在家里,躲藏在柜台底下么?这有什么用!你蜷伏,你躲藏,枪声会来找你的耳朵,子弹会来找你的肉体:你看有什么用?

猛兽似的张着巨眼的汽车冲驰而过,泥水溅污我的衣服,也溅及我的项颈。我满腔的愤怒。

一口气赶到"老闸捕房"门前,我想参拜我们的伙伴的血迹,我想用舌头舔尽所有的血迹,咽入肚里。但是,没有了,一点儿也没有了!已经给仇人的水龙头冲得光光,已经给烂了心肠的人们踩得光光,更给恶魔的乱箭似的急雨洗得光光!

不要紧,我想。血曾经淌在这块地方,总有渗入这块土里的吧。那就行了。这块土是血的土,血是我们的伙伴的血。还不够是一课严重的功课么?血灌溉着,血滋润着,将会看到血的花开在这里,血的果结在这里。

我注视这块土,全神地注视着,其余什么都不见了,仿佛自己整个儿躯体已经融化在里头。

抬起眼睛,那边站着两个巡捕:手枪在他们的腰间;泛红的脸上的肉,深深的颊纹刻在嘴的周围,黄色的睫毛下闪着绿光,似乎在那里狞笑。

手枪,是你么? 似乎在那里狞笑,是你么?

"是的,是的,就是我,你便怎样!"——我仿佛看见无量数的手枪在点头,仿佛听见无量数的张开的大口在那里狞笑。

我舔着嘴唇咽下去,把看见的听见的一齐咽下去,如同咽一块粗糙的石头,一块烧红的铁。我满腔的愤怒。

雨越来越急,风把我的身体卷住,全身湿透了,伞全然不中用。我回转身走刚才来的路,路上有人了。三四个,六七个,显然可见是青布大褂的队伍,中间也有穿洋服的,也有穿各色衫子的短发的女子。他们有的张着伞,大部分却直任狂雨乱泼。

他们的脸使我感到惊异。我从来没有见到过这么严肃的脸,有如昆仑之耸峙;我从来没有见到过这么郁怒的脸,有如雷电之将作。青年的清秀的颜色隐退了,换上了北地壮士的苍劲。他们的眼睛将要冒出焚烧一切的火焰,抿紧的嘴唇里藏着咬得死敌人的牙齿……

佩弦①的诗道,"笑将不复在我们唇上!"用来歌咏这许多张脸正合适。他们不复笑,永远不复笑! 他们有的是严肃与郁怒,永远是严肃的郁怒的脸。

青布大褂的队伍纷纷投入各家店铺,我也跟着一队跨进一家,记得是布匹庄。我听见他们开口了,差不多掏出整个的心,涌起满腔的血,真挚地热烈地讲着。他们讲到民族的命运,他们讲到群众的力量,他们讲到反抗的必要;他们不惮郑重叮咛的是"咱们是一伙儿"! 我感动,我心酸,酸得痛快。

店伙的脸也比较严肃了;他们没有话说,暗暗点头。

我跨出布匹庄。"中国人不会齐心呀! 如果齐心,吓,怕什么!"听到这句带有尖刺的话,我回头去看。

是一个三十左右的男子,粗布的短衫露着胸,苍黯的肤色标记他是在露天出卖劳力的。他的眼睛放射出英雄的光。

不错呀,我想。露胸的朋友,你喊出这样简要精练的话来,你伟大! 你刚强! 你是具有解放的优先权者! ——我虔敬地向他点头。

但是,恍惚有蓝袍玄褂小髭须②的影子在我眼前晃过,玩世的微笑,又仿佛鼻子里轻轻的一声"嗤"。接着又晃过一个袖手的,漂亮的嘴脸,漂亮的衣著,在那里低吟,依稀是"可怜无补费精神"! 袖手的幻化了,抖抖地,显出一个瘠瘦的中年人,如鼠的縠觫③的眼睛,如兔的颤动的嘴唇,含在喉际,欲吐又不敢吐的是一声"怕……"

我如受奇耻大辱,看见这种种的魔影,我诅咒你们:你们是拦路的荆棘! 你们是伙伴的

---

① 〔佩弦〕朱自清,原名自华,号秋实,字佩弦。
② 〔髭(zī)须(xū)〕唇上曰髭,唇下为须。
③ 〔縠觫(húsù)〕恐惧颤抖的样子。

牵累!你们灭绝!你们消亡!永远不存一丝儿痕迹于这块土地上!

有淌在路上的血,有严肃的郁怒的脸,有露胸朋友那样的意思,"咱们一伙儿",有救,一定有救——岂但有救而已。

我满腔的愤怒。再有露胸朋友那样的话在路上吧?我向前走去。

依然是满街恶魔的乱箭似的急雨。

赏析品鉴

　　文章通过在老闸捕房的所闻所见,控诉帝国主义屠杀中国人民的罪行,歌颂了爱国群众的斗争意志。全文运用比喻、象征、描摹等多种手法,有很强的艺术感染力。文章表现作者对屠杀者的强烈仇恨,对冒雨进行爱国宣传的青年和满怀胜利信心的劳动者的热情歌颂,以及对胆小自私者的鄙视。叶圣陶以夹叙夹议且短小有力的政论式散文,把世相暴露在读者面前,这使他的散文作品的情调由宁静淡泊或苍凉寂然,走向了愤激郁怒和抨讥嘲讽,也包蕴进一种强烈要求改变现实的探索精神。

　　这篇散文无疑是一篇控诉书,更是一篇号召书。在表现形式上,作者无暇从容不迫地进行细琢细磨,徐咏慢吟,而是与作品的内容和情调相配合,行文粗犷,节奏紧迫。作者用短促的语句、段落,有力的排比、复沓,成功地写出了急骤变化的形势、满腔的愤怒和疾行趋赴的决心。而那贯穿全篇的风声雨声的氛围描绘,更增添了激动人心的艺术力量。处于当时紧迫形势中,稍具爱国心的读者,接触这类激越昂扬的文字,是难以安坐的。这在叶圣陶以往的散文创作中是未曾有过的。

一、散　文

6. 将　离

　　《将离》是叶圣陶散文中一首缓缓拨动的心曲,文章叙写了离家悲辛,分别凄苦。此类型文章为数虽不多,但富有人情味,从家庭一隅展现叶圣陶先生的率真和诚挚。《将离》和《客语》是离家别亲的姊妹篇,夫妻之情,委婉曲致,纤细绵密。

　　跨下电车,便是一阵细且柔的密雨。旋转的风把雨吹着,尽向我身上卷上来。电灯光特别昏暗,火车站的黑影兀立在深灰色的空中。那边一行街树,像魔鬼的头发似的飘散舞动,作些萧萧的声响。我突然想起:难道特地要教我难堪,故意先期做起秋容来么! 便觉得全身陷没在凄怆之中,刚才喝下去的一斤酒在胃里也不大安分起来了。

　　这是我的一种揣想:天日晴朗的别胜于风凄雨惨的别,朝晨午昼的别胜于傍晚黄昏的别。虽然一回离别不能二者并试以作比较,虽然这一回的离别还没有来到,我总相信我的揣想是大致不谬的。然而到福州去的轮船照例是十二点光景开的,黄昏的别是注定的了。像这样入秋渐深,像这样时候吹一阵风洒一阵雨,又安知六天之后的那一夜,不更是风凄雨惨的离别呢?

　　一点东西也不要动:散乱的书册,零星的原稿纸,积着墨汁的水盂,歪斜地摆着的砚台……一切保持着原来的位置。一点变更也不让有:早上六点起身,吃了早饭,写了一些字,准时到办事的地方去,到晚回家,随便谈话,与小孩子胡闹……一切都是那平淡的生活。全然没有离别的空气,还有什么东西会迫紧来? 好像没有这快要到来的一回事了。

　　记得上年平伯①去国,我们同在一家旅馆里,明知再不到一点钟,离别的利刃就要把我们分割开来了。于是一启口一举手都觉得有无形的线把我牵着,又似乎把我周身捆紧来;

---

① 〔平伯〕俞平伯(1900—1990),原名俞铭衡,字平伯。现代诗人、作家、红学家。

胸口也闷闷的不好过了。我竭力想摆脱，故意做出没有什么的样子，靠在椅背上，举起杯子喝口茶，又东一句西一句地谈着。然而没有用处，只觉得十分地勉强，只觉得被牵被捆被压得越紧罢了。我于是想：离别的空气既已凝集了，再也别想冲决它，它是非把我们拆开来不可的！

现在我只是不让这空气凝集，希望免受被牵被捆被压的种种纠缠。我又这么痴想着，到离去的一刻，最好恰在沉酣的睡眠中，既泯①能想，自无所想。虽然觉醒之后，已经是大海孤轮中的独客，不免引起深深的惆怅；然而最难堪的一关已成过去，情形便自不同了。

然而这空气终于会凝集拢来。走进家里，看见才洗而缝好的被袄，衫裤②长袍之类也一叠叠地堆在桌子上。这不用问得，是我旅程中的同伴了。"偏要这么多事！既已弄了，为什么不早点儿收拾好！"我略微烦躁地想。但是必须带走既属事实，早日预备尤见从容，我何忍说出责备的话呢——实在也不该责备，只该感激。

然而我触着这气氛了，而且嗅着它的味道了，与上年在旅馆里所感到的正是同一的种类，不过还没有这样浓密而已。我知道它将要渐渐地浓密，犹如西湖上晚来的烟雾；直到最后，它具有一种强大的力量，便会把我一挤；我于是不自主地离开这里了。

我依然谈话，写字，吃东西，躺在藤椅子上；但是都有点异样，有点不自然。

夜来有梦，梦在车站月台之旁。霎时火车已到，我急忙把行李提上去，身子也就登上，火车便疾驰而去了。似乎还有些东西遗留在月台那边，正在检点，就想到遗留的并不是东西，却是几个人。这很奇怪，我竟不曾向他们说一声"别了"，竟不曾伸出手来给他们；不仅如此，登上火车的时候简直把他们忘了。于是深深地悔恨，怎么能不说一声，握一握手呢！假若说了，握了，究竟是个完满的离别，多少是好。"让我回头去补了吧！让我回头去补了吧！"但是火车不睬我，它喘着气只是向前奔。

这梦里的登程，全忘了月台上的几个人，与我所痴心盼望的酣睡时离去，情形正相仿佛。现在梦里的经验告诉我，这只有勾引些悔恨，并不见得会比较好一点。那么，我又何必作这种痴想呢？然而清醒地说一声握一握的离别，究竟何尝是好受的！

"信要写得勤，要写得详；虽然一班轮船动辄要隔三五天，而厚厚的一叠信笺从封套里抽出来，总是独客的欣悦与安慰。"

"未必能够写得怎样勤怎样详吧。久已不干这勾当了；大的小的粗的细的种种事情箭一般地射到身上来，逐一对付已经够受了，知道还有多少坐定下来执笔的工夫与精神！"

离别的滋味假若是酸的，这里又搀入一些苦辛的味素了。

---

① ［泯(mǐn)］灭，尽。
② ［裤(kù)］绑腿布。

　　本文着力于环境描写,以凄冷之秋境烘托离情别绪,情感深挚浓烈。着墨细节,写出与家人分离前夕的琐碎点滴,令人动容。

　　作者先用离别时的气候烘托,揣度着两类不同的离别情状,巧妙地将作者自己沉入"风凄雨惨""傍晚黑昏"的别绪之中,令那番"剪不断,理还乱,是离愁,别是一般滋味在心头"的酸辛,更增添一层苦涩。文中接着写妻子为自己浆洗衫袍被袱,收拾行装,即将别离的气氛"犹如西湖上晚来的烟雾",渲染得愈加浓密起来。"我"已在梦里登程了,但竟未道一声"别了","握一握手",内心充满悔恨。但清醒时的握别,又何尝比悔恨好受?散文先抑后扬,一咏三叹,缠绵之情网织得更紧密。既离之后,彼此之间的叮嘱切切在心,那些客绪,越凝越厚,不觉发出"潮声应未改,客绪已频更"的呻吟,聊以寄托对亲人的恋念,读来基调极为低沉,情怀也不乏抑郁,但它依然是作家真情实感的记录。

7. 丛墓似的人间

《丛墓似的人间》通过对上海式房子的描摹，真实呈现上海里弄百姓的生存状态，发人省思。文字注重社会批评和文明批评，表现出作者对现实社会的关注和清醒的认识，也反映出他此阶段"为人生的艺术"的理念。

上海有种种的洋房，高大的，小巧的，红得使人眼前晕眩的，白得使人悠然意远的，实在不少。在洋房的周围，有密叶藏禽的丛树，在交枝叠蕊的砌花，凉椅可以延爽，阳台可以迎月。在那里接待密友，陪伴恋人，背景是那样清妙，登场人物又是那样满怀欢畅，真可谓赏心乐事，神仙不啻①了。但是我不想谈这些人和他们的洋房，我要引导读者到狭窄的什么弄什么里去。

在内地有这么一个称谓，叫作"上海式房子"，可见这种房屋的式样是起源于上海而流行到内地去的。我想，再减省不得再死板不过的格局，要数上海式的房子了。开进门去，真是井一样的一个天井。假如后门正开着，我们的视线就可以通过客堂，直望到后面一家人家的前门。客堂后面是一张峭直的扶梯，好让我们爬上楼去。最奇妙的，扶梯后面还不到一楼一底的高度，却区分为三，上是晒台，中称亭子间，下作灶房。没有别的了，尽在于此了。倘若要形容家家相同的情形，很可以说就像印版文字那样，见一个可以知道万万。住在这种房屋里的人们，差不多跟鸽子箱里的鹁鸽一样，一对对地伏在里边就是了，决说不到舒服，说不到安居，更说不到什么怡神悦性的佳趣。但是，假如一对夫妇能占这么一所房屋，他们就是十二分的幸运者，至少可以赠给他们"准贵族"的称号了；更有无量数的人，要合起好几对来，还附带各家的老的小的，才得以占这样一所房屋，他们连鹁鸽都不如呢！

---

① ［不啻］不亚于。

最大的限度,这样一所房屋可以住七八家人家。待我指点明白,读者就不会以为是奇闻了。客堂以及楼面各用板壁划分为二,可以住下四家,这是天经地义,所以平淡无奇。亭子间可以关起门来自成小天地,当然住一家。各家的饭都在自己的领域里做,那么灶房里也可以住一家。在晒台顶上架起些薄板,只要像个形式,不管风来受冷,雨来受淋,就也可以住一个单身汉或者一对孤苦的老夫妇。再在楼板底下,客堂后半间的上面,搭成一个板阁,出入口就开在扶梯的半腰里,虽然出进非爬不可,虽然陈设不下什么床铺,两三个"七尺之躯"还容得下,所以也可以住一家。这不是八家了么?

情形如此,我们还称这是一所房屋,似乎不很适当了。试想夜深入睡的时候,这里与那里,上层与下层,都横七竖八躺满了人,这不是与北城郊外,白杨树下,新陈错杂的丛墓相仿佛么?所不同的,死人是错乱纵横躺在泥土之中,这些睡着的人是错乱纵横躺在浑浊不堪而其名尚存的空气之中罢了。

丛墓里的死人永远这样躺着,错乱纵横倒还没有什么关系,这些睡着的人可不然,他们夜间的墓场也就是白天的世界。一到晨梦醒来,竖起身子,大家就要在那里做种种活动;图谋生活的工作,维持生活的杂务,都得在这仅够横下身子的领域里干起来。他们只有身体与身体相摩,饭碗与便桶并列,坐息于床铺之上,烧饭于被褥之侧:今天,明天,今年,明年,直到永远!

在这个领域里实在也无从整理,当然谈不到带着贵族气息的卫生。苍蝇来与他们夺食,老鼠来与他们同居;原有的窗户因为分家别户不免少开几扇,一部分清新的空气就给挡驾了,于是疾病之神偷偷地溜了进来。这家煨①破旧的泥炉,那家点无罩的煤油灯,于是祝融②之神默默地在那里相度他的新领土。小孩在这个领域里产生出来,生活过来,不是面黄肌瘦,软弱无力,就是深深印着这么一个观念,杂乱肮脏就等于生活,于是愚蠢者卑陋者的题名册上又要添上许多名字。总之,这活人的丛墓面前清清楚楚标着这样几个无形的大字,就是"死亡,灾难,愚蠢"。

是谁把这什么弄什么里化成丛墓的呢?是谁驱使这许多人投入丛墓的呢?这些真是极其愚笨的问题。人家出不起独占一所屋子的钱,当然只好七家八家合在一起住。所以,如果要编派处分,谁也怪不得,只能怪住在丛墓里的人自己不好,你们为什么没有富足的钱!你们如果怪房东把房价定得太贵,房东将会回答你们说:"我是将本求利的,这房屋的利息是最公道的呢。我并不做三分息四分息的营生。你们不送我个'廉洁可风'的匾额,倒怪起我来了么!"你们如果去怪市政机关没有限制,没有全盘的规划,市政机关会回答你们说:"就因为我们没有限制,你们才有个存身之处。有了限制,你们只好住到郊野去了!至于空阔舒畅的房屋尚没有人住的,某处有一所美国式的洋房,某处有一所带花园的别墅,

---

① [煨(wēi)]温火加热,焚烧。
② [祝融]古代传说中的火神。

某处某处有什么什么,你们为什么不去买来或租来住呢?"他们都不错,只有你们错,你们为什么没有富足的钱!

　　为千错万错的人们着想,只有两条路。其一,回复到上古的时代,空间跟清风明月一样,不用一钱买,在山巅水涯自由自在地造起房屋来。其二,提倡货真价实到二十四分的精神生活,尽管七家八家挤在一起,但是天理可以胜人欲,妙想可以移实感,所以大家能优游自适,无异处高堂大厦。

　　假如既已出了轨的世运的车是继续向前奔驶的,那么回复到原来的轨道是没有希望了,第一条路通不过去了。假如理学不昌,生活不能不依赖物质,那么七家八家死挤,总是莫大的悲哀,第二条路又通不过去了。

　　这似乎颇有点绝望。但是也不尽然。平心而论,同是一个人,所占空间应该是同样大小,没有一个人配特别占得多,也就没有一个人该特别占得少。你能说出谁配多占谁该少占的理由么?能够做到所占均等,能够做到人人得有整洁舒适的居所,那么,丛墓就恢复为人间了。这决不是开倒车,退到歧路那儿,然后郑重前进的办法所能办到的。这须得加速度前进,飞越旧的轨道,转上那新的轨道。

　　什么事情的新希望都在于转上新的轨道。困在丛墓中而感到悲哀的人们,就为这一点悲哀,已经有奔向新的轨道的必要了。

　　写实是叶圣陶散文的特点。阿英称赞他的"每一篇小品,真不啻是一首非常成功的,优美的,人生之诗"。在《丛墓似的人间》这篇文章之中,作者依然坚持写实的手法,描绘了上海的繁华,足令人感到炫目和激动,但这座城市又恰似"丛墓似的人间",机械化地运转和死气沉沉的单调让人倍感乏味。在文章里面,叶圣陶先生将20世纪30年代的上海里弄中的格子间比作野外的荒坟,"所不同的是,死人是错乱纵横躺在泥土之中,这些睡着的人是错乱纵横躺在浑浊不堪而其名尚存的空气之中罢了"。起先读罢,只觉得他的比喻很有新意,但如今再读,只觉得他的比喻意味深长,让人们不得不去考虑自己的生存价值和生命意义。文章最后,作者说,"什么事情的新希望都在于转上新的轨道"。文到此处,对于明朗的明天,作者殷切寄语那些困在丛墓里面的人们,必须心存迎接新希望、奔向新轨道的勇气。

一、散　文

8. 记佩弦来沪

阅读提示

文章首先表达了未能与朱自清细谈的遗憾，追述两人曾经晤谈的愉悦，接着叙述朱自清平时来上海的情况，结尾写到了送朱自清离开上海的情形。文章以朴素笔触呈现友人之间的至诚情谊，朱自清的形象亦跃然纸上。

原文品读

每回写信给佩弦，总要问几时来上海，觉得有许多的话要与他细谈。佩弦来了，一遇于菜馆，再遇于郑家，三是他来我家，四呢，就是送他到车站了。什么也没有谈，更说不到"细"，有如不相识的朋友，至多也只是"颠头朋友"那样，偶然碰见，说些今天到来明天动身的话以外，就只剩下默默相对了。也颇提示自己，正是满足愿望的机会，不要轻易放过。这自然要赶快开个谈话的端，然后蔓延不断地谈下去才对。然而什么是端呢？我开始觉得我所怀的愿望是空空的，有如灯笼壳子，我开始懊恼平时没有查问自己，究竟要与佩弦细谈些什么。端既没有，短短的时光又如影子那样移去无痕，于是若有所失地又"天各一方"了。

过几天后追想，我所以怀此愿望，以及未得满足而感到失望，乃因前此晤谈曾经得到愉悦之故。所谓愿望，实在并不是有这样那样的话非谈不可，只是希冀再能够得到从前那样的愉悦。晤谈的愉悦从哪里发生的呢？不在所谈的材料精微或重大，不在究极到底而得到结论（对这些固然也会感到愉悦，但不是我意所存），而在抒发的随意如闲云之自在，印证的密合如呼吸之相通，如佩弦所说的"促膝谈心，随兴之所至。时而上天，时而入地，时而论书，时而评画；时而纵谈时局，品鉴人伦，时而剖析玄理，密诉衷曲……"可谓随意之极致了。不比议事开会，即使没法解决，也总要勉强作个结论；又不比登台演说，虽明知牵强附会，也总要勉强把它编成章节。能说多少，要说多少，以及愿意怎样说，完全在自己手里，丝毫不受外力牵掣。这当儿，名誉的心是没有的，利益的心是没有的，顾忌欺诈等心也都没有，只为着表出内心而说话，说其所不得不说。在这样的进程中随伴地感到一种愉悦，其味甘而永,同于艺术家制作艺术品时所感到的。至于对谈的人,一定是无所不了解,无所不领会,真可说彼此"如见其肺肝然"的。一个说了这一面,又一个推阐①到那一面,一个说如此如此,又一个从反面证明决不如彼如彼,这见得心与心正起共鸣,合为妙响。是何等的愉悦!即使一个说如此,又一个说不然,一个说我意云尔,又一个殊觉未必,因为没有名誉利益等等的心思在里头作祟,所以羞愤之情是不会起的,驳诘到妙处,只觉得共同找到胜境似的,愉悦也是共同的。

这样的境界是可以偶遇而不可以特辟的。如其写个便条,说"月之某日,敬请驾临某地晤谈,各随兴趣之所至,务以感受愉悦为归"。到那时候,也许因为种种机缘的不凑合,终于没什么可说,兴味索然。就如我希望佩弦来上海,虽然不曾用便条相约,却颇怀着写便条的心理。结果如何呢?不是什么也没有谈,若有所失地又"天各一方"了么?或在途中,或在斗室,或在临别以前的旅舍,或在久别初逢的码头,各无存心,隨意倾吐,不觉枝蔓,实已繁多。忽焉念起:这不已沉入了晤谈的深永的境界里么?于是一缕愉悦的心情同时涌起,其滋味如初泡的碧螺春,回味刚才所说,一一隽永可喜,这尤其与茶叶的比喻相类。但是,逢到这样愉悦是初非意料的。那一年岁尽日晚间,与佩弦同在杭州,起初觉得无聊,后来不知谈到了什么,兴趣好起来了,彼此都不肯就此休歇,电灯熄了,点起白蜡烛来,离开了憩坐室去到卧室,上床躺着还是谈,两床中间是一张双抽屉的桌子,桌上是两支白蜡烛。后来佩弦看了看时计,说一首小诗作成了,就念给我听:

除夜的两支摇摇的白烛光里,
我眼睁睁瞅着
一九二一年轻轻地辥②过去了。

佩弦每次到上海总是慌忙的。颧颊的部分往往泛着桃花色;行步急遽,仿佛有无量的事务在前头;遗失东西是常事,如去年之去,墨水笔和小刀都留在我的桌上。其实岂止来上海时,就是在学校里作课前的预备,他全神贯注,表现于外面的神态是十分紧张;到下了课,对于讲解的反省,答问的重温,又常常涨红了脸。佩弦欢喜用"旅路"之类的词儿,周作人先生称徐玉诺"永远的旅人的颜色",如果借来形容佩弦的慌忙的神气,可谓巧合。我又想,可惜没有到过佩弦家里,看他辞别了旅路而家居的时候是不是也这样慌忙。但是我想起了"人生的旅路"的话,就觉得无须探看,"永远的旅人的颜色"大概是"永远的"了。

佩弦的慌忙,我以为该有一部分原因在他的认真。说一句话,不是徒然说话,要掏出真心来说;看一个人,不是徒然访问,要带着好意同去;推而至于讲解要学生领悟,答问要针锋

---

① [推阐] 阐发。
② [辥(xué)] 折回,旋转。

相对;总之,不论一言一动,既要自己感受喜悦,又要别人同沾美利(佩弦从来没有说起这些,全是我的揣度,但是我相信"虽不中不远矣")。这样,就什么都不让随便滑过,什么都得认真。认真得利害,自然见得时间之暂忽。如何叫他不要慌忙呢?

看了佩弦的《"海阔天空"与"古今中外"》一文的人,见佩弦什么都要去赏鉴赏鉴,什么都要去尝尝味儿,或许以为他是一个工于玩世的人。这就错了。玩世是以物待物,高兴玩这件就玩这件,不高兴就丢在一边,态度是冷酷的。佩弦的情形岂是这样呢?佩弦并非玩世,是认真处世。认真处世是以有情待物,彼此接触,就以全生命交付,态度是热烈的。要谈到"生活的艺术",我想只有认真处世的人才配,"玩世不恭",光棍而已,艺术家云乎哉!——这几句就作佩弦那篇文字的"书后",不知道他以为用得着否。

这回佩弦动身,我看他无改慌忙的故态。旅馆的小房间里,送行的客人随便谈说,佩弦一边听着,一边检这件看那件,似乎没甚头绪的模样。馆役唤来了,叫把新买的一部书包在铺盖里,因为箱子网篮都满满的了。佩弦帮着拉毯子的边幅,放了这一边又拉那一边,还有伯祥①帮着,结果只打成个"跌塞铺盖"。于是佩弦把新裁的米通长衫穿起来,剪裁宽大,使我想起法师的道袍;他脸上带着小孩初穿新衣那样的骄意和羞态。一行人走出旅馆,招呼人力车,佩弦则时时回头向旅馆里面看。记认耶?告别耶?总之,这又见得他的"认真"了。

在车站,佩弦怅然地等待买票,又来回找寻送行李的馆役,在黄昏的灯光和朦胧的烟雾里,"旅人的颜色"可谓十足了。这使我想起前年的这个季节在这里送颉刚②。颉刚也是什么都认真的,而在行旅中常现慌忙之态,也与佩弦一样。自从那回送别之后,还不曾见过颉刚,我深切地想念他了。

几个人着意搜寻,都以为行李太重,馆役沿路歇息,故而还没送到。哪知他们早已到了,就在我们团团转的那个地方的近旁。这可见佩弦慌忙得可以,而送行的人也无不异感塞住胸头。

为了行李过磅,我们共同看那个站员的鄙夷不屑的嘴脸。他没有礼貌,没有同情,呼叱似的喊出重量和运费的数目。我们何暇恼怒,只希望他对于无论什么人都是这个样子,即使是他的上司或者洋人。

幸而都弄清楚了,佩弦两手里只余一只小提箱和一个布包。"早点去占个座位吧",大家对他这样说。他答应了,颠头,将欲回转身,重又颠头,脸相很窘,踌躇一会儿之后,他似乎下了大决心,转身径去,头也不回。没有一歇工夫,佩弦的米通长衫的背影就消失在站台的昏茫里了。

---

① [伯祥]王伯祥(1890—1975),名钟麒,字伯祥。江苏苏州人。现代文史研究家。
② [颉刚]顾颉刚(1893—1980),名诵坤,字铭坚,号颉刚。江苏苏州人。中国现代著名历史学家、民俗学家。

 **赏析品鉴**

  叶老一些怀人念旧的篇章,写得尤为情真意切,动人处,往往令人产生强烈的共鸣和感应;文辞恳挚,情真之至,常能以寥寥数语刻画友人的风度和个性。看了这些文章,令人不禁赞叹叶老待人至诚,善于了解、体贴别人,极重朋友间的情分和信义。

  文章细致入微地写了朱自清与友人相别前的情景:"旅馆的小房间里,送行的客人随便谈说,佩弦一边听着,一边检这件看那件,似乎没甚头绪的模样……佩弦把新裁的米通长衫穿起来,剪裁宽大,使我想起法师的道袍;他脸上带着小孩初穿新衣那样的骄意和羞态。"及至进站,"佩弦两手里只余一只小提箱和一个布包。'早点去占个座位吧',大家对他这样说。他答应了,颔头,将欲回转身,重又颔头,脸相很窘,踌躇一会儿之后,他似乎下了大决心,转身径去,头也不回……"由此,朱自清不无羞赧的朴实为人,叶圣陶兄长般关注友人的盈盈爱意,都自细微动人的刻画中款款流出。

一、散　文

9. 看　月

文章名为看月,实则由看月引发哲思。作者望月,生发感慨,回忆往事,写出不同地点与背景下月之特点。人在景中,景在人中,情景交融。

　　住在上海"弄堂房子"里的人对于月亮的圆缺隐现是不甚关心的。所谓"天井",不到一丈见方的面积。至少十六支光的电灯每间里总得挂一盏。环境限定,不容你有关心到月亮的便利。走到路上,还没"断黑"已经一连串地亮了街灯。有月亮吧,就像多了一盏灯。没有月亮吧,犹如一盏街灯损坏了,没有亮起来。谁留意这些呢?
　　去年夏天,我曾经说过不大听到蝉声,现在说起月亮,我又觉得许久不看见月亮了。只记得某夜夜半醒来,对窗的收音机已经沉寂,隔壁的"麻将"也歇了手,各家的电灯都已熄灭,一道象牙色的光从南窗透进来,把窗棂印在我的被袱上。我略微感到惊异,随即想到原来是月亮光。好奇地要看看月亮本身,我向窗外望。但是,一会儿月亮被云遮没了。
　　从北平来的人往往说在上海这地方怎么"呆"得住。一切都这样紧张,空气是这样龌龊①,走出去很难得看见树木,诸如此类,他们可以举出一大堆。我想,月亮仿佛失掉了这一点,也该列入他们认为上海"呆"不住的理由吧,假若如此,我倒并不同意。在生活的诸般条件里列入必须看月亮一项,那是没有理由的。清旷的襟怀和高远的想象力未必定须由对月而养成。把仰望的双眼移到地面,同样可以收到修养上的效益,而且更见切实。可是我并非反对看月亮,只是说即使不看也没有什么关系罢了。
　　最好的月色我也曾看过。那时在福州的乡下,地当闽江一折的那个角上。某夜,靠着楼栏直望。闽江正在上潮,受着月亮,成为水银的洪流。江岸诸山略微笼罩着雾气,好像不

---
① 〔龌龊(wòchuò)〕肮脏,不干净。

是平日看惯的那几座山了。月亮高高停在天空,非常舒泰的样子。从江岸直到我的楼下是一大片沙坪,月光照着,茫然一白,但带点儿青的意味。不知什么地方送来晚香玉的香气。也许是月亮的香气吧,我这么想。我心中不起一切杂念,大约历一刻钟之久,才回转身来。看见蛎粉墙①上印着我的身影,我于是重又意识到了我。

那样的月色如果能得再看几回,自然是愉悦的事,虽然前面我说过"即使不看也没有什么关系"。

爱自然伴随着率真与坦诚。叶圣陶散文以更多的篇幅直接谈论人生世事一切不如意处,一切矛盾困惑,一切虚伪无聊尽显笔端。含笑面对生活中常见的花拳绣腿,叶圣陶坦诚相告世人:"无论如何天花乱坠的文明文化,维持生活的基本要件总是劳力的结果。"比较美丽可人的闽江月色与难得一见的上海月光,自有人愤激不平,叶圣陶却语重心长地说出他的感悟:"在生活的诸般条件里列入必须看月亮一项,那是没有理由的。清旷的襟怀和高远的想象力未必定须由对月而养成。把仰望的双眼移到地面,同样可以收到修养上的效益,而且更见切实。"品味叶圣陶的散文,可以发现作家无论何时何地面对何事,总能理智地驾驭自己的情感、自己的笔锋,使作品既不失于浓艳,也不流于粗疏,总是恰到好处地在凝重中仍保持着文字内蕴的雅致秀美。全文紧密扣住一个中心,不枝不蔓。文章凝重的风格,当更多地归功于叶先生对散文篇章结构的重视。从通篇结构来看,叶圣陶散文注重的是平实严谨,一如作家本人的人格风貌,不图奇巧,但求坚稳。

---

① [蛎(lì)粉墙] 用蛎灰粉刷的墙。姚燮《洞仙歌·渌西楼后》词:"烟廊三五折,蛎粉墙回,小竹疏花一帘抱。"

一、散　文

10．书　桌

文章叙述了作者与一张书桌的渊源。以做书桌之事刻画了一名德艺双馨的朴实工匠形象，其技艺高超，严格谨慎，人格光辉。书桌传承了老木匠一丝不苟的职业品格，令人钦佩动容。作者多采用对比手法，借由书桌的经历表达对传统手艺的流逝与职业品格沉沦的叹惋。

十多年前寄居乡下的时候，曾经托一个老木匠做一张书桌。我并不认识这个老木匠，向当地人打听，大家一致推荐他，我就找他。

对于木材，我没有成见，式样也随便，我只要有一张可以靠着写写字的桌子罢了。他代我作主张，用梧桐，因为他那里有一段梧桐，已经藏了好几年，干了。他又代我规定桌子的式样。两旁边的抽屉要多少高，要不然装不下比较累赘的东西。右边只须做一只抽屉，抽屉下面该是一个柜子，安置些重要的东西，既见得稳当，取携又方便。左右两边里侧的板距离要宽些，要不然，两个膝盖时时触着两边的板，就感觉局促，不舒服。我样样依从了他，当时言明工料价六块钱。

过了一个星期，过了半个月，过了二十多天，不见他把新书桌送来。我再不能等待了，特地跑去问他。他指着靠在阴暗的屋角里的一排木板，说这些就是我那新书桌的材料。我不免疑怪，二十多天工夫，只把一段木头解了开来！

他看出我的疑怪，就用教师般的神情给我开导。说整段木头虽然干了，解了开来，里面还未免有点儿潮。如果马上拿来做家伙，不久就会出毛病，或者裂一道缝，或是接榫①处松

---

① ［接榫(sǔn)］指把榫头和榫眼接起来，就像长条板凳的板子和腿接口那样，也用以比喻前后衔接。

了。人家说起来，这是某某做的"生活"，这么脆弱不经用。他向来不做这种"生活"，也向来没有受过这种指摘。现在这些木板，要等它干透了，才好动手做书桌。

他恐怕我不相信，又举出当地的一些人家来，某家新造花厅，添置桌椅，某家小姐出阁准备嫁妆，木料解了开来，都搁在那里等待半年八个月再上手呢。"先生，你要是有工夫，不妨到他们家里去看看，我做的家伙是不容它出毛病的。"他说到"我做的家伙"，黄浊的眼睛放射出夸耀的光芒，宛如文人朗诵他的得意作品时候的模样。

我知道催他快做是无效的，好在我并不着急，也就没说什么催促的话。又过了一个月，我走过他门前，顺便进去看看。一张新书桌站在墙边了，近乎乳白色的板面显出几条年轮的痕迹。老木匠正弯着腰，几个手指头抵着一张"沙皮"，在磨擦那安抽屉的长方孔的边缘。

我说再过一个星期，大概可以交货了吧。他望望屋外的天，又看看屋内高低不平的泥地，摇头说："不行。这样干燥的天气，怎么能上漆呢？要待转了东南风，天气潮湿了，上漆才容易干，才可以透入木头的骨子里去，不会脱落。"

此后下了五六天的雨。乡下的屋子，室内铺着方砖，每一块都渗出水来，像劳工背上淌着汗。无论什么东西，手触上去总觉得黏黏的。穿在身上的衣服也散发出霉蒸气。我想，我的新书桌该在上漆了吧。

又过了十多天，老木匠带同他的徒弟把新书桌抬来了。栗壳色，油油的发着光亮，一些陈旧的家具有它一比更见得黯淡失色了。老木匠问明了我，就跟徒弟把书桌安放在我指定的地位，只恐徒弟不当心，让桌子跟什么东西碰撞，因而擦掉一点儿漆或是划上一道纹路，他连声发出"小心呀、小心呀"的警告。直到安放停当了，他才松爽地透透气，站远一点儿，用一只手摸着长着灰色短须的下巴，悠然地鉴赏他的新作品。我交给他六块钱，他随便看了一眼就握在手心里，眼光重又回到他的新作品。最后说："先生，你用用看，用了些时，你自然会相信我做的家伙是可以传子孙的。"他说到"我做的家伙"，夸耀的光芒又从他那黄浊的眼睛放射出来了。

以后十年间，这张书桌一直跟着我迁徙。搬运夫粗疏的动作使书桌添上不少纹路。但是身子依旧很结实，接榫处没有一点儿动摇。直到"一·二八"战役，才给毁坏了。大概是日本军人刺刀的功绩。以为锁着的柜子里藏着什么不利于他们的东西，前面一刀，右侧一刀，把两块板都划破了。左边只有三只抽屉，都没有锁，原可以抽出来看看的，大概因为军情紧急吧，没有一只一只抽出来看的余裕，就把左侧的板也划破了，而且拆了下来，丢在一旁。

事后我去收拾残余的东西。看看这张相守十年的书桌，虽然像被残害的尸体一样，肚肠心肺都露出来了，可是还舍不得就此丢掉。于是请一个木匠来，托他修理。木匠说不用抬回去，下一天带了材料和家伙来修理就是了。

第二天下午，我放工回家，木匠已经来过，书桌已经修理好了。真是看了不由得生气的修理！三块木板刨也没刨平。边缘并不嵌入木框的槽里，只用几个一寸钉把木板钉在木框的外面。涂的是窑煤似的黑漆,深一搭,淡一搭,仿佛还没有刷完工的黑墙头。工料价已经领去,大洋一块半。

我开始厌恶这张书桌了。想起制造这张书桌的老木匠,他那种一丝不苟的态度,简直使缺少耐性的人受不住,然而他做成的家伙却是无可批评的。同样是木匠,现在这一个跟老木匠比起来,相差太远了。我托他修理,他就仅仅按照题目做文章,还我一个修理。木板破了,他给我钉上不破的。原来涂漆的,他也给我涂上些漆。这不是修理了吗?然而这张书桌不成一件家伙了。

同样的事在上海时时会碰到。从北京路那些木器店里买家具,往往在送到家里的时候就擦去了几处漆,划上了几条纹路。送货人有他的哲学。你买一张桌子,四把椅子,总之送给你一张桌子,四把椅子,决不短少一件。擦去一点儿漆,划上几条纹路,算得什么呢!这种家具使用不久,又往往榫头脱出了,抽屉关不上了,叫你看着不舒服。你如果去向店家说话,店家又有他的哲学给你作答。这些家具在出门的时候都是好好的,总之我们没有把破烂的东西卖给你。至于出门以后的事,谁管得了!这可以叫作"出门不认货"主义。

又譬如冬季到了,你请一个洋铁匠来给你装火炉。火炉不能没有通气管子,通气管子不能没有支持的东西,他就横一根竖一根地引出铅丝去,钉在他认为着力的地方。达,达,达,一个钉子钉在窗框上。达,达,达,一个钉子钉在天花板上。达,达,达,一个钉子钉在墙壁上。可巧碰着了砖头,钉不进去,就换个地方再钉。然而一片粉刷已经掉了下来,墙壁上有了伤疤了。也许钉了几回都不成功,他就凿去砖头,嵌进去一块木头。这一回当然钉牢了,然而墙壁上的伤疤更难看了。等到他完工,你抬起头来看,横七竖八的铅丝好似被摧残的蜘蛛网,曲曲弯弯伸出去的洋铁管好似一条呆笨的大蛇,墙壁上散布着伤疤好像谁在屋子里乱放过一阵手枪。即使火炉的温暖能给你十二分舒适,看着这些,那舒适不免要打折扣了。但是你不能怪洋铁匠,他所做的并没有违反他的哲学。你不是托他装火炉吗?他依你的话把火炉装好了,还有什么好说呢?

倘若说乡下那个老木匠有道德,所以对于工作不肯马虎,上海的工匠没有道德,所以只图拆烂污,出门不认货,不肯为使用器物的人着想,这未免是拘墟之见①。我想那个老木匠,当他幼年当徒弟的时候,大概已经从师父那里受到熏陶,养成了那种一丝不苟的态度了吧。而师父的师父也是这么一丝不苟的,从他的徒孙可以看到他的一点儿影像。他们所以这样,为的是当地只有这么些人家做他们永远的主顾,这些人家都是相信每一件家伙预备传子孙的,自然不能够潦潦草草对付过去。乡下地方又很少受时间的催迫。女儿还没订婚,嫁妆里的木器却已经在置办了。定做了一件家具,今天拿来使用跟下一个月拿来使用,似乎没有什么分别,甚至延到明年拿来使用也不见得怎样不方便。这又使他们尽可以耐着

---

① [拘墟之见]拘,拘守;墟,指所居住的地方。原指井底之蛙受所处空间的限制,只能看到一点天空。现多用来形容狭隘短浅的见识。

性儿等待木料的干燥和天气的潮湿。更因主顾有限,手头的工作从来不会拥挤到忙不过来,他们这样从从容容,细磨细琢,一半自然是做"生活",一半也就是消闲寄兴的玩意儿。在这样情形之下做成的东西,固然无非靠此换饭吃,但是同时是自己精心结撰①的制作,不能不对它发生珍惜爱护的心情。总而言之,是乡下的一切生活方式形成了老木匠的那种态度。都市地方可不同了。都市地方的人口是流动的,同一手艺的作场到处都有,虽不能说没有老主顾,像乡下那样世世代代请教某一家作场的老主顾却是很少的。一个工匠制造了一件家具,这件家具将归什么人使用,他无从知道。一个主顾跑来,买了一两件东西回去,或是招呼到他家里去为他做些工作,这个主顾会不会再来第二回,在工匠也无从预料。既然这样,工作潦草一点儿又何妨?而且,都市地方多的是不嫌工作潦草的人。每一件东西预备传子孙的观念,都市中人早已没有了(他们懂得一个顶扼要的办法,就是把钱传给子孙,传了钱等于什么都传下去了)。代替这个观念的是想要什么立刻有什么。住亭子间的人家新搬家,看看缺少一张半桌,跑出去一趟,一张半桌载在黄包车上带回来了,觉得很满意。住前楼的文人晚上写稿子,感到冬天的寒气有点儿受不住,立刻请个洋铁匠来,给装上个火炉。生起火炉来写稿子,似乎文思旺盛得多。富翁见人家都添置了摩登家具,看看自己家里,还一件也没有,相形之下不免寒伧,一个电话打出去,一套摩登家具送来了。陈设停当之后,非常高兴,马上打电话招一些朋友来叙叙。年轻的小姐被邀请去当女傧相了,非有一身"剪刀口里"的新装不可,跑到服装公司里,一阵的挑选和叮嘱,质料要时髦,缝制要迅速,临到当女傧相的时刻,心里又骄傲又欢喜,仿佛满堂宾客的眼光一致放弃了新娘而集中在她一个人身上似的。当然,"想要什么"而不能"立刻有什么"的人居大多数,为的是钱不凑手。现在单说那些想要什么立刻有什么的,他们的满足似乎只在"立刻有什么"上,要来的东西是否坚固结实,能够用得比较长久,他们是不问的。总之,他们都是不嫌工作潦草的人。主顾的心理如此,工匠又何苦一定要一丝不苟?都市地方有一些大厂家,设着验工的部分,检查所有的出品,把不合格的剔出来,不让它跟标准出品混在一起,因而他们的出品为要求形质并重的人所喜爱。但是这种办法是厂主为要维持他那"牌子"的信用而想出来的,在工人却是一种麻烦,如果手制的货品被认为不合格,就有罚工钱甚至停工的灾难。现在工厂里的工人再也不会把手制的货品看作艺术品了。他们只知道货品是玩弄他们生命的怪物,必须服事了它才有饭吃,可是无论如何吃不饱。——工人的这种态度和观念,也是都市地方的一切生活方式形成的。

　　近年来乡下地方正在急剧地转变,那个老木匠的徒弟大概要跟他的师父以及师父的师父分道扬镳②了。

---

　　① [结撰(zhuàn)]结构撰述。
　　② [分道扬镳(biāo)]分路而行。比喻目标不同,各走各的路或各干各的事。

 赏析品鉴

  这是一张让作者叹服的书桌,陈旧的家具与之相比黯淡失色。老木匠技艺高超,每道工序都严谨操作,显示出一个顶级工匠的职业操守。然而尤令人折服的,是木匠不急于求成、不唯利是图、严格谨慎、一丝不苟的人格品质。文章构思由表及里,读后能让读者产生一个清晰的思维链条,即这张书桌是老木匠用高超的工艺打造而成的,更是用一丝不苟的精神凝结而成的。

  文章开篇以侧面烘托的方式为老木匠的人品蓄势,次段始便描述老木匠打造书桌的过程,历时三月。作者极力渲染制作进程之缓慢,在表示时间推进过程的文字里,满溢了作者的焦急心情,但老木匠似不为所动,等待合适的天气环境为书桌上漆,让每一道工序都在时间的沉淀里日臻缜密。书桌在时间的流转里不复最初的模样,作者在见证其破损难修的过程之中,揭露了社会弊端,工匠们被金钱蒙蔽了双眼,欲求速度不要质量,贪恋金钱不顾人品。当年老木匠力求传承技艺的初心已淹没在时代文明的演进里,令人无尽惋惜。

11. 牛

叶圣陶先生的《牛》，通过描写牛因为"眼睛有点不同"而备受孩子们玩弄、甘被农夫们役使的情形，对逆来顺受、不敢抗争的奴性进行了深刻解剖，表现了对旧中国那些奴性十足、愚昧麻木的人们"哀其不幸，怒其不争"的复杂感情，可谓以小见大，言近旨远。

在乡下住的几年里，天天看见牛。可是直到现在还像显现在眼前的，只有牛的大眼睛。冬天，牛拴在门口晒太阳。它躺着，嘴不停地磋磨，眼睛就似乎比忙的时候睁得更大。牛眼睛好像白的成分多，那是惨白。我说它惨白，也许为了上面网着一条条血丝。我以为这两种颜色配合在一起，只能用死者的寂静配合着吊丧者的哭声那样的情景来相摹拟。牛的眼睛太大，又鼓得太高，简直到了使你害怕的程度。我进院子的时候经过牛身旁，总注意到牛鼓着的两只大眼睛在瞪着我。我禁不住想，它这样瞪着，瞪着，会猛的站起身朝我撞过来。我确实感到那眼光里含着恨。我也体会出它为什么这样瞪着我，总距离它远远地绕过去。有时候我留心看它将会有什么举动，可是只见它呆呆地瞪着，我觉得那眼睛里似乎还有别的使人看了不自在的意味。

我们院子里有好些小孩，活泼，天真，当然也顽皮。春天，他们扑蝴蝶。夏天，他们钓青蛙。谷子成熟的时候到处都有油蚱蜢，他们捉了来，在灶膛里煨了吃。冬天，什么小生物全不见了，他们就玩牛。

有好几回，我见牛让他们惹得发了脾气。它绕着拴住它的木桩子，一圈儿一圈儿地转。低着头，斜起角，眼睛打角底下瞪出来，就好像这一撞要把整个天地翻个身似的。

孩子们是这样玩的：他们一个个远远地站着，捡些石子，朝牛扔去。起先，石子不怎么大，扔在牛身上，那一搭皮肤马上轻轻地抖一下，像我们的嘴角动一下似的。渐渐地，捡来的石子大起来了，扔到身上，牛会掉过头来瞪着你。要是有个孩子特别胆大，特别机灵，他会到竹园里找来一根毛竹,伸得远远地去撩牛的尾巴,戳牛的屁股,把牛惹起火来。可是,我从未见过他们撩过牛的头。我想,即使是小孩,也从那双大眼睛看出使人不自在的意味了。

玩到最后,牛站起来了,于是孩子们轰的一声,四处跑散。这种把戏,我看得很熟很熟了。

有一回,正巧一个长工打院子里出来,他三十光景了,还像孩子似的爱闹着玩。他一把捉住个孩子,"莫跑,"他说,"见了牛都要跑,改天还想吃庄稼饭子?"他朝我笑笑说,"真的,牛不消怕得,你看它有那么大吗?它不会撞人的。牛的眼睛有点不同。"

以下是长工告诉我的话。

"比方说,我们看见这根木头桩子,牛眼睛看来就像一根撑天柱。比方说,一块田十多亩,牛眼睛看来就没有边,没有沿。牛眼睛看出来的东西,都比原来大,大许多许多。看我们人,就有四金刚那么高,那么大。站到我们跟前它就害怕了,它不敢倔强,随便拿它怎么样都不敢倔强。它当我们只要两个指头就能捻死它,抬一抬脚趾拇就能踢它到半天云里,我们哈气就像下雨一样。那它就只有听我们使唤,天好,落雨,生田,熟田,我们要耕,它就只有耕,没得话说的。你先生说对不对,幸好牛有那么一双眼睛。不然的话,还让你使唤啊,那么大的一个力气又蛮,踩到一脚就要痛上好几天。对了,我们跟牛,五个抵一个都抵不住。好在牛眼睛看出来,我们一个抵它十几个。"

以后,我进出院子的时候,总特意留心看牛的眼睛,我明白了另一种使人看着不自在的意味。那黄色的浑浊的瞳仁,那老是直视前方的眼光,都带着恐惧的神情,这使眼睛里的恨转成了哀怨。站在牛的立场上说,如果能去掉这双眼睛,成了瞎子也值得,因为得到自由了。

赏析品鉴

牛,乡间常见,孩子们逗牛取乐,也是常见的现象。"长工告诉我的话"也颇见俚俗,而且不一定没有科学道理。文章取材从小处切入,然"其称文小而其旨极大,举类迩而见意远"。牛的形象,显然是旧中国一切奴性十足、愚昧麻木的人们的象征。牛是不幸的,然而其不幸纯由自取,"如果能去掉这双眼睛,成了瞎子也值得,因为得到自由了"。叶老通过牛的形象的塑造,一则剖析了被欺侮被奴役者失去自由的真正原因,二则揭露了统治者色厉内荏的虚弱本质。文章力图启发世人,不可被自己的眼睛所欺骗,切勿夸大他人的力量,灭尽自己的威风,理当正视现实,勇敢斗争,展示"一撞要把整个天地翻个身似的"巨大威力,摆脱不幸的命运,争得生命的自由。牛形象的呈现,表达了叶圣陶对被奴役者不幸命运的同情和不敢抗争的愤怒。全文取材细小,旨意宏大,语言浅近,意蕴深邃。

二、短篇小说

　　叶圣陶先生对于小说创作的态度是"如实地写"。作为"文学研究会"的缔造者之一,他的小说带有浓厚的"为人生"的色彩。他的几部名篇,均体现了对社会的强烈关注。此外,叶老的小说特别着眼于妇女和儿童,崇尚爱与自由,尊重个性。在创作艺术上,叶老是个独具风格的作家。细密的观察,客观的写实,亦庄亦谐的笔法,平实朴素、凝练精粹的文学语言,这一切构成了叶老现实主义的创作风格。

　　除了我们选编的这些短篇小说外,读者还可以读一读《欢迎》《萌芽》《饭》《地动》《小铜匠》《错过了》《前途》《城中》等。

12. 阿 凤

阅读提示

阿凤因婆婆杨家娘的出门办事,暂时逃脱了被打骂的命运,寻得了一时的欢乐,却从来没想过为什么会这样,怎么才能逃脱这个悲惨的世界。这种不自觉同样体现在杨家娘身上,杨家娘已经养成习惯,发话前必对阿凤打骂,她为什么要这样虐待阿凤呢?阿凤坦然地接受着婆婆的打骂,她觉得这是正常的。你觉得这一切正常吗?其根源又是什么呢?

原文品读

杨家娘,我的同居的佣妇,受了主人的使命入城送礼物去,要隔两天才回来。我家的佣妇很艳羡的样子自语道:"伊好幸运,可以趁此看看城里的景致了。"我无意中听见了这句话,就想,这两天里交幸运的不是杨家娘,却是阿凤,伊的童养媳。

阿凤今年十二岁,伊以往的简短而平凡的历史我曾听杨家娘讲过。伊本是渔家的孩子,生出来就和入网的鱼儿睡在一个舱里。后来伊父死了,渔船就换了他的棺材。伊母改嫁了一个铁路上的脚夫。脚夫的职业是不稳定的,哪里能带着个女孩子南北迁徙,况且伊是个消费者。经村人关说,伊就给杨家娘领养——那时伊是六岁。杨家娘有个儿子,今年二十四岁了。当时伊想将来总要给他娶妻,现在就替他整备着,岂不便宜省事。阿凤就此换了个母亲了。

现在伊跟着杨家娘同佣于我的同居。伊的职务是汲水,买零星东西,抱主人五岁的女孩子。伊的面庞有坚结的肌肉,皮色红润,现出活泼的笑意。但是若有杨家娘在旁,笑容就收敛了。因为伊有切实的经验,这个时候或者就会有沉重的手掌打到头上来。哪得不小心防着呢?

杨家娘藏着满腔的不如意,说出来的话几乎句句是诅咒。阿凤就是伊诅咒的对象。若是阿凤吃饭慢了些,伊就说:"你是死人,牙关咬紧了么!"若是走得太匆忙,脚着地发出踏踏的声音,伊又说:"你赶去寻死么!"但是依我猜想,伊这些诅咒并不含有怨怒阿凤的意思;因为伊说的时候态度很平易,说过之后便若无其事,照常工作,算买东西的账,间或凑主人的趣说几句拙劣的笑话——然而也类乎诅咒。伊的粗糙沉重的手掌时时要打到阿凤头上,情形正和诅咒相同。当阿凤抱着的主人的女孩子偶然啼哭时,杨家娘的手掌便很顺手地打到阿凤头上。阿凤汲水满桶,提着走时泼水于地,这又当然有取得手掌的资格了。工作暇时,杨家娘替阿凤梳头,头发因好久没梳,乱了,便将木梳下锄似的在头上乱锄。阿凤受了痛,自然要流许多眼泪,但不哭,待杨家娘一转身,伊的红润的面庞又现出笑容了。

阿凤的受骂受打同吃喝睡觉一样地平常,但有一次,最深印于我的心田,至今还不能忘。那一天饭后,杨家娘正在拭一个洋瓷的锅子,伊的手一松,锅子落了地。伊很惊慌的样子取了起来,细察四周,自慰道:"没有坏!"那时阿凤在旁边洗衣服,抵抗的意念忽然在伊无思虑的脑子里抽出一丝芽来,伊绝不改变工作的态度,但低语道:"若是我脱了手,又要打了。"这句话声音虽低,已足以招致杨家娘的手掌。"拍!拍!……"每打一下,阿凤的牙一咬紧,眼睛一紧闭——再张开时泪如泉涌了。伊这个态度,有忍受的,坚强的,英勇的表情。伊举湿手抚痛处,水滴淋漓,从发际下垂被于面,和眼泪混合。但是伊不敢哭。我的三岁的儿子恰站在我的椅子前,他的小眼睛本来是很灵活的,现在瞪视着他们俩,脸皮紧张,现出恐惧欲逃的神情。他就回转身来,两臂支在我的膝上;上唇内敛,下唇渐渐地突出。"拍!拍!"的声音送到他耳管里还是不断,他终于忍不住,上下唇大开,哭了——我从他这哭声里领略人类的同情心的滋味——便将面庞伏在我的膝上。后来阿凤晒衣服去,杨家娘便笑道:"团团,累你哭了,这算什么呢?"阿凤晒了衣服回来,便抱主人的女孩子,见杨家娘不在,又很起劲地唱学生所唱的《青蛙歌》了。

杨家娘这等举动似乎可以称为"什么狂"。我所知于伊的一些事实,是伊自述的,或者是伊成为"什么狂"的原因。伊的儿子学习木工,但是他爱好骨牌和黄酒胜于刀锯斧凿。有一回,他输了钱拿不出,因此和人家厮打,给警察拘了去。警察要他孝敬些小费,他当然不能应命,便将他重重地打了一顿。伊又急又气,只得将自己积蓄的工资充警局的罚款,赎出伊受伤的儿子。调理了好多时,他的伤痊愈了,伊再三叮嘱他,此后好好儿做工,不要赌。谁知不到三天,人家来告诉伊,他又在赌场里了。伊便赶到赌场里,将他拖了出来,对他大哭。过了几天,同样的报告又来了;并且此后屡有传来。伊刚听报告时,总是剧烈地愤怒;但一见他竟说不出一句斥责的话,有时还很愿意地给他几百文,教他买些荤菜吃。——这一些事实,或许就是激成"什么狂"的原因。

杨家娘既然受了使命出去,伊的职务自然由阿凤代理。阿凤做一切事务比平日真诚而迅速,没有平日的疏忽,懈缓,过误。伊似乎乐于做事,以做事为生命的样子。不到下午三点钟,一天的事务完了,只等晚上做晚饭了。伊就抱着主人的女孩子,唱《睡歌》给伊听。字句和音节的错误不一而足,然而从伊清脆的喉咙里发出连缀的许多声音,随意地抑扬徐疾,也就有一种自然的美。主人的女孩子微微地笑,要伊再唱。伊兴奋极了,索性慈母似的拍着女孩子的身体,提高了喉咙唱起来,和学生起劲时忽然作不规则的高唱一样。

伊从没尝过这个趣味呢。平日伊虽然不在杨家娘跟前,因为声音是可以传送的,一高唱或者就有手掌等在背后,所以只是轻轻地唱。现在伊才得尝新鲜的趣味。

唱了一会,伊乐极了,歌声和笑声融合,到末了只余忘形的天真的笑声,杨家娘的诅咒和手掌,勉强做粗重工作的劳苦,伊都疏远了,遗忘了。伊只觉伊的生命自由,快乐,而且是永远的,所以发出心底的超于音乐的赞歌,忘形的天真的笑声。

一只纯白的小猫伏在伊的旁边。伊的青布围裙轻轻动荡,猫的小爪似伸似缩地想将他攫住,但是终于没有捉着。伊故意提起围裙,小猫便站了起来,高举前足;一会儿因后足不能持久,点一点地,然后再举。猫的面庞本来有笑的表情,这一只猫的面庞白皙而丰腴,更觉得娇婉优美。他软软地花着眼睛看着伊,似乎有求爱的意思。伊几曾被求爱,又几曾施爱?但是,现在猫求伊的爱,伊也爱猫,被阻遏着的人类心里的活泉毕竟涌溢了。伊平日常常见猫,然而不相干,从今天此刻才和猫成为真的伴侣。

伊就放下女孩子,教伊站在椅旁。伊将围裙的带子的一端拖在地上,引小猫来攫取。小猫伏地不动,蓄了一会势,突前攫那带子。伊急急奔逃,环走室中,小猫跳跃着跟在背后,终不能攫得。那小猫的姿态活泼生动,类乎舞蹈,又含有无限的娇意。伊看了说不出的愉快,更欲将它引逗,两脚不住地狂奔,笑着喊道,"来呀!来呀!"汗珠被于面庞,和平日的眼泪一样地多;气息吁吁地发喘,仿佛平日汲水乏了的模样,然而伊哪里肯停呢?

这个当儿,伊不但忘了诅咒、手掌和劳苦,伊连自己都忘了。世界的精魂若是"爱","生趣","愉快",伊就是全世界。

《阿凤》描写了童养媳阿凤在婆婆杨家娘外出办事两天时间里快乐无忧的生活。作者把这一生活与以前每天遭到杨家娘的呵斥与责骂,以泪洗面的生活对比,深刻地揭露了下层妇女人生无限的辛酸。而已经心理严重变态的"虐待狂"婆婆,出现这样的情况也是事出有因——是她自己人生悲惨际遇留下的"后遗症"所致。作者用对比的方式暴露了两代女人同样悲惨的命运和愚昧不自觉的国民性,暴露普通人麻木的日常生存状态,告诉了"疗救者"一个真理:真正需要改造的、唤醒的应该是这一类麻木不自知、没有任何目的和人生意义的社会的"零余者"。这类人越多,社会改造起来就越困难。这和鲁迅先生改造国民性的宗旨和目标是一致的。

二、短篇小说

13. 阿 菊

《阿菊》是一朵描绘教育生活、蕴含丰富教学思想的文学奇葩。小说描绘了八岁男孩阿菊凄苦的家境和他第一天上学的经历,着重塑造了阿菊和女教师两个形象,平淡中见奇崛。作者对儿童内心世界的敏锐洞察力和对教育的真知灼见令人叹服。

一天早上,阿菊被他的父亲送进一个光明空阔透气的地方,他仿佛从一个世界投入别一个世界里。他的家里只有一张桌子和两条破坏的长凳,已使他的小身躯回旋不得;半截的板门撑起,微弱的光线从街上透进来——因为对面是典当里库房的高墙,——使他从不曾看清他母亲的面庞;门外墙角,是行人的小便处,时常有人在那里图一己的苟且的便当,使他习惯了不良空气的呼吸。现在这个境界在哪里呢?他真投入了别一个世界了!

阿菊的父亲是给人家做零雇的仆役的。人家有喜事丧事,雇他去上宾客们的菜,伺候宾客们的茶水烟火;此外他还当码头上起货落货的脚夫。人家干喜庆哀吊的事,酒是一种普遍而无限量施与的东西,所以他净有尽量一醉的机会;否则也要靠着酱园里的酒缸盖,喝上两三个铜子麦烧,每喝一口总是时距很长,分量很少,像是舍不得喝的样子,直到酱园收夜市,店门快关了,才无可奈何地喝干了酒,一摇一摆地回家去。那时阿菊早睡得很熟了。

阿菊的母亲是搓草绳的。伊的眼皮翻了出来,常常分泌眼泪,眼球全网着红丝——这个是他们家里的传染病,阿菊父子也是这样,不过较轻些。伊从起身到睡眠总坐在一条破长凳子,两手像机器似的工作。除了伊的两手,伊的身躯动也不动,眼睛瞬也不瞬;伊不像有思想,不像有忧乐,似乎伊的入世只为着那几捆草绳而来的。当阿菊出生时,他尖着小嘴衔着伊的乳,小手没意识地抓着,可爱的光辉的小眼睛向伊的面庞端详着;对于那些,伊似乎全无知觉,只照常搓伊的草绳。他吸了一会乳,便被弃在一个几乎站不住的草棄里。他咿呀欲达意罢,号哭欲起来罢,伊总不去理会他,竟同没什么在旁边一样;柔和的催眠声,甜

39

蜜的抚慰语，在伊的声带和脑子里是没有种子的！他到了四岁，还是吸伊淡薄的乳浆，因为这样可以省却两小碗粥；还是躺在那个破草窠里，仰看黑暗的尖垢的屋板，因为此外更没别的可以容他的地方。

阿菊今年是八岁了。除了一间屋子和门前的一段街道，他没有境遇；除了行人的歌声，小贩的叫卖声，母亲的咳嗽声和自己的学语声、啼哭声，他没有听闻；除了母亲，他没有伴侣——父亲只伴他睡眠；他只有个很狭窄的世界。今天他才从这很窄狭的世界投入别一个宽阔的世界里！

他被一位女教师抚着肩，慈爱地轻婉地问道："你知道你自己的名字么？"他从没经过被询问，这是骤然闯进他生命里的不速之客，竟使他全然无法应付。他红丝网满的眼睛瞪住了，本来滑润的泪泉里不绝地涌出眼泪来。那位女教师也不再问，但携着他的手走到运动场里。他的小手感觉着温的柔的爱的接触，是他从没尝过的，引起了他的怅惘、恐怖、疑虑，使他的脚步格外地迟缓、滞顿，似乎他在那里猜想道："人和人的爱情这么浓郁么？"

运动场里没有一件静止的凝滞的东西：十几株绿树经了风微微地舞着，无数雀儿很天真地在树上飞跃歌唱；秋千往还着，浪木震荡着，皮球腾跳着，铁环旋转着，做那些东西的动原的小孩们更没有一个不活泼快乐，正在创造他们的新的生命。阿菊随着那位女教师走，他那看惯了黑暗的眼睛经辉耀的壮丽的光明射映着，几乎张不开来。他勉强定眼看去，见那些和自己一样而从没亲近过的孩子们。他自知将要加入他们的群里，心里便突突地跳得快起来，脚下没有劲了，就站住在场角一株碧桃树下。女教师含笑问道："你不要同他们一起玩耍么？"他并不回答；他那平淡的紧张的小面庞，只现出一种对于他的新境遇觉得生疏淡漠的神情。他的视官不能应接这许多活动不息的物象，他的听官不能应接这许多繁复愉快的音波，他的主宰此刻退居于绝无能力的地位了！女教师见他不答也不动，便轻轻地抚他的背说道："你就站在这里看他们玩耍罢。"伊姗姗地走入场中，给伊的小友做伴侣去了。

一个小皮球流星似的飞到他的头上来，打着头顶又弹了出去，才把他迷惘的主宰唤醒，使他回复他微弱的能力。于是他觉得那温的柔的爱的接触没有了；四顾自己的周围，那携着自己的手的人在哪里呢？打在头顶的又是什么东西？母亲的手掌么？没有这么轻。桌子的角么？没有这么软。这件东西真奇怪，可怕。他那怯弱的心里想，这里不是安稳的地方，是神秘的地方；心里想着，两脚尽往后退，直到背心靠住了墙才止。他回转身来，抚摩那淡青色的墙壁，额角也抵住在上边，像要将小身躯钻进去。然而墙壁是砖砌的，哪解得爱护他，哪里肯放开他坚硬的冰冷的怀抱容纳他，使他避免惊恐，安定心魂呢？

阿菊坐在课室里了。全室二十几个孩子，都不过五六岁，今天他加入他们的群里，仿佛平坂浅冈的丛山间插一座魁伟的雄峰。他以前只有他家里的破草窠破长凳是他的座位，如今他有了新的座位，依然照他旧的姿势坐着，在一室里就呈个特异的色彩。他的上半身全拥在桌子上，胸膛磕着桌沿，使他的呼吸增加速度；两脚蜷了起来，尘泥满封的鞋子压在他并坐的孩子的花衫上边。那位女教师见他这样，先坐给他看，给他一一说明，更指着全室的孩子教他学无论哪一个都好。他看了别人的榜样，勉强将两脚垂下，踏着了地；但不到一分钟又不知不觉地蜷了起来。他的胸膛也很不自然地离开了桌沿；一会儿身躯侧向右面，靠着了并坐的孩子。那个孩子嚷道："你不要来挤我！"他才醒悟，恐惧，现出怅惘的愕顾。一阵率性的附和的喧笑声发出来，各人的耳鼓都感到剧烈的震动。这个在他的经验里真是个可怕的怪物，他的上半身不由得又全拥在桌子上。

女教师拿出许多耍孩儿来，全室孩子的注意力便一齐集注在教师的桌子上。那些耍孩儿或裸体，或穿红色的马甲遮着胸腹，嫩红的小臂和小腿却全然赤露；将他们睡倒了，一放手便跟着站起来，左右摇动了几回，照旧站得挺直。真是个可爱的东西！在阿菊看了更是大扩眼界。他那简单的粗莽的欲望指挥着他的手前伸，想去取得他们，可是伸到了充分的直还搭不到教师的桌子；同时那怯懦的心又牵着他的手似乎不好意思地缩了下去。女教师已暗地窥见了他，便笑着对他道："你可将这几个可爱的小朋友数一数。"他迟疑了好一会，经过两三回催促，才含糊地仅可听闻地数道："一、二、三、六、五、八、四……"女教师微微摇着头，转问靠近伊桌子的一个女孩子。那女孩子扳着小指，发出尖脆的声音数了，竟没弄错数序。几个孩子跟着伊的尾声喊道："伊数得对！"女教师温颜附和道："果然伊数得对！我给你们各人一个去玩耍罢。"

阿菊取耍孩儿在手，这个是他希望而不敢希望的，几乎不自信是真实的事。他只对着耍孩儿呆看，是他唯一的玩弄的方法。

"你们可知那些可爱的小朋友们住在哪里？"女教师很真诚地发问。

"他们住在屋子里。"群儿作谐和的语调回答。

"屋子里怎么进去？"

"有门的。"

"门比他们的身躯高呢，低呢，阔呢，狭呢？"伊非常悦乐，笑容含优美的画意，语调即自然的音乐。

"阔，高，"有几个说，"自然比他们阔，高。"在那些声音里，露出一个单调的无力的"低"字的音来，这是阿菊回答的。

"门怎么开法？"

"执这个东西。"群儿齐指室门的拉手。

"请你开给我们看。"伊指一个梳着双辫的女孩子说。

那女孩子很喜欢受这使命，伊走到门首，执着拉手往身边拉。但是全无影响。

一部分孩子见他们的同伴不成功，都自告奋勇道："我能开！这么一旋就开了。"

女教师便指一个男孩去。他执着拉手一旋，再往身边拉，门果真开了。伊和群儿都拍手庆贺他的成功。伊更发清朗的语音向群儿道："我们开门必要先这么一旋。"说罢，让大家依次去试。

这事轮到阿菊，就觉得是一种最艰难的功课。他拉了一会拉手，不成，又狠命地把它旋转,也不成,便用力向外推,然而何曾推开了半缝。他窘极了,脸皮红到发际,眼泪含在眶里,呼吸也喘起来了,不由得弃了拉手在门上乱敲。但是外面哪里有应门的人等着呢?

那位女教师弹着钢琴,先奏了一曲,便向群儿——他们环成一个圆圈站在乐舞室里了——说:"我们要唱那《蝴蝶之歌》哩。"他们笑颜齐开了,双臂都平举着,有几个已作蝶翅蹁跹的姿势。琴声再作,那美妙的愉悦的人心之花宇宙之魂的歌声也随之而发:

飞,飞,飞,飞到花园里。
这里的景致真美丽。
有红花铺的床供我们睡眠;
有绿草织的毯供我们游戏。
飞呀,飞呀,我们飞得高,飞得高!
飞呀,飞呀,我们飞得低,飞得低!
我们飞作一团,不要分离。
你看花在笑我们了,笑得脸儿更红了。
哈!哈!哈!
花呀,你来和我们一起飞!
来呀,和我们一起飞!

阿菊站在群儿的圈子里,听不出他们唱些什么,但觉自顶至踵受着感动,一种微妙醉心的感动。他的呼吸和琴声歌声应和着,引起一种不可描写的快慰,适意,超过他从前唯一的悦乐——衔着他母亲的乳睡眠。于是他的手舞动起来,嘴里也高高低低地唱起来;这个舞动呈个触目的拙劣的姿势,没有别的孩子那么纯熟灵活;歌呢,既没词句,又没有节奏,自然在大众的歌声里被挤了出来。然而这个与他何涉呢?他自以为是舞了,唱了。刚才的窘急,惶恐,怯懦……他完全和它们疏远了。只可惜他领略歌和舞这么晚!况且他能将以后的全生活沉浸在那些里边么!

阿菊第一天进学校的故事,要算他生活史里最重要的一页了。然而他放学归家,回到他旧的狭窄的世界的时候,他母亲和平日一样,只顾搓伊的草绳,并不看他一眼,问他一声。他自去蹲在黑暗的墙角旁边,玩弄他在学校里偷摘的一根绿草。论不定因这绿草引起了他纷乱的模糊的如梦的记忆,使那些窘急,惶恐,怯懦,感动,快慰,适意……立刻一齐重新闯进他的生命里。晚上他的父亲喝醉了人家的残酒归来,摸到板铺的卧榻倒身便睡;他早上曾送他的儿子进学校,进别一个世界,是忘记得干干净净了。

赏析品鉴

　　这篇小说通过一个小学生第一天的上学经历,反映出家庭状况对于少年儿童的心理、智能和性格的严重影响。"门"是一个很重要的意象。它代表的是阿菊"从一个世界投入另一个世界"所面临一道隔膜,或者说就是阿菊从枯燥的家庭生活过渡到丰富的校园生活必须穿越的心理障碍。阿菊开门时的种种努力正代表着他在全新环境里的适应过程。他"敲门"的动作实际上是在适应过程中向外界求助的信号。而"外面的应门人"正是作者对于教育制度改革的呼声,只有依靠整个教育制度的改观,才能使像阿菊这样的孩子身心的发育走上健康的轨道。作者通过阿菊在新环境里的细微变化,肯定了正确的教育方法给儿童带来的良性影响。

14. 隔 膜

主人公"我"回到故乡,与亲朋好友见面,双方寒暄应酬,但热情的外表下是真正的无法逾越的隔膜以及由此带来的尴尬。阅读《隔膜》,除却那稍稍带有时代特征的"蓄音片""令郎""作揖"等词语外,我们看不出它所叙述的情境离我们的遥远。《隔膜》的感觉与我们是相通的,这便是它历经八十多年仍能打动读者的深层原因。

我的耳际只有风声,水声,仅仅张得几页帆呢。从舱侧玻璃窗中外望,只见枯黄而将有绿意的岸滩,滩上种着豆和麦的田畦,远处的村屋、竹园、丛林,一棵两棵枯死的树干,更远处刻刻变幻的白云和深蓝的天,都相随着向我的后面奔去。好顺风呀!使我感到一种强烈的快慰。但是为了什么呢?我自己也不能述说。我将要到的地方是我所切盼的么?不是。那里有什么事情我将要去做么?有什么人我必欲会见么?没有。那么为什么快慰呢?我哪里能够解答。虽然,这很大的顺风总该受我的感谢。

照这样大的风,一点钟时候我的船可以进城了。我一登岸,就将遇见许多亲戚朋友;我的脑子将想出许多不同的意思,预备应对;我的口将开始工作,尽它传达意思的职务。现在耳目所接触——风声水声和两岸景物——何等的寂静、闲适;但这个不过是给我个休息罢了,繁扰纷纭就跟在背后。正像看影戏的时候,忽然放出几个大字,"休息十分钟",于是看客或闭目养神,或吸烟默想,略舒那注意于幻景的劳倦。然而一霎时灯光齐灭,白布上人物重又出现,你就不得不用你的心思目力去应付它了。

我想我遇见了许多亲戚朋友将听些什么话?我因为有以往的经验,就可以推测将来的遭逢而为预言。以下的话一定会听见,会重复地听见:"今天来顺风么?你那条路程遇顺风也还便利,逆风可就累事了,六点钟还不够吧?……有几天耽搁?想来这时候没事,可以多盘桓几天,我们难得叙首呢……府上都安好?令郎会走了?话都会说了?一定聪慧可喜呢……"我懒得再想下去,便是想到登岸的时候也想不完。我一登岸,惟一的事务就是答复这些问题。我便要说以下的话:"今天刚遇顺风。我那条路程最怕是遇着逆风,六点钟还不够呢……我大约有一星期耽搁,我们可以畅叙呢……舍下都安好。小儿会走了,话说得很完全,总算是个聪慧的孩子……"

我忽然起一个奇异的思想:他们的问题既是差不多的,我对于他们的答语也几乎是同一的,何不彼此将要说的话收在蓄音片上,彼此递寄,省得屡次复述呢?这固然是一劳永逸的办法,但是问题的次序若有颠倒,答语的片子就不容易制了。其实印好许多同样的书信,也就有蓄音片的功用——所欠缺的也只在不能预决问话的次序。然则彼此会面真有意义,大家运用着脑子,按照着次序一问一答,没有答非所问的弊病,就算情意格外浓厚。但是脑子太省力了。我刚才说"我的脑子将想出许多不同的意思",其实那些意思以前就想好,不用再想了,而且一辈子可以应用;脑子的任务,只在待他人问我某一句话时,命令我的口传达某一个现成的意思出去就是了。我若取笑自己,我就是较进步的一张蓄音片,或是一封印刷的书信。我做这等器物已是屡次不一次了。

果然,不出我所料,我登岸不满五点钟,已听了五回蓄音片,我的答片也开了五回。

现在我坐在一家亲戚的书斋里,悬空的煤油灯照得全室雪亮,连墙角挂着的那幅山水上的密行题识都看得清楚。那位主人和我对面坐着,我却不敢正视他,——恐怕他也是这样——只是相着那副小篆的对联作无意识的赏鉴;因为彼此的片子都开完了,没有了,倘若目光互对而没有话讲,就有一种说不出的不好意思,很是难受,不相正视是希望躲避幸免的意思。然而眼珠真不容易驾驭,偶不留意就射到他的脸上,看见乌黑的胡须,高起的颧颊,和很大的眼珠。不好了,赶紧回到对联上,无聊地想那"两汉"两字结构最好,作者的印泥鲜明净细,倒是上品呢。

我如漂流在无人的孤岛,我如坠入于寂寞的永劫,那种孤凄彷徨的感觉,超于痛苦以上,透入我的每一个细胞,使我神思昏乱,对于一切都疏远,淡漠。我的躯体渐渐地拘挛起来,似乎受了束缚。然而灯光是雪亮,果盘里梨和橘子放出引人食欲的香气,茶杯里有上升的水气,我和他对面坐在一个极漂亮的书斋里,这分明是很优厚的款待呀!

他灵机忽动,想起了谈资了,他右手的大拇指和食指拈着胡须说道:"你们学校里的毕业生有几成是升学的?"他发这个端使我安慰和感激,不致再默默地相对了,而且这是个新鲜而有可发挥的问题。我便策励自己,若能努力和他酬对,未始不可得些趣味。于是答道:"我那地方究竟是个乡村,小学毕了业的就要挑个职业做终身的依托,升入中学的不到十分之二呢。"完了,应答的话尽于此了。我便大失所望,当初不料这个问题仅有一问一答。

他似乎凝想的样子,但从他恍若初醒的神情答个"是"字来推测,可知他的神思并不属于所发的问题。"是"字的音波扩散以后,室内依然是寂寞,那种超于痛苦的感觉又向我压迫,尽管紧拢来。我竭力想和他抵抗,最好灵机一动,也找出些谈资来。然而我和醉人一般,散乱而麻木的脑子里哪里能够想出一句话呢?那句话我虽然还没想出,但必然是字典上所有的几个字,喉咙里能发的几个音拼缀而成的,这是可以预言的。这原是很平常,很习惯,算不得什么的事,每一小时里不知要拼缀几千百回,然而在此地此时,竟艰难到极点,好奇怪呀!

我还得奖赞自己,那艰难到极点的事我竟做成功了,我从虚空的波浪似的脑海里捉住了一句具体的话。我的两眼正对着他的面庞,表示我的诚意,问道:"两位令郎都进了工业学校,那里的功课还不错么?"这句话其实是从刚才的一问一答联想起来的,但平时是思此便及彼,现在却是既断而复续了。

"那里的功课大概还不错。我所以送儿子们进那个学校,因为毕了业一定有事务派任,觉得比别处稳妥些。但是我现在担任他们的费用是万分竭力的了。买西文书籍一年要花六七十元,应用的仪器不可不买,一枝什么尺便需要二十元,放假时来回的川资又需百元,……需……元,……需……元……"我的注意力终于松散,对于他的报销账也就渐渐地模糊了。

这是我问他的,很诚意地问他的,然而听他的答语便觉得淡漠无味,终至于充耳不闻。莫怪我刚才答他时,他表现出恍若初醒的神情答我个"是"字。

我现在又在一位朋友家里的餐室里了。连我一共是七个客,都在那里无意识地乱转。圆桌子上铺着白布,深蓝色边的盆子里盛着色泽不同的各种食品,银酒杯和银碟子在灯光底下发出僵冷的明亮。仆人执着酒壶,跟在主人背后。主人走到一个位子前,拿起酒杯,待仆人斟满了酒,很恭敬的样子,双手举杯过额,向一客道,"某某兄",就将杯子放在桌上。那位"某某兄"遥对着主人一揖。主人拿起桌上摆着的筷子,双手举过了额,重又放在原处。"某某兄"又是一揖。末了主人将椅子略动一动,便和"某某兄"深深地对揖。这才算完了一幕。

轮到第七幕,我登场了。我曾看过傀儡戏,一个活人扯动傀儡身上的线,那傀儡就会拂袖,捋须,抬头,顿足,做种种动作。现在我化为傀儡了,无形的线牵着我,不由我不俯首,作揖,再作揖,三作揖。主人说:"你我至熟,不客气,请坐在这里。"然则第一幕登场的那位"某某兄"是他最不相熟的朋友了。

众人齐入了座。主人举起酒杯,表现出无限恭敬和欢迎的笑容向客人道:"春夜大家没事,喝杯酒叙叙,那是很有趣的。"客人都擎起酒杯,先道了谢,然后对于主人的话一致表示同情。我自然不能独居例外。

才开始喝第一口酒。大家的嘴唇都作收敛的样子,且发出唼喋的声音,可知喝下的量不多。举筷取食物也有一定的步骤,送到嘴里咀嚼时异常轻缓。这是上流人文雅安闲的态度呀。

谈话开端了,枝枝节节蔓延开来,我在旁边静听,只不开口,竟不能回溯怎样地推衍出那些话来的。越听下去,我越觉得模糊,几乎不辨他们所谈的话含的什么意思,只能辨知高低宏细的种种声浪里,充满着颂扬,谦抑,羡慕,鄙夷……总之,一切和我生疏,我真佩服他们,他们不尽是素稔的——从彼此互问姓字可以知道,——偶然会合在一起,就有这许多话好讲。教我哪里能够?但我得到一种幽默的启示,觉察他们都是预先制好的蓄音片,所以到处可开,没有阻滞。倘若我也预制些片子,此刻一样可以应用得当行出色,那时候我就要佩服自己了。

我想他们各有各的心,为什么深深地掩藏着,专用蓄音片说话?这个不可解。

他们的话只是不断,那些高低宏细的声浪又不是乐音,哪里能耐久听。我觉得无聊了,我虽然在众人聚居的餐室里,我只是孤独。我就想起日间江中的风声,水声,多么爽快。倘若此刻逃出这餐室,回到我的舟中,再听那爽快的音调,这样的孤独我却很愿意。但是怎么能逃,岂不辜负了主人的情意?而且入席还不到一刻钟呢,计算起来,再隔两点钟或者有散席的希望。照他们这样迟迟地举杯举筷,只顾开他们的蓄音片,怕还要延长哩。我没有别的盼望,只盼时间开快步,赶快过了这两点钟。

那主人最是烦劳了:他要轮流和客人谈话,不欲冷落了一个人,脸儿笑着向这个,口里发出沉着恭敬的语音问那个,接着又表示深挚的同情于第三个的话。——"是"字的声音差不多每秒内可以听见,似乎一室的人互相了解,融为一体了。——他又要指挥仆人为客人斟酒,又要监视上菜的仆人,使他当心,不要沾污了客人的衣服,又要称述某菜滋味还不恶,引起客人的食欲。我觉察他在这八面兼顾的忙迫中,微微地露出一种恍惚不安的神情。更看别人,奇怪,和主人一样,他们满脸的笑容里都隐藏着恍惚不安的分子。他们为了什么呢?难道我合了"戴蓝眼镜的看出来一切都作蓝色"这句话么?席间唯有我不开口,主人也忘了我了。一会儿他忽然忆起,很抱歉地向我道:"兄是能饮的,何不多干几杯?"我也将酒食之事忘了,承他提醒,便干了一杯。

第二天早上,我坐在一家茶馆里。这里的茶客,我大都认识的。我和他们招呼,他们也若有意若无意地和我招呼。人吐出的气和烟袋里人口里散出的烟弥漫一室,望去一切模糊,仿佛是个浓雾的海面。多我一个人投入这个海里,本来是极微细的事,什么都不会变更。

那些茶客的状态动作各各不同。有几个执着烟袋,只顾吸烟,每一管总要深深地咽入胃底。有几个手支着头,只是凝想。有一个人,尖瘦的颧颊,狡猾的眼睛,踱来踱去找人讲他昨夜的赌博。他走到一桌旁边,那桌的人就现出似乎谛听的样子,间或插一两句话。待他转脸向别桌时,那人就回复他先前的模样,别桌的人代替着他现出似乎谛听的样子,间或插一两句话了。

一种宏大而粗俗的语声起在茶室的那一角:"他现在卸了公务,逍遥自在,要玩耍几时才回乡呢。"坐在那一角的许多人哄然大笑。说的人更为得意,续说道:"他的公馆在仁济丙舍,前天许多人乘了车马去拜会他呢。"混杂的笑声更大了,玻璃窗都受到震动。我才知那人说的是刚死的警察厅长。

我欲探求他们每天聚集在这里的缘故,竟不可得。他们欲会见某某么?不是,因为我没见两个人在那里倾心地谈话。他们欲讨论某个问题么？不是，因为我听他们的谈话，不必辨个是非，不要什么解答，无结果就是他们的结果。讪笑，诽谤，滑稽，疏远，是这里的空气的性质。

这里也有热情的希望的笑容透露在一个人脸上，当他问又一个人道："你成了局么？"

"成了。"这是个随意的很不关心的答复。问的人顿时收敛了笑容，四周环顾，现出和那人似乎并不相识的样子。

有几个人吐畅了痰，吸足了烟，喝饱了茶，坐得懒了，便站起来拂去袖子上的烟灰，悄悄地自去了，也没什么留恋的意思。

我只是不明白……

《隔膜》是一篇风格平实的小说，其中的人物形象较为淡化，个性也不突出，情节平淡无奇，根本谈不上曲折起伏、惊心动魄。这篇小说形式上没有给读者造成视觉冲击，只是"实录"了三个场景，分别是"相逢"——亲戚的书斋、"饮宴"——朋友的餐室、"闲聚"——众人喧闹的茶馆。表现出人与人之间无处不在的一层淡淡的却无法捅破的薄纱，我们每个人都好像一座孤岛，陷入了孤立无援的境地。但从作者平实的文字中读者却读到了讽刺意味，一种含而不露的讽刺。作者的这篇小说以广泛的视野，探讨人与人之间普遍存在的一种心理距离：即使没有阶级对立，没有彼此恩仇，也难免那种心灵上的隔膜。这就把"隔膜"上升为一种具有普遍意义的哲学思考了。

二、短篇小说

15. 苦 菜

中国是个有数千年历史的农业大国,土地是立国之本,也是农民安身立命的根本,但农人福堂在帮助主人管理菜园过程中却消极怠工,是什么原因令农民对土地厌恶如斯?农民怠业,着实可悲,可叹,但究其原因,作者在文中归纳出一条公式:"凡从事 × 的厌恶 × ,便致怠业。"

我家屋后有一亩多空地,泥土里时常翻出屋脊的碎屑,墙砖的小块来,表明那里从前也建造过房屋。短而肥的菊科的野草是独蒙天择适存在那里的,托根在瓦砾砖块之间,居然将铅色的地铺得碧绿。许多顽皮的小孩子常聚在那里踢铁球——因为那里僻静,可以避他们父母和先生的眼——将父母给他们买点心的钱赌输赢,他们玩得高兴时,便将手里的铁球或拾起小砖投那后屋的檐头和屋面的小雀练眼功。檐头和小雀都没中,却碎了后窗的玻璃。这也不止一次了。

我想空地废弃,未免可惜;顽皮孩子虽不觉得可恶,究竟没什么可爱,何必准备着游戏场供他们玩耍;便唤个竹匠编成竹篱,将那片空地围起来,这样觉得比以前安静严密了。我更向熟识的农人说起:"我要雇一个人在那里种菜,兼做些杂事,看有相当的人可以荐来试试。"

我待雇到了人,让他做主任,我自己做他的副手。劳动是人生的真义,从此可得精神的真实的愉快;那片空地便是我新生活的泉源。我只是热烈而深切地期望着。

农人福堂因此被荐到我家来了。他的紫赤的皮肤,粗糙而有坚皮的手,茸茸的发,直视而不灵动的眼睛,口四围短而黄的胡子,都和别的农人没甚分别;但是他还有一种悒郁的神情,将农人固有的特征,浑朴无虑的态度笼罩住。

"你种什么东西都会?"我问他。

"我从小就种田,米麦菜豆都种过,都会。"他的语音很诚恳,兼欲将他自己的经历称述得详细而动听,但是他仅能说这么一句。

"那很好,我屋后那片空地将由你去种。"

他去察看了他新的工作地,回我道:"那里可以划做二十畦。赶紧下秧,二十天之后,每畦可出一担菜。今年天气暖,还来得及种第二批哩。"他说时面作笑容,似乎表示这对主人有莫大的利益。我也想,土地真足赞颂呀,生生不息,取之无尽。于此使我更信pantheism① 了。

我们最先的工作是剔去瓦砾砖块。福堂带来一柄四齿耙,五斤多重,他举起来高出头顶一尺光景,用力往下垦,四齿齐没入泥里。他那执柄端的左手向上一提,再举起耙来,泥土便松了一方,砖瓦的小块一一显露。力是何等的可贵,他潜藏着时,什么都不与相关,但是使用出来,可以使什么都变更。他工作了两点多钟,空地的六分之一翻松了,坐在阶上吸黄烟休息。

我的希望艳羡的心情,在他下第一耙的时候已欲迸溢而出,人生真实的愉快的滋味,这回我可要尝一尝了。他一停手,我急急地执着耙的柄,学着他那姿势和动作工作起来。但是那柄耙似乎不服从我的样子:我举它起来时,它在空中只是前后左右地摇晃;着地时它的四齿入土仅一寸光景;我再用力将它举起,平而结实的泥土上只有四个掘松的痕迹。我绝不灰心,这样总比以前松了些,我更下第二耙,第三耙……奇怪,那柄耙的重量为什么一回一回地增加!不到二十耙,我再也不能举起了。一缕焦烘烘的热从背脊散向全身,似乎每一个细胞都在燃烧着。呼吸是急促了,外面的空气钻入似的进我的鼻管,几乎容受不得。两手失了正常的知觉,还像执着那柄耙——虽然已放在地上——所以握不紧拳来。

福堂将烟管在石阶上敲去里面的烟灰,说道:"这个不是先生做得来的,你还是捡砖瓦罢。去了砖瓦,待我先爬成几畦,打好了潭,你就可以下菜秧了。"

我既自认是他的副手,我应当服从他的指挥,况且捡砖瓦一样是一种劳动。那句"就可以下菜秧"又何等的可喜,何等的足以勖勉我。我就佝偻着身子,两手不停地拾起砖瓦,投在粗竹丝编的大畚箕里。他继续他先前的工作,手里那柄耙一上一下,着地的声音沉重而调匀,竟像一架机器。

我踏在已捡去砖瓦的松软的泥土上,鞋帮没了一半,似乎踏着鹅绒的毯子。泥土的气息一阵一阵透入鼻管,引起一种新鲜而快适的感觉。蚯蚓很安适地蛰伏着,这回经了翻动,它们只向泥土深处乱钻;但是到后半段身体还赤露着的时候,它们就不再钻了。菊科的野草连根带叶地杂在泥里,正好用作绿肥;它们现在是遭逢"人为淘汰"了。

我不觉得时间在那里移换;我没有一切思虑和情绪。我化了,力就是我,我就是力。这等心境,只容体会,不可言说。

---

① [pantheism]英文,泛神论。

"先生,你可以歇歇了。"福堂停着工作在那里唤我,我才回复了平时的心境。腰部酸痛了,两腿战战的不能再站了,脑际也昏晕而作响。我便退到阶前,背靠着门坐下,闭着眼睛养神。这时我才感觉那从未感受的健康的疲倦。

两天之后,二十个畦都已下了菜秧。我看福堂造畦,心里很佩服他。他不用尺量,只将耙轻轻地爬剔,自然成了极正确的长方形的畦;而且各个畦的面积都相等呢。他又提起石潭槌来在畦上打成一个一个的潭,距离也无不相等,每畦恰是一百个。至于下秧是我的工作了:将菜秧放入潭里,拨些松泥掩没了根部,就完事了;但在我这不能算是轻易的事。插满了一畦,我又提一桶水来灌溉。那些菜秧自离母土,至少已经一天,应是饥渴了。

我站在畦间的沟里四望,嫩绿的叶一顺地偃在畦上,好似一幅图案画,心中起一种不可名言的快感。我以前几曾真将劳力成就过一件事物? 现在那些菜,却受了我劳力的滋养了。据福堂说,隔上两三天,它们吸足了水,就能复原竖起来。此后加上粪肥,便轰轰地生长,每天要换一个样子呢。

菜园里更没有繁重的工作了。每天晨晚由福堂浇一回水,有时他蹲在畦间捉食叶的小虫。我家事务简单,他往往大半天闲着,于是只是坐在廊下吸烟,一管完了又一管,他那副幽郁的神情和烟管里嘴里缭绕的烟气总将他密密地笼罩住。

我天天去看手种的菜,距下秧的时候已是十五六天了,叶柄还是细细的,叶瓣也没有长大许多,更有呈露淡黄色的,这个很引起我的疑惑。福堂懒懒地向我说:"这个大约因为这里是生地的缘故。但二十天之后,三棵一斤总有的。"他这句话,超过预料的成熟期有半个月,成色又打了三折,不由我不动摇对于他的坚信。这里是生地,他来时不是不晓得。他从小就种菜,根据他的经验推测种植的成绩,也不至相差到三分之二。究竟为了什么呢?

我细看叶瓣,几乎瓣瓣有小孔,前几天固然也有发见,但如今更是普遍而稠密了;有些瓣子上多孔通连,成为曲线描绘的大窟窿。我满腔的惋惜,不禁责备福堂道:"你捕虫太不留心了,菜竟被吃到这般地步。"

"这个不容易呀!"他勉强笑着,翻转一瓣叶子,就见一条黑色的幼虫坠下,他检寻了一会,"在这里了。"从泥上拾起那条虫,掷在脚下踏烂了。有时一坠下去就寻不见,只得舍了它,一会儿又在那里大吃了。

我想他时间尽多,慢慢地细细地捉虫,一定不至于此;又不是十亩八亩一个人照顾不周。以我主观的意见替他想,他过的是最有意思最有趣味的生活,就应当勤于他的职务,视为惟一的嗜好。何以他喜欢吸黄烟胜于农作? 何以他绝不负职务上的责任,对于菜的不发育和被侵害又全无同情心呢?

我再四推想,断定他是"怠业"了。他于种植的技术,一定有许多不够精明之处;于他现在的职务,又一定没有做得周到完密;否则成绩何至于这么坏? 但是为了什么呢?

福堂依他的老例,坐在廊下吸烟,我乘着没事,问他家里的状况。他就告诉我以下的话。

"我家里有四亩田,是爷传下来的。我种这四亩田,到今二十多年了。我八岁上爷就死了。我听你先生说,种田最有滋味,这话不大对……滋味呢,固然有的,但是苦,苦到说不出! 我夜夜做梦,梦见我不种田了。真有这一天,我才乐呢。

"我终年种田,只有一个念头刻刻迫着我,就是'还租'。租固然是应当还的,但我要吃,我要穿,我也想乐乐,一还租,那些就办不到了,没有了。只有四亩田,哪里能料理这许多呢!

"我二十岁上生了个女儿,这是天帮我的,我妻就去当人家的乳母,伊一个人倒可抵六七亩田呢。伊到今共生了六胎,二三四五全是女,都送给人家养去,第六胎是个男。伊生了这个男孩,照例出去当乳母,由大女儿看守着他,时时调些米浆给他吃。

"他生了不满四个月,身上有些发烧,不住地啼哭。我不懂为什么,教大女儿好好抱着他,多给他吃些米浆。但是他的啼哭总不肯停,夜里也没一刻安静,声音慢慢地变得低而沙了。这么过了三天,他就死了。待我入城唤他母亲,伊到家时,他的小眼睛已闭得紧紧了……"

福堂不会将更哀伤的话讲述他的不幸了。但是足够了,这等没有修辞功夫的话,时时可以从不幸的人们口里听见,里面深深地含着普遍而摧心的悲哀,使我只是瞪视着庭中的落叶,一缕奇异而深刻的悲绪,彷徨惆怅,无有着处。

福堂再装上一管烟,却不燃着吸,继续说:

"伊从此变了个模样了。伊不常归家,到了家只是哭,和我吵闹。这也不能怪伊,伊和我一样地舍不得这个儿子。但是我向谁去哭,和谁去吵闹?

"今春将大女儿嫁了,实在算不得嫁,给夫家领了去就是了。但我的肩上总算轻了些。

"家里只我一个人。

"先生,你若是不嫌我,我愿意长在这里,四亩种不得的田,我将转给他人去承种了。"

我才明白,他厌恶种田,我却仍使他做老本行,这便是不期然而然怠业的缘故。

我所知于人生的,究竟简单而浅薄,于此更加自信。我和福堂做同一的事务,感受的滋味却绝对相反,我真高出于他么? 倘若我和他易地以处,还没他这般忍耐,耐了二十年才决然舍去呢。偶然当一柄耙,种几棵菜,就自以为得到了真实的愉快,认识了生命的真际,还不是些虚浮的幻想么?

从"种田的厌恶种田便致怠业",推衍出"做工或教书的厌恶做工或教书便致怠业",更可归纳成一个公式:"凡从事×的厌恶×,便致怠业"。人们在无穷尽的道路中,频频被不期然而然的怠业羁绊住两条腿,不能迈步前进,是何等的不幸和可耻!

×决无可以厌恶的地方,可厌恶的乃是纠缠着×的附生物。去掉这附生物,才是治病除根的法子。

艺术的生活……

那些弯远而僭越的忧虑,一霎时在我心里风轮似的环转。我就觉这个所谓"现在的我",是个悲哀,怅惘,虚幻,惭愧……的集合体。

又隔了二十多天,园里的菜真离了土了,叶瓣是薄薄的,一手可以将叶柄捏拢来;平均四棵重一斤。煮熟了尝新,味道是苦的。

以后我吃味道不好的菜蔬和果子,或者遇见粗制的器物,就联想到我家园里的苦菜,同时那些窎远而僭越的忧虑便在我心里风轮似的环转。

《苦菜》写"我"与农民福堂对劳动和人生的截然不同的态度和理解。知识分子的"我"认为饶有趣味的种菜,在农民那里却只感到沉重劳作且无以维持生计的"苦"。

作为知识者的"我"开始和劳动者福堂产生心理上的沟通。"我"的"将心比心"不但是两个人的交流,同时也是两个阶层之间的对话。作者表达出对劳动者的同情,对现实社会的不满以及冲破这层社会隔膜的愿望,这种愿望,表现为一种以小资产阶级人道主义和人性论为基础的情感体验。在当时的历史条件之下,特别是五四前后,这种情感倾向的进步意义在于,它使小资产阶级特别是其中的知识分子开始自发地思考社会上的不合理现象,并揭示出其中存在的弊端。这种观念,代表了小资产阶级在认知水平上的飞跃。

16. 两封回信

"伊"是五四时期"新女性"的典型,她拒绝了把她当作"笼子里的画眉,花盆里的蕙兰"的求爱者涵青,也同样拒绝了对她"艳美、爱慕",将她看为容留男子灵魂的"超人"的"他"。她的两封回信所要树立的,正是女性在新时代的生活坐标;同时,把它贯彻到自己的婚姻观念中。

他寻常写封信,右手握着笔,便快快地移动,——头微微地侧着,有时舌端舔着上唇——从头至尾,决没有一刻停留,下一会思索的工夫。现在这封信,他觉得关系的重大,什么都比不上。自己是怎么一种心情,要借这封信去传达?是怎么一种言语,应该显露在这封信上?他自己简直糊糊涂涂,弄不明白。他早上晚上睡在床上的时候,脑子里的想念和大海里的波浪一般,继续不断,而且同时并作。他总希望有一个波平浪息的时候,这变动迁流的海,顿时化为智慧的泉源,能够去解决他那糊涂不明白的疑问;可是永永做不到。他自己想,不写这封信吧;但是又觉得有一种伟大而不可抵抗的力促迫着他,仿佛说:"你要使你的灵魂有归宿,你要认识生命的真意义,非写这一封信不可。"他屡次被这个使令催促着,自觉拗它不过,这一天硬着头皮,决定写这一封信,但是他那疑问终究还没解决。写是决定写了,然而写什么呢?因此,他寻常写信很迅速的惯技,此刻竟有了例外。

暖烘烘的阳光从半开的窗帘里射进来,熏得他有些醉了。窗外墙上,开满了红蔷薇,微风吹着,时有二三花片寂寂地落下。蜂儿从花心里飞出来,发出一种催眠的声音——这是惟一的声音了,此外只有他自己能够听得脉搏的跳动。他这时候什么都像在梦里,环绕他的四周,他也辨不出是美丽,是闲适,或者是无聊,是沉寂;他只对于将要写的这一封信的受信人艳美,爱慕,想象,猜度……总而言之,种种心绪都集中在伊身上了。

他那紊乱茫昧的思念,实在不容易抽出一个头绪来;蜂儿催眠的声音越来越响,仿佛有意来扰乱他的思路。映到他眼睛里,只有一幅印着美丽的小花的信笺,承着太阳,反射出光彩的白,像是个晴光万里的大海。但是他没有指南针,打从哪个方向去呢?

他知道涵青失败的事实:原来涵青先曾写信给伊。后来得伊一封回信,大略的意思是"你情愿爱护我,珍惜我,永永不改,直到有生命的最后一刻,可是我不是笼子里的画眉,花盆里的蕙兰。你的见解错了!"涵青就此绝望了。

他想涵青这样的爱慕,是世俗的,卑下的,不光明的,不人道的,这封回信正是他最适宜接受的一种教训。他又想他若去信,也要得到类似的回信么?这个怎么担当得起?同时那伟大而不可抵抗的力又在那里鼓舞着他道:"你岂是和涵青一样的心思?你要使你的灵魂有归宿,你要认识生命的真意义,非写这一封信不可。"他才迷迷糊糊地自信,以为失败是决不会逢到的,只须写就这封信,便是成功的第一阶级。但是怎么写呢?写什么呢?

蜂儿催眠的声音依旧响着。蔷薇枝上飞来了几只小鸟。它们修剔着自己的羽毛,相对叫一会。这声音清脆美妙,合着自然的呼吸,又表出玄秘的恋爱。叫了一会,有一只回头看一看它的伴侣,自己先飞到别枝上去。其余几只也就振翅跟着。花枝受了震动,花片零零乱乱地落下来。他依旧握着笔,对着信笺出神,益发觉得沉沉如醉。那思想的引导者——理智——深深潜伏,绝对不能做他的帮助。可是那伟大而不可抵抗的力独给他充量的帮助,非但促迫他,鼓舞他,而且指导他了。他辨认那印着美丽的小花的信笺,仿佛有许多真挚的情思,华妙的辞令在上边。他那握着笔的右手快快地移动了;和他平时的神态一样,头微微地侧着,舌端舔着上唇。

三天之后,他得到回信了。这封回信,他十二分的热望着;但是又很惧怕接着它,因而懊悔,不该冒昧去信。然而回信终竟来了。里面大概说:"你的见解错了!你看我做超人,我自知并不是超人,而且谁都不是超人。我只是和一切人类平等的一个'人'罢了。你要求超人容留你的灵魂,我既不是超人,怎能容留你的灵魂?"

赏析品鉴

在同时期的作家中,叶圣陶以含蓄冷隽著称。他"常常留意,把自己主张的部分减到最少的限度"。但是,在《两封回信》里,作者借主人公之口喊出了自己的心声,言语之间有着明确的导向性,可见,旧中国的"妇女问题"已经到了让作家不吐不快的地步。"两封回信"同时抨击了"世俗的不人道"的爱情观和把爱情看作"生命的意义"的狭隘见解,冲破了社会对女性在婚姻中所处地位的种种偏见所造成的隔膜,把五四时期男女平等、个性解放的思想发挥到了极致。

自由的一面是解放,还有一面是尊重个性。作者特别着眼在妇女与儿童身上。他写出被压迫的妇女,如农妇、童养媳、歌女、妓女等的悲哀;《隔膜》第一篇《一生》便是写一个农妇的。对于中等家庭的主妇的服从与苦辛,他也有哀矜之意。《春游》(《隔膜》中)里已透露出一些反抗的消息;《两封回信》里说得更是明白:女子不是"笼子里的画眉,花盆里的蕙兰",也不是"超人";她"只是和一切人类平等的一个'人'"。

17. 潘先生在难中

《潘先生在难中》历来被称为最能代表叶圣陶短篇小说创作成就的作品。小说以20世纪20年代军阀混战下的江浙地区为时代和生活背景,通过一个小学校长潘先生在逃难过程中的所思、所想、所作、所为,揭示了封建军阀的罪恶,同时也批判了小资产阶级知识分子卑怯、自私、苟且、偷安的思想弱点,塑造了潘先生这一患得患失、明哲保身、自私精明的小市民知识分子的形象。

一

车站里挤满了人,各有各的心事,都现出异样的神色。

脚夫的两手插在号衣的口袋里,睡着一般地站着;他们知道可以得到特别收入的时间离得还远,也犯不着老早放出精神来。空气沉闷得很,人们略微感到呼吸受压迫,大概快要下雨了。电灯亮了一会了,仿佛比平时昏黄一点,望去好像一切的人物都在雾里梦里。

揭示处的黑漆板上标明西来的快车须迟到四点钟。这个报告在几点钟以前早就教人家看熟了,便同风化了的戏单一样,没有一个人再望它一眼。像这种报告,在这一个礼拜里,几乎每天每趟的行车都有;大家也习以为当然了。

不知几多人心系着的来车居然到了,闷闷的一个车站就一变而为扰扰的境界。来客的安心,候客者的快意,以及脚夫的小小发财,我们且都不提。单讲一位从让里来的潘先生。他当火车没有驶进月台之先,早已安排得十分周妥:他领头,右手提着个黑漆皮包,左手牵着个七岁的孩子;孩子牵着他哥哥(九岁),哥哥又牵着他母亲。潘先生说人多照顾不齐,这么牵着,首尾一气,犹如一条蛇,什么地方都好钻了。他又屡次叮嘱,教大家握得紧紧,切勿放手;尚恐大家万一忘了,又屡次摇荡他的左手,意思是教把这警告打电报一般一站一站递过去。

首尾一气诚然不错,可是也不能全然没有弊病。火车将停时,所有的客人和东西都要涌向车门,潘先生一家的那条蛇就有点尾大不掉了。他用黑漆皮包做前锋,胸腹部用力向前抵,居然进展到距车门只两个窗洞的地位。但是他的七岁的孩子还在距车门四个窗洞的地方,被挤在好些客人和座椅之间,一动不能动;两臂一前一后,伸得很长,前后的牵引力都很大,似乎快要把胳臂拉了去的样子。他急得直喊:"啊！我的胳臂！我的胳臂！"

一些客人听见了带哭的喊声,方才知道腰下挤着个孩子;留心一看,见他们四个人一串,手联手牵着。一个客人呵斥道:"赶快放手;要不然,把孩子拉做两半了！"

"怎么的,孩子不抱在手里！"又一个客人用鄙夷的声气自语,一方面他仍注意在攫得向前行进的机会。

"不。"潘先生心想他们的话不对,牵着自有牵着的妙用;再转一念,妙用岂是人人能够了解的,向他们辩白,也不过徒费唇舌,不如省些精神吧,就把以下的话咽了下去。

而七岁的孩子还是"胳臂！胳臂！"喊着。潘先生前进后退都没有希望,只得自己失约,先放了手,随即惊惶地发命令道:"你们看着我！你们看着我！"

车轮一顿,在轨道上站定了;车门里弹出去似的跳下了许多人。潘先生觉得前头松动了些;但是后面的力量突然增加,他的脚做不得一点主,只得向前推移;要回转头来招呼自己的队伍,也不得自由,于是对着前面的人的后脑叫喊:"你们跟着我！你们跟着我！"

他居然从车门里被弹出来了。旋转身子一看,后面没有他的儿子同夫人。心知他们还挤在车中,守住车门老等总是稳当的办法。又下来了百多人,方才看见脚踏上人丛中现出七岁的孩子的上半身,承着电灯光,面目作哭泣的形相。他走前去,几次被跳下来的客人冲回,才用左臂把孩子抱了下来。再等了一会,潘师母同九岁的孩子也下来了;她吁吁地呼着气,连喊"哎唷,哎唷",凄然的眼光相着潘先生的脸,似乎要求抚慰的孩子。

潘先生到底镇定,看见自己的队伍全下来了,重又发命令道:"我们仍旧像刚才一样联起来。你们看月台上的人这么多,收票处又挤得厉害,要不是联着,就走散了！"

七岁的孩子觉得害怕,拦住他的膝头说:"爸爸,抱。"

"没用的东西！"潘先生颇有点愤怒,但随即耐住,蹲下身子把孩子抱了起来。同时关照大的孩子拉着他的长衫的后幅,一手要紧紧牵着母亲,因为他自己两只手都不空了。

潘师母从来不曾受过这样的困累,好容易下了车,却还有可怕的拥挤在前头,不禁发怨道:"早知道这样子,宁可死在家里,再也不要逃难了！"

"悔什么！"潘先生一半发气,一半又觉得怜惜。"到了这里,懊悔也是没用。并且,性命到底安全了。走吧,当心脚下。"于是四个一串向人丛中蹒跚地移过去。

一阵的拥挤,潘先生像在梦里似的,出了收票处的隘口。他仿佛急流里的一滴水滴,没有回旋转侧的余地,只有顺着大家的势,脚不点地地走。一会儿已经出了车站的铁栅栏,跨过了电车轨道,来到水门汀的人行道上。慌忙地回转身来,只见数不清的给电灯光耀得发白的面孔以及数不清的提箱与包裹,一齐向自己这边涌来,忽然觉得长衫后幅上的小手没有了,不知什么时候放了的;心头怅惘到不可言说,只是无意识地把身子乱转。转了几回,一丝踪影也没有。家破人亡之感立时袭进他的心,禁不住渗出两滴眼泪来,望出去电灯人形都有点模糊了。

幸而抱着的孩子眼光敏锐,他瞥见母亲的疏疏的额发,便认识了,举起手来指点着:"妈妈,那边。"

潘先生一喜;但是还有点不大相信,眼睛凑近孩子的衣衫擦了擦,然后望去。搜寻了一会,果然看见他的夫人呆鼠一般在人丛中瞎撞,前面护着那大的孩子,他们还没跨过电车轨道呢。他便向前迎上去,连喊"阿大",把他们引到刚才站定的人行道上。于是放下手中的孩子,舒畅地吐一口气,一手抹着脸上的汗说:"现在好了!"的确好了,只要跨出那一道铁栅栏,就有人保险,什么兵火焚掠都遭逢不到;而已经散失的一妻一子,又幸运得很,一寻即着:岂不是四条性命,一个皮包,都从毁灭和危难之中捡了回来么?岂不是"现在好了"?

"黄包车!"潘先生很入调地喊。

车夫们听见了,一齐拉着车围拢来,问他到什么地方。

他稍微昂起了头,似乎增加了好几分威严,伸出两个指头扬着说:"只消两辆!两辆!"他想了一想,继续说:"十个铜子,四马路,去的就去!"这分明表示他是个"老上海"。

辩论了好一会,终于讲定十二个铜子一辆。潘师母带着大的孩子坐一辆,潘先生带着小的孩子同黑漆皮包坐一辆。

车夫刚要拔脚前奔,一个背枪的印度巡捕一条胳臂在前面一横,只得缩住了。小的孩子看这个人的形相可怕,不由得回过脸来,贴着父亲的胸际。

潘先生领悟了,连忙解释道:"不要害怕,那就是印度巡捕,你看他的红包头。我们因为本地没有他,所以要逃到这里来;他背着枪保护我们。他的胡子很好玩的,你可以看一看,同罗汉的胡子一个样子。"

孩子总觉得怕,便是同罗汉一样的胡子也不想看。直到听见当当的声音,才从侧边斜睨过去,只见很亮很亮的一个房间一闪就过去了;那边一家家都是花花灿灿的,灯点得亮亮的,他于是不再贴着父亲的胸际。

到了四马路,一连问了八九家旅馆,都大大地写着"客满"的牌子;而且一望而知情商也没用,因为客堂里都搭起床铺,可知确实是住满了。最后到一家也标着"客满",但是一个伙计懒懒地开口道:"找房间么?"

"是找房间,这里还有么?"一缕安慰的心直透潘先生的周身,仿佛到了家似的。

"有是有一间,客人刚刚搬走,他自己租了房子了。你先生若是迟来一刻,说不定就没有了。"

"那一间就归我们住好了。"他放了小的孩子,回身去扶下夫人同大的孩子来,说,"我们总算运气好,居然有房间住了!"随即付车钱,慷慨地照原价加上一个铜子;他相信运气好的时候多给人一些好处,以后好运气会连续而来的。但是车夫偏不知足,说跟着他们回来回去走了这多时,非加上五个铜子不可。结果旅馆里的伙计出来调停,潘先生又多破费了四个铜子。

这房间就在楼下,有一张床,一盏电灯,一张桌子,两把椅子,此外就只有烟雾一般的一房间的空气了。潘先生一家跟着茶房走进去时,立刻闻到刺鼻的油腥味,中间又混着阵阵的尿臭。潘先生不快地自语道:"讨厌的气味!"随即听见隔壁有食料投下油锅的声音,才知道那里是厨房。

再一想时,气味虽讨厌,究比吃枪子睡露天好多了;也就觉得没有什么,舒舒泰泰地在一把椅子上坐下。

"用晚饭吧?"茶房放下皮包回头问。

"我要吃火腿汤淘饭。"小的孩子咬着指头说。

潘师母马上对他看个白眼,凛然说:"火腿汤淘饭!是逃难呢,有得吃就好了,还要这样那样点戏!"

大的孩子也不知道看看风色,央着潘先生说:"今天到上海了,你给我吃大菜。"

潘师母竟然发怒了,她回头呵斥道:"你们都是没有心肝的,只配什么也没得吃,活活地饿……"

潘先生有点儿窘,却作没事的样子说:"小孩子懂得什么。"便吩咐茶房道:"我们在路上吃了东西了,现在只消来两客蛋炒饭。"

茶房似答非答地一点头就走,刚出房门,潘先生又把他喊回来道:"带一斤绍兴,一毛钱熏鱼来。"

茶房的脚声听不见了,潘先生舒快地对潘师母道:"这一刻该得乐一乐,喝一杯了。你想,从兵祸凶险的地方,来到这绝无其事的境界,第一件可乐。刚才你们忽然离开了我,找了半天找不见,真把我急死了;倒是阿二乖觉(他说着,把阿二拖在身边,一手轻轻地拍着),他一眼便看见了你,于是我迎上来,这是第二件可乐。乐哉乐哉,陶陶酌一杯。"他作举杯就口的样子,迷迷地笑着。

潘师母不响,她正想着家里呢。细软的虽然已经装在皮箱里,寄到教堂里去了,但是留下的东西究竟还不少。不知王妈到底可靠不可靠;又不知隔壁那家穷人家有没有知道他们一家都出来了,只剩个王妈在家里看守;又不知王妈睡觉时,会不会忘了关上一扇门或是一扇窗。她又想起院子里的三只母鸡,没有完工的阿二的裤子,厨房里的一碗白燜鸭……真同通了电一般,一刻之间,种种的事情都涌上心头,觉得异样地不舒服;便叹口气道:"不知弄到怎样呢!"

两个孩子都怀着失望的心情,茫昧地觉得这样的上海没有平时父母嘴里的上海来得好玩而有味。

疏疏的雨点从窗外洒进来,潘先生站起来说:"果真下雨了,幸亏在这时候下。"就把窗子关上。突然看见原先给窗子掩没的旅客须知单,他便想起一件顶紧要的事情,一眼不眨地直望那单子。

"不折不扣,两块!"他惊讶地喊。回转头时,眼珠瞪视着潘师母,一段舌头从嘴里伸了出来。

二

第二天早上,走廊中茶房们正蜷在几条长凳上熟睡,狭得只有一条的天井上面很少有晨光透下来,几许房间里的电灯还是昏黄地亮着。但是潘先生夫妇两个已经在那里谈话了;两个孩子希望今天的上海或许比昨晚的好一点,也醒了一会儿,只因父母教他们再睡一会,所以还躺在床上,彼此呵痒为戏。

"我说你一定不要回去,"潘师母焦心地说,"这报上的话,知道它靠得住靠不住。既然千难万难地逃了出来,哪有立刻又回去的道理!"

"料是我早先也料到的。顾局长的脾气就是一点不肯马虎。'地方上又没有战事,学自然照常要开的。'这句话确然是他的声口。这个通信员我也认识,就是教育局里的职员,又哪里会靠不住?回去是一定要回去的。"

"你要晓得,回去危险呢!"潘师母凄然地说,"说不定三天两天他们就会打到我们那地方去,你就是回去开学,有什么学生来念书?就是不打到我们那地方,将来教育局长怪你为什么不开学时,你也有话回答。你只要问他,到底性命要紧还是学堂要紧?他也是一条性命,想来决不会对你过不去。"

"你懂得什么!"潘先生颇怀着鄙薄的意思,"这种话只配躲在家里,伏在床角里,由你这种女人去说;你道我们也说得出口么!你切不要拦阻我(这时候他已转为抚慰的声调),回去是一定要回去的;但是包你没有一点危险,我自有保全自己的法子。而且(他自喜心思灵敏,微微笑着),你不是很不放心家里的东西么?我回去了,就可以自己照看,你也能定心定意住在这里了。等到时局平定了,我马上来接你们回去。"

潘师母知道丈夫的回去是万无挽回的了。回去可以照看东西固然很好;但是风声这样紧,一去之后,犹如珠子抛在海里,谁保得定必能捞回来呢!生离死别的哀感涌上心头,她再不敢正眼看她的丈夫,眼泪早在眼角边偷偷地想跑出来了。她又立刻想起这个场面不大吉利,并没有什么不好的事情,怎么能凄惨地流起眼泪来。于是勉强忍住眼泪,聊作自慰地请求道:"那么你去看看情形,假使教育局长并没有照常开学这句话,要是还来得及,你就搭了今天下午的车来,不然,搭了明天的早车来。你要知道(她到底忍不住,一滴眼泪落在手背,立刻在衫子上擦去了),我不放心呢!"

潘先生心里也着实有点烦乱,局长的意思照常开学,自己万无主张暂缓开学之理,回去当然是天经地义,但是又怎么放得下这里!看他夫人这样的依依之情,断然一走,未免太没有恩义。又况一个女人两个孩子都是很懦弱的,一无依傍,寄住在外边,怎能断言决没有意外?他这样想时,不禁深深地发恨:恨这人那人调兵遣将,预备作战,恨教育局长主张照常开课,又恨自己没有个已经成年,可以帮助一臂的儿子。

但是他究竟不比女人,他更从利害远近种种方面着想,觉得回去终于是天经地义。便把恼恨搁在一旁,脸上也不露一毫形色,顺着夫人的口气点头道:"假若打听明白局长并没有这个意思,依你的话,就搭了下午的车来。"

两个孩子约略听得回去和再来的话,小的就伏在床沿作娇道:"我也要回去。"

"我同爸爸妈妈回去,剩下你独个儿住在这里。"大的孩子扮着鬼脸说。

小的听着,便迫紧喉咙叫唤,作啼哭的腔调,小手擦着眉眼的部分,但眼睛里实在没有眼泪。

"你们都跟着妈妈留在这里,"潘先生提高了声音说,"再不许胡闹了,好好儿起来等吃早饭吧。"说罢,又嘱咐了潘师母几句,径出雇车,赶往车站。

模糊地听得行人在那里说铁路已断火车不开的话,潘先生想:"火车如果不开,倒死了我的心,就是立刻免职也只得由他了。"同时又觉得这消息很使他失望;又想他要是运气好,未必会逢到这等失望的事,那么行人的话也未必可靠。欲决此疑,只希望车夫三步并作一步跑。

他的运气果然不坏,赶到车站一看,并没有火车不开的通告;揭示处只标明夜车要迟四点钟才到,这时候还没到呢。买票处绝不拥挤,时时有一两个人前去买票。聚集在站中的人却不少,一半是候客的,一半是来看看的,也有带着照相器具的,专等夜车到时摄取车站拥挤的情形,好作《风云变幻史》的一页。行李房满满地堆着箱子铺盖,各色各样,几乎碰到铅皮的屋顶。

他心中似乎很安慰,又似乎有点儿怅惘,顿了一顿,终于前去买了一张三等票,就走入车厢里坐着。晴明的阳光照得一车通亮,可是不嫌燠热;座位很宽舒,勉强要躺躺也可以。他想:"这是难得逢到的。倘若心里没有事,真是一趟愉快的旅行呢。"

这趟车一路耽搁,听候军人的命令,等待兵车的通过。

开到让里,已是下午三点过了。潘先生下了车,急忙赶到家,看见大门紧紧关着,心便一定,原来昨天再四叮嘱王妈的就是这一件。

扣了十几下,王妈方才把门开了。一见潘先生,出惊地说:"怎么,先生回来了!不用逃难了么?"

潘先生含糊回答了她;奔进里面四周一看,便开了房门的锁,直闯进去上下左右打量着。没有变更,一点没有变更,什么都同昨天一样。于是他吊起的半个心放下来了。

还有半个心没放下,便又锁上房门,回身出门;吩咐王妈道:"你照旧好好把门关上了。"

王妈摸不清头绪,关了门进去只是思索。她想主人们一定就住在本地,恐怕她也要跟去,所以骗她说逃到上海去。"不然,怎么先生又回来了?奶奶同两个孩子不同来,又躲在什么地方呢？但是,他们为什么不让我跟去？这自然嫌得人多了不好。——他们一定就住在那洋人的红房子里,那些兵都讲通的,打起仗来不打那红房子。——其实就是老实告诉我,要我跟去,我也不高兴去呢。我在这里一点也不怕；如果打仗打到这里来,反正我的老衣早就做好了。"她随即想起甥女儿送她的一双绣花鞋真好看,穿了那双鞋上西方,阎王一定另眼相看；于是她感到一种微妙的舒快,不再想主人究竟在哪里的问题。

　　潘先生出门,就去访那当通信员的教育局职员,问他局长究竟有没有照常开学的意思。那人回答道："怎么没有？他还说有些教员只顾逃难,不顾职务,这就是表示教育的事业不配他们干的；乘此淘汰一下也是好处。"潘先生听了,仿佛觉得一凛；但又赞赏自己有主意,决定从上海回来到底是不错的。一口气奔到自己的学校里,提起笔来就起草送给学生家属的通告。通告中说兵乱虽然可虑,子弟的教育犹如布帛菽粟,是一天一刻不可废弃的,暑假期满,学校照常开学。从前欧洲大战的时候,人家天空里布着御防炸弹的网,下面学校里却依然在那里上课：这种非常的精神,我们应当不让他们专美于前。希望家长们能够体谅这一层意思,若无其事地依旧把子弟送来：这不仅是家庭和学校的益处,也是地方和国家的荣誉。

　　他起好草稿,往复看了三遍,觉得再没有可以增损,局长看见了,至少也得说一声"先得我心"。便得意地誊上蜡纸,又自己动手印刷了百多张,派校役向一个个学生家里送去。公事算是完毕了,开始想到私事；既要开学,上海是去不成了,他们母子三个住在旅馆里怎么挨得下去！但也没有办法,惟有教他们一切留意,安心住着。于是蘸着刚才的残墨写寄与夫人的信。

　　下一天,他从茶馆里得到确实的信息,铁路真个不通了。他心头突然一沉,似乎觉得最亲热的一妻两儿忽地乘风飘去,飘得很远,几乎至于渺茫。没精没采地踱到学校里,校役回报昨天的使命道："昨天出去送通告,有二十多家关上了大门,打也打不开,只好从门缝里塞进去。有三十多家只有佣人在家里,主人逃到上海去了,孩子当然跟了去,不一定几时才能回来念书。其余的都说知道了；有的又说性命还保不定安全,读书的事再说吧。"

　　"哦,知道了。"潘先生并不留心在这些上边,更深的忧虑正萦绕在他的心头。他抽完了一支烟卷以后,应走的路途决定了,便赶到红十字会分会的办事处。

　　他缴纳会费愿做会员；又宣称自己的学校房屋还宽敞,愿意作为妇女收容所,到万一的时候收容妇女。这是慈善的举措,当然受热诚的欢迎,更兼潘先生本来是体面的大家知道的人物。办事处就给他红十字的旗子,好在学校门前张起来；又给他红十字的徽章,标明他是红十字会的一员。

　　潘先生接旗子和徽章在手,像捧着救命的神符,心头起一种神秘的快慰。"现在什么都安全了！但是……"想到这里,便笑向办事处的职员道,"多给我一面旗,几个徽章罢。"他的理由是学校还有个侧门,也得张一面旗,而徽章这东西太小巧,恐怕偶尔遗失了,不如多备几个在那里。

办事员同他说笑话,这东西又不好吃的,拿着玩也没有什么意思,多拿几个也只作一个会员,不如不要多拿罢。但是终于依他的话给了他。

两面红十字旗立刻在新秋的轻风中招展,可是学校的侧门上并没有旗,原来移到潘先生家的大门上去了。一个红十字徽章早已缀上潘先生的衣襟,闪耀着慈善庄严的光,给予潘先生一种新的勇气。其余几个呢,重重包裹,藏在潘先生贴身小衫的一个口袋里。他想:"一个是她的,一个是阿大的,一个是阿二的。"虽然他们远处在那渺茫难接的上海,但是仿佛给他们加保了一重险,他们也就各各增加一种新的勇气。

三

碧庄地方两军开火了。

让里的人家很少有开门的,店铺自然更不用说,路上时时有兵士经过。他们快要开拔到前方去,觉得最高的权威附灵在自己身上,什么东西都不在眼里,只要高兴提起脚来踩,都可以踩做泥团踩做粉。这就来了拉夫的事情:恐怕被拉的人乘隙脱逃,便用长绳一个联一个拴着胳臂,几个弟兄在前,几个弟兄在后,一串一串牵着走。因此,大家对于出门这件事都觉得危惧,万不得已时,也只从小巷僻路走,甚至佩着红十字徽章如潘先生之辈,也不免怀着戒心,不敢大模大样地踱来踱去。于是让里的街道见得又清静又宽阔了。

上海的报纸好几天没来。本地的军事机关却常常有前方的战报公布出来,无非是些"敌军大败,我军进展若干里"的话。街头巷尾贴出一张新鲜的战报时,也有些人慢慢聚集拢来,注目看着。但大家看罢以后依然不能定心,好似这布告背后还有许多话没说出来,于是怅怅地各自散了,眉头照旧皱着。

这几天潘先生无聊极了。最难堪的,自然是妻儿远离,而且消息不通,而且似乎有永远难通的征兆。次之便是自身的问题,"碧庄冲过来只一百多里路,这徽章虽说有用处,可是没有人写过笔据,万一没有用,又向谁去说话?——枪子炮弹劫掠放火都是真家伙,不是耍的,到底要多打听多走门路才行。"他于是这里那里探听前方的消息,只要这消息与外间传说的不同,便觉得真实的成分越多,即根据着盘算对于自身的利害。街上如其有一个人神色仓皇急忙行走时,他便突地一惊,以为这个人一定探得确实而又可怕的消息了;只因与他不相识,"什么!"一声就在喉际咽住了。

红十字会派人在前方办理救护的事情,常有人搭着兵车回来,要打听消息自然最可靠了。潘先生虽然是个会员,却不常到办事处去探听,以为这样就是对公众表示胆怯,很不好意思。然而红十字会究竟是可以得到真消息的机关,舍此他求未免有点傻,于是每天傍晚到姓吴的办事员家里去打听。姓吴的告诉他没有什么,或者说前方抵住在那里,他才透了口气回家。

这一天傍晚,潘先生又到姓吴的家里;等了好久,姓吴的才从外面走进来。

"没有什么吧?"潘先生急切地问,"照布告上说,昨天正向对方总攻击呢。"

"不行。"姓吴的忧愁地说;但随即咽住了,捻着唇边仅有的几根二三分长的髭须。

"什么!"潘先生心头突地跳起来,周身有一种拘牵不自由的感觉。

姓吴的悄悄地回答,似乎防着人家偷听了去的样子:"确实的消息,正安(距碧庄八里的一个镇)今天早上失守了!"

"啊!"潘先生发狂似的喊出来。顿了一顿,回身就走,一壁说道:"我回去了!"

路上的电灯似乎特别昏暗,背后又仿佛有人追赶着的样子,惴惴地,歪斜的急步赶到了家,叮嘱王妈道:"你关着门安睡好了,我今夜有事,不回来住了。"他看见衣橱里有一件绉纱的旧棉袍,当时没收拾在寄出去的箱子里,丢了也可惜;又有孩子的几件布夹衫,仔细看时还可以穿穿;又有潘师母的一条旧绸裙,她不一定舍得便不要它:便胡乱包在一起,提着出门。

"车!车!福星街红房子,一毛钱。"

"哪里有一毛钱的?"车夫懒懒地说,"你看这几天路上有几辆车?不是拼死寻饭吃的,早就躲起来了。随你要不要,三毛钱。"

"就是三毛钱,"潘先生迎上去,跨上脚踏坐稳了,"你也得依着我,跑得快一点!"

"潘先生,你到哪里去?"一个姓黄的同业在途中瞥见了他,站定了问。

"哦,先生,到那边……"潘先生失措地回答,也不辨问他的是谁;忽然想起回答那人简直是多事——车轮滚得绝快,那人决不会赶上来再问,——便缩住了。

红房子里早已住满了人,大都是十天以前就搬来的,儿啼人语,灯火这边那边亮着,颇有点热闹的气象。主人翁见面之后,说:"这里实在没有余屋了。但是先生的东西都寄在这里,也不好拒绝。刚才又有几位匆忙地赶来,也因不好拒绝,权且把一间做厨房的厢房让他们安顿。现在去同他们商量,总可以多插你先生一个。"

"商量商量总可以,"潘先生到了家似的安慰,"何况在这样时候。我也不预备睡觉,随便坐坐就得了。"

他提着包裹跨进厢房的当儿,以为自己受惊太利害了,眼睛生了翳,因而引起错觉;但是闭一闭眼睛再睁开来时,所见依然如前,这靠窗坐着,在那里同对面的人谈话,上唇翘起两笔浓须的,不就是教育局长么?

他顿时跨踟起来,已跨进去的一只脚想要缩出来,又似乎不大好。那局长也望见了他,尴尬的脸上故作笑容说:"潘先生,你来了,进来坐坐。"主人翁听了,知道他们是相识的,转身自去。

"局长先在这里了。还方便吧,再容一个人?"

"我们只三个人,当然还可以容你。我们带着席子;好在天气不很凉,可以轮流躺着歇歇。"

潘先生觉得今晚上局长特别可亲,全不像平日那副庄严的神态,便忘形地直跨进去说:"那么不客气,就要陪三位先生过一夜了。"

这厢房不很宽阔。地上铺着一张席子，一个戴眼镜的中年人坐在上面，略微有疲倦的神色，但绝无欲睡的意思。

锅灶等东西贴着一壁。靠窗一排摆着三只凳子，局长坐一只，头发梳得很光的二十多岁的人，局长的表弟，坐一只，一只空着。那边的墙角有一只柳条箱，三个衣包，大概就是三位先生带来的。仅仅这些，房间里已没有空地了。电灯的光本来很弱，又蒙上了一层灰尘，照得房间里的人物都昏暗模糊。

潘先生也把衣包放在那边的墙角，与三位的东西合伙。回过来谦逊地坐上那只空凳子。局长给他介绍了自己的同伴，随后说："你也听到了正安的消息么？"

"是呀，正安。正安失守，碧庄未必靠得住呢。"

"大概这方面对于南路很疏忽，正安失守，便是明证。那方面从正安袭取碧庄是最便当的，说不定此刻已被他们得手了。要是这样，不堪设想！"

"要是这样，这里非糜烂不可！"

"但是，这方面的杜统帅不是庸碌无能的人，他是著名善于用兵的，大约见得到这一层，总有方法抵挡得住。也许就此反守为攻，势如破竹，直捣那方面的巢穴呢。"

"若能这样，战事便收场了，那就好了！——我们办学的就可以开起学来，照常进行。"

局长一听到办学，立刻感到自己的尊严，捻着浓须叹道："别的不要讲，这一场战争，大大小小的学生吃亏不小呢！"他把坐在这间小厢房里的局促不舒的感觉忘了，仿佛堂皇地坐在教育局的办公室里。

坐在席子上的中年人仰起头来含恨似的说："那方面的朱统帅实在可恶！这方面打过去，他抵抗些什么，——他没有不终于吃败仗的。他若肯漂亮点儿让了，战事早就没有了。"

"他是傻子，"局长的表弟顺着说，"不到尽头不肯死心的。只是连累了我们，这当儿坐在这又暗又窄的房间里。"

他带着玩笑的神气。

潘先生却想念起远在上海的妻儿来了。他不知道他们可安好，不知道他们出了什么乱子没有，不知道他们此刻睡了不曾，抓既抓不到，想象也极模糊；因而想自己的被累要算最深重了，凄然望着窗外的小院子默不作声。

"不知道到底怎么样呢！"他又转而想到那个可怕的消息以及意料所及的危险，不自主地吐露了这一句。

"难说，"局长表示富有经验的样子说，"用兵全在趁一个机，机是刻刻变化的，也许竟不为我们所料，此刻已……所以我们……"他对着中年人一笑。

中年人、局长的表弟同潘先生三个已经领会局长这一笑的意味；大家想坐在这地方总不至于有什么，也各安慰地一笑。

小院子里长满了草，是蚊虫同各种小虫的安适的国土。厢房里灯光亮着，虫子齐飞了进来。四位怀着惊恐的先生就够受用了；扑头扑面的全是那些小东西，蚊虫突然一针，痛得直跳起来。又时时停语侧耳,惶惶地听外边有没有枪声或人众的喧哗。睡眠当然是无望了,只实做了局长所说的轮流躺着歇歇。

下一天清晨,潘先生的眼球上添了几缕红丝;风吹过来,觉得身上很凉。他急欲知道外面的情形,独个儿闪出红房子的大门。路上同平时的早晨一样,街犬竖起了尾巴高兴地这头那头望,偶尔走过一两个睡眼惺忪的人。他走过去,转入又一条街,也听不见什么特别的风声。回想昨夜的匆忙情形,不禁心里好笑。但是再一转念,又觉得实在并无可笑,小心一点总比冒险好。

四

二十余天之后,战事停止了。大众点头自慰道:"这就好了!只要不打仗,什么都平安了!"但是潘先生还不大满意,铁路还没通,不能就把避居上海的妻儿接回来。信是来过两封了,但简略得很,比不看更教他想念。他又恨自己到底没有先见之明;不然,这一笔冤枉的逃难费可以省下,又免得几十天的孤单。

他知道教育局里一定要提到开学的事情了,便前去打听。跨进招待室,看见局里的几个职员在那里裁纸磨墨,像是办喜事的样子。

一个职员喊道:"巧得很,潘先生来了!你写得一手好颜字,这个差使就请你当了吧。"

"这么大的字,非得潘先生写不可。"其余几个人附和着。

"写什么东西?我完全茫然。"

"我们这里正筹备欢迎杜统帅凯旋的事务。车站的两头要搭起四个彩牌坊,让杜统帅的花车在中间通过。现在要写的就是牌坊上的几个字。"

"我哪里配写这上边的字?"

"当仁不让。""一致推举。"几个人一哄地说,笔杆便送到潘先生手里。

潘先生觉得这当儿很有点意味,接了笔便在墨盆里蘸墨汁。凝想一下,提起笔来在蜡笺上一并排写"功高岳牧"四个大字。第二张写的是"威镇东南"。又写第三张,是"德隆恩溥"。——他写到"溥"字,仿佛看见许多影片,拉夫,开炮,焚烧房屋,奸淫妇人,菜色的男女,腐烂的死尸,在眼前一闪。

旁边看写字的一个人赞叹说:"这一句更见恳切。字也越来越好了。"

"看他对上一句什么。"又一个说。

赏析品鉴

作品不刻意追求形式的新奇和故事情节的曲折,而是致力于人物的心理刻画,并善于在富有特征性的动作和细节中,揭示人物的内心活动和精神状态。这篇小说情节十分简单,只是叙写了潘先生逃难的过程,通过逃难中的一系列行为的描写,生动细腻地刻画了他的自私、卑怯、苟安、麻木、庸俗的性格特征。如小说最后,写潘先生参加迎接战胜的杜统帅,明知军阀罪恶滔滔,却写歌功颂德的标语对联,他在写"德隆恩溥"时有逼真的心理描写:"他写到'溥'字,仿佛看见许多影片,拉夫,开炮,焚烧房屋,奸淫妇人,菜色的男女,腐烂的死尸,在眼前一闪。"然而这些仅仅是在眼前一闪,在那样黑暗动荡的社会里,他绝不会去反抗,结果当然是屈从于权势,因为对他来说保住性命、保住饭碗是最重要的。作者在结尾之时,通过人物的内心活动和外在行为的矛盾的描写,表现了对潘先生这样灰暗人生的憎恶和鄙视。同时也启发人们,不要这样苟且偷安地活着,应该去探求别样的有意义的人生。

18. 小蚬①的回家

小男孩模仿大人杀鱼尝试杀了一只虾,却在大人的引导下知道了万事万物都有自己的母亲,小虾偶然出来游玩,却被杀掉,无法回家,带给小虾母亲的是心碎和无尽的痛苦。当知道这些后孩子的情绪产生了哪些变化?当他从渔妇手中得到一个小蚬后,他又做了什么呢?

厨刀剖开鱼肚的事情,孩子看惯了。他看清楚刀锋到处,白色的肚皮便裂开了,脏腑随即溢出;又看清楚向上一面那只茫然瞪视的眼睛,一动不动;也看清楚尾巴努力拨动,拍着砧板,表示最后的无力的抵抗。

他照样尝试了,虾替代了鱼,小钱是厨刀的代用品。要对分地剖开虾的肚皮,并不是容易的事,更兼小钱没有厨刀那么锋利。于是他改换方法,将虾切成几段。这是勉强割断的。割断处没有刀切的那样平准;只见几颗半透明的肉微微地颤动着。他庆幸成功似的说:"我也杀鱼,我把它打了段了!"

我说:"你这样做,它母亲在家里哭了。它怎能再回去见母亲呢?"

"虾也有母亲么?"孩子张大乌黑的有光的眼睛,好奇地问。

"你有母亲,虾当然也有母亲。什么东西都有母亲:虾有,鱼有,螃蟹有,蟛蜞有,杨梅有,桃子有,荸荠有,甘蔗有。它们的母亲同你的母亲一样,非常喜欢它们呢。"

孩子仿佛受催眠了,他默不作声。

"你想,虾偶然出来游玩,是它母亲叫它出来的。它母亲说:'你在水中玩得厌了,今天

---

① [小蚬(xiǎn)]蚬,软体动物,介壳形状像心脏,表面暗褐色,有轮状纹,内面色紫,栖淡水软泥中。肉可食,壳可入药。亦称"扁螺"。

到陆上去走走吧。但是,要早点儿归来,不要累我等待,使我焦心。'它于是到了陆上,到了我们的篮子里,到了你的手里。现在,它不能回去了。它母亲等待它不见到家,将要怎样地难过?它要懊悔,叫它出去游玩,却把它丢了。它再没有'好孩子,好宝贝'可叫了,再没有心爱的孩子抱在怀里了,一定会哭出许多眼泪来。你看,明天河里的水要涨到齐岸了。"

孩子很不高兴,头向左略偏,同情的忧愁的眼光看着我。

"你再想,它被你切断的时候怎样地难过?它想到家里的母亲,从此不得再见,它的心先碎了。它希望母亲来救它,希望你放了它,但是两样都不成。它只得默默地远远地告诉它母亲说:'母亲呀,你叫我出来游玩,如今不得归家了。我遇见了个凶狠的小孩,他把我,你的好宝贝,杀死了!'你……"

孩子流泪了,但并不放声哭,随即侧转头,枕在我的胳臂上,面孔紧贴着我的身体。

隔了几天,我牵了他的手从田岸上走去,想到眠羊泾旁看小鱼。他手里玩弄着一个小蚬,是刚才来的一个渔妇给他的。

两旁田里的油菜尽已割去。泥土已经翻过,预备作稻田了。初出的粉蝶还很软弱,只在田岸旁的小紫花附近飞飞歇歇,引得孩子的脚步徐缓了。四望村树云物,都沉浸在清朗静穆的空翠里。我想:"近处,远处,这边,那边,都不像正有纷纭的人事在那里炉水一般沸腾起来。这景象何等安静呵!"

我们到了眠羊泾旁,孩子首先注意对岸的两条小黄牛。这一条的还没长角的前额,凑近那一条的,轻轻地互相磨擦。它们很舒服的样子,徐徐阖眼,又徐徐张开来,面孔都似乎有笑意。孩子说:"它们做什么?"

我似乎感受到两条小牛肉体上的不可说的舒适,随口答道:"它们相好呢。"

孩子忽然问:"要不要让小蚬回去看它母亲?"他低着头看河水潜隐地流动,面上现出趣味的笑容。不知道他心里正作什么幼稚的玄想呢。

"很好,让它去看母亲。"

河面发出个轻悄的声音,"咚",小蚬回家去了。

《小蚬的回家》不仅写得自然活泼,而且对儿童情绪变化刻画得细致入微,孩子由开始的高兴到默不作声,到很不高兴,再到流泪,最后却露出了笑容。孩子的天性,纯洁无邪,他竟对一个小蚬如此关心,这不仅仅是父母的教育,还有小男孩的爱心和同情心,以及美好童心。他们对世界上的一切判断,只靠着自己的经验,但这个经验,恰恰是大人缺失的。有时候,我们不得不承认,每个孩子都是哲学家,每个孩子都和真理的距离很近。小说同时告诉我们:人类需要爱心和同情心,人类需要悲悯的情怀,人类需要博爱和平等。

二、短篇小说

19. 眼 泪

这篇小说塑造了寻找眼泪的"他"这样一个人物形象。全文紧紧围绕"寻找眼泪"这样一个线索,主要通过"他"与"快活人"的对话展开情节,在火车站、轮船码头,在摇篮里或者母亲的怀里,在戏院的舞台上,都找不到"他"丢失的眼泪,那么"他"究竟寻找一种什么样的眼泪呢?"他"又是在哪里寻找到这种眼泪的呢?

在地球上,在太阳、月亮和星星照到的地方,有一个人无休无歇地在寻找一件丢失的东西。他各处地方都找遍了:草根底下,排水沟里,在马路上飞扬的尘土中,从各个方向吹来的风中,他全都找过,但是全都没有他要寻找的东西。他叹息了,比松林的叹息还要悲哀:"我要寻找的东西在哪里呢?到底在哪里呢?"

快活人听见了,走过来问他:"你丢失了珍珠么?为什么在草根底下寻找?你丢失了水银么?为什么在排水沟里寻找?你丢失了贵重的丹砂么?为什么在尘土中寻找?你丢失了异国的香粉么?为什么向风中寻找?"

他摇摇头,又叹了一口气说:"都不是,我没丢失那些东西。"

"那么你一定是个傻子,"快活人满脸堆着笑说,"除了那些东西,还有什么值得寻找的?你还是早点回家休息吧,不要为无关紧要的东西白费精神了。"

他回答说:"我要找的不是什么无关紧要的东西,跟你所说的那些东西都不能相比。我天天寻找,各处都找遍了,还没找到一点踪影。我告诉你吧,我要找的是眼泪!"

快活人听了大笑起来,笑声连续不断,好容易才忍住了对他说:"眼泪?为了寻找眼泪,你弄得这样苦恼。我是从来不流眼泪的,也不知道眼泪是从身体的哪个部分流出来的。可是我见过一些痴呆的人,他们的眼眶里曾经流过眼泪,我可以告诉你,他们的眼泪滴在什么地方,好让你到那些地方去寻找。"

"你要眼泪,可以到火车站到轮船码头去找。那些地方有许多男的女的老的少的,他们的心好像让什么给压着了。他们互相叮咛,话好像说不完似的,他们梦想每一秒钟都是无穷无尽的永久。他们手紧握着手,胳膊勾住胳膊,嘴唇凑着嘴唇,好像胶粘在一起,再也不能分开了。忽然'呜呜——'汽笛叫了,叮咛被打断了,梦想被惊醒了,胶在一起的不得不分开了。他们的眼泪就像泉水一般涌了出来。我看了觉得非常可笑。你只要到那些地方去找,准能找到他们的眼泪。"

　　"我要找的不是那种眼泪,"他回答说,"那种爱恋的眼泪既然流了那么多,要找就不难了。如果我要那种眼泪,早就找到了。"

　　快活人点头说:"你不要那种眼泪,那还有,你可以到摇篮里或者母亲的怀里去找,那些婴儿真好玩极了:嫩红的脸蛋,淡黄的头发又细又软,乌黑的眼珠闪闪发亮……他们忽然'哇——'哭起来,一会儿又停住了。他们的眼泪虽然不及刚才说的那些人多,想来也可以满足你的要求了,你快去找吧。"

　　"我要找的也不是那种眼泪,"他回答说,"那种幼稚的眼泪差不多家家都有,没有什么难找的。如果我要那种眼泪,早就到摇篮里和母亲的怀里去找了。"

　　快活人说:"婴儿的你也不要,还有呢,你可以到戏院的舞台上去找,那里常常演一些悲剧给人们看,都根本没有那回事,编得又不合情理,演到女人死了丈夫,大将兵败自杀,或者男女相爱却不得不分离,演员们以为演到了最悲伤的时刻了,就大声哀号,或者低声啜泣,不管是真是假。他们既然哭了,我想多少总有几滴眼泪吧,你快到那里去找吧。"

　　"我要的更不是那种眼泪,"他回答说,"那种眼泪不是真诚的,而是虚假的。我要的眼泪,在戏院里是找不着的。"

　　快活人想不出话了,睁大眼睛看了他好一会儿才问:"你究竟要哪一种眼泪呢?我相信除了我说的,再没有别的眼泪了。你知道世界上还有别的眼泪吗?"

　　他回答说:"有的,我确实知道世界上还有一种眼泪,那就是我要找的同情的眼泪!"

　　快活人觉得奇怪极了,眯着眼睛想了一会儿,摇了摇头说:"这不可能,什么'同情的眼泪',我从来没听说过这个奇怪的名称。我想象不出谁会掉那种眼泪,也想象不出为什么要掉那种眼泪。你既然这样说,能不能把你知道的详详细细地告诉我呢?"

　　他说:"你愿意知道,我自然愿意告诉你。同情的眼泪是为别人的痛苦而掉的,并不因为自己的愿望遭到了破灭;看别人受痛苦就像自己受到痛苦一个样,眼泪就自然而然掉下来了,并不像婴儿那样无缘无故地啼哭。这种眼泪是十分真挚的,没有一丝一毫虚情假意。至于谁会掉这种同情的眼泪,我不知道。所以我走遍了各处地方,留心观察所有的人的眼睛,看同情的眼泪到底丢失在哪里了。丢失的东西总可以找到的。所以我到处寻找,如果找到了就捡起来送还给他们。流这种眼泪的人,我相信一定有的,只是我还没遇到,所以我还不能休息,还要不停地寻找。"

　　快活人听了摇着头说:"我真的不明白,谁要是掉这样的眼泪,不是比我告诉你的那些人更痴呆了吗？人是最最聪明的,决不会痴呆到那种地步。我不信你的话。"

他很怜悯快活人,轻轻叹了口气,对快活人说:"你就是丢失了这种眼泪的人!请你跟我一同去寻找吧,也许碰巧能把你丢失的东西找回来,那该多好呀!"

快活人觉得很不中听,对他说:"我从来不掉眼泪,所以从来没丢失过眼泪,对于我来说,眼泪毫无用处,我不愿意跟着你去干这种毫无益处的事,再见吧,我要唱歌去了,跳舞去了,我要寻找的是快活!"

快活人转过身去,走了,留下一串笑声笑他愚蠢,笑他固执。

看着快活人越去越远,他又惋惜地叹了一口气,转身向人多的地方走去。

他来到一条马路上。汽车呜呜地叫着,跑得比风还快。行路的人看前顾后,非常惊惶,只怕被汽车撞到。运煤的大车慢吞吞的,拉车的骡子瘦得只剩下包在骨头上的一层皮,又脏又黑的毛全让汗水给沾湿了。它们好像就要跌倒了,还半闭着眼睛,一步挨一步地向前走。赶车的人脸上沾满了煤屑,眼睛仿佛睁不开似的,只露出红得可怕的嘴唇。人力车夫的胳膊像翅膀一般张开着,双手使劲按住车把,两条腿飞一样地奔跑,脚跟几乎踢着自己的屁股。风刮起一阵阵灰沙,扑向他们的鼻孔里嘴里。他们呼呼地喘着气,好像拉风箱似的,浑身的汗哪有工夫揩呀,只好由它洒在路上。

他站在路边想,这里应当有同情的眼泪了。他仔细寻找,竟一滴也没找着。看那些行路的人,赶车的人,拉车的人,还有那骡子,他们的眼眶都不像掉过眼泪,甚至不像会掉眼泪似的。他失望了,离开了马路边上。

……

在城市里,他找来找去没有找着同情的眼泪,心里又忧愁又烦闷,也就没有了主意,随着两条腿来到了乡间。

有一所草屋,前面一片空地,长着四五棵杨树。明亮的阳光照在杨树上,使绿叶显得格外鲜嫩。这家农户大概有什么喜事,正在准备酒席。一个妇人正在杨树底下宰鸡,竹笼里关着十来只鸡,妇人从竹笼中取出一只,左手握住鸡的翅膀和冠子,右手拔去它脖子上的羽毛,拿起一把刀就把鸡的脖子割破了。那鸡两只脚挺了挺,想挣脱,可是怎么挣得脱呢?鲜红的血从伤口流出来,流在一个碗里,等血流完了,妇人就把它扔在一旁,它略微扭了几扭,就不再动弹了。妇人已经从竹笼中取出了第二只鸡,拔去了脖子上的羽毛。

正在这时候,草屋里冲出一个孩子来,红红的面庞,转动着一双乌黑的眼珠。他跑到妇人身旁,看看地上刚被杀死的鸡,看看竹笼里受惊的鸡,再看妇人手里,那把刀已经挨着鸡的脖子了。孩子再也受不了了,一把拉住妇人拿着刀的右手,喉间迸出哭声,眼泪成串地往下掉,就像泉水一个样。

寻找眼泪的人如同得到了宝贝一样,他高声喊起来:"我找着了,没想到竟在这里找着了!"他简直不敢相信,以为自己在梦中。可是这明明是真的眼泪,一颗一颗,仿佛明亮的珍珠。他走上前去,捧着双手,凑到孩子的眼睛跟前,不多一会儿,他的双手捧满了珍珠一般的眼泪。

他想:"许多人丢失的东西,现在让我给找着了。把这同情的眼泪送还给他们是我的责任。"

他第一个要找的就是快活人,因为快活人不相信自己丢失了这样宝贵的一件东西,所以要先给快活人送去。他还要走遍各处,把这件宝贵的礼物——同情的眼泪送给所有的人。他大概就要来到你的跟前了,请你们做好准备,受领他的礼物吧!

"同情的眼泪"是一种真挚的眼泪,没有一丝一毫虚情假意。"他"丢失的不仅仅是一种眼泪,更是一种希望和爱心,这种眼泪不是为自己的愿望破灭而流的,而是为别人的痛苦而掉的。由此可见那个寻找眼泪的人一定有着强大的同情心,有一种悲悯的情怀和博爱的精神。城市的发展使人们缺失了这种同情心和悲悯情怀,最终在乡村孩子身上找到了"同情的眼泪",意味着成人世界情感的退化,孩子身上体现的童心和美好,正代表了作者的希望。如果大家都能像孩子一样,富有善良的同情心和悲悯的情怀,能够平等博爱地看待万事万物,那么这个世界将会变得更和谐、更美好!

二、短篇小说

20. 夜

作品描写了主人公老妇人手抱革命者遗孤,在黑暗之夜的恐怖气氛中,在难耐的几小时里的心理变化,巧妙地反映了我国第一次革命失败,革命力量处于低潮期时国运衰微的艰难现实。老妇人这一形象是时代的影子,她思想性格的变化和情感发展过程是我国第一次大革命失败时期人民思想觉悟不断提高的真实写照。老妇人一家的遭遇在当时是平凡的,却颇具时代特征,因而这一角色又是普遍的、具有广泛概括意义的典型。

　　一条不很整洁的里里,一幢一楼一底的屋内,桌上的煤油灯发出黄晕的光,照得所有的器物模糊、惨淡,好像反而加浓了阴暗。桌旁坐着个老妇人,手里抱着一个大约不过两周岁的孩子。那老妇人的状貌没有什么特点,额上虽然已画上好几条皱纹,还不见得怎么衰老。只是她的眼睛有点儿怪,深陷的眼眶里,红筋连连牵牵的,发亮;放大的瞳子注视着孩子的脸,定定的,凄然失神。她想孩子因为受着突然的打击,红润的颜色已转成苍白,肌肉也宽松不少了。

　　近来,那孩子特别爱哭,犹如半年前刚断奶的时候。仿佛给谁骤然打了一下,不知怎么一来就拉开喉咙直叫。叫开了头便难得停,好比大暑天的蝉。老妇人于是百般抚慰,把自己年轻时抚慰孩子的语句一一背了出来。可是不大见效,似乎孩子嫌那些语句太古旧又太拙劣了。直到他自己没了力,一面呜咽,一面让眼皮一会儿开一会儿闭而终于阖拢,才算收场。

　　今晚那老妇人却似乎感觉特别安慰;时候到了,孩子的哭还不见开场,假如就这样倦下来睡着,岂不是难得的安静的一晚。然而在另一方面,她又感觉特别不安;不知道快要回来的阿弟将怎么说,不知道几天来醒里梦里系念着的可怜的宝贝到底有没有着落。

　　晚上,在她,这几天真不好过。除了孩子的啼哭,黄晕的灯光里,她仿佛看见隐隐闪闪的好些形象。有时又仿佛看见鲜红的一摊,在这里或是那里——那是血!里外,汽车奔驰而过,笨重的运货车的铁轮有韵律地响着,她就仿佛看见一辆汽车载着被捆绑的两个,他们手足上是累赘而击触有声的镣铐。门首时时有轻重徐疾的脚步声经过,她总觉得害怕,以为或者就是来找她和孩子的。邻家的门环一声响,那更使她心头突地一跳。本来已届少眠年龄的她,这样提心吊胆地细尝恐怖的味道,就一刻也不得入梦。睡时,灯是不敢点的,她怕楼上的灯光招惹是非,也希冀眼前干净些,完全一片黑。然而没有用,隐隐闪闪的那些形象还是显现,鲜红的一摊还是落山的太阳一般似乎尽在那里扩大开来。于是,只得紧紧地抱住梦里时而呜咽的孩子……

这时候,她注视着孩子,在她衰弱而创伤的脑里,涌现着雾海似的迷茫的未来。往哪方走才是道路呢?她丝毫不能辨认。怕有些猛兽或者陷阱隐在雾海里吧?她想那是十分之九会有的。而伴同前去冒险的,只有这方才学话的孩子;简直等于自己孤零零一个。她不敢再想,无聊地问孩子:"大男乖的,你姓什么?"

"张。"大男随口回答。孩子在尚未了解姓的意义的时候,自己的姓往往被教练成口头的熟语,同叫爹爹妈妈一样地习惯。

"不!不!"老妇人轻轻呵斥。她想他的新功课还没练熟,有点儿发愁,只得重行矫正他说:"不要瞎说,哪个姓张!我教你,大男姓孙。记着,孙,孙……"

"孙。"大男并不坚持,仰起脸来看老妇人的脸,就这样学着说,发音带十二分的稚气。

老妇人的眼睛重重地闭了两闭;她的泪泉差不多枯竭了,眼睛闭两闭就表示心头一阵酸,周身经验到哭泣时的一切感觉。

"不错,姓孙,孙。再来问你,大男姓什么?"

"孙。"大男顽皮地学舌,同时伸手想去取老妇人头上那翡翠簪儿。

"乖的,大男乖的。"老妇人把大男紧紧抱住,脸贴着他的花洋布衫,"不管哪个问你,你说姓孙,你说姓孙……"声音渐渐凄咽了。

大男的胳臂给老妇人抱住,不能取那翡翠簪儿,"哇……"突然哭起来了。小身躯死命地挣扎,泪水淌得满脸。

老妇人知道每晚的常课又开头了,安然而过已成梦想,便故意做出柔和的声音呜他道:"大男乖的……不要哭呀……花团团来看大男了……坐着红轿子来了……坐着花马车来了……"

大男照例不理睬,喉咙却张得更大了,"哇……妈妈呀……妈妈呀……"

这样的哭最使老妇人又伤心又害怕。伤心的是一声就像一针,针针刺着自己的心。害怕的是单墙薄壁,左右邻舍留心一听就会起疑念。然而治他的哭却不容易;一句明知无效的"妈妈就会来的"战兢兢地说了再说,只使他哭得更响些,而且张大了水汪汪的眼睛四望,看妈妈从哪里来。

老妇人于是站起来踱步,让大男躺在臂弯里;从她那动作的滞钝以及步履的沉重,又见得她确实有点衰老了。她来回地踱着,背诵那些又古旧又拙劣的抚慰孩子的语句。屋内的器物仿佛跟着哭声的震荡而晃动起来,灯焰似乎在化得大,化得大——啊,一摊血!她闭上疲劳的眼,不敢再看。耳际虽有孩子撕裂似的哭声,却如同在神怪的空山里一样,幽寂得使血都变冷。

搭,搭,外面有叩门声,同时,躺在跨街楼底下的那条癞黄狗汪汪地叫起来。她吓得一跳,但随即省悟这声音极熟,一定是阿弟回来了,便匆遽地走去开门。

门才开一道缝,外面的人便闪了进来;连忙,轻轻地,转身把门关上,好像提防别的什么东西也乘势掩了进来。

"怎么样?"老妇人悄然而焦急地问。她恨不得阿弟挖一颗心给她看,让她一下子知道他所知道的一切。

阿弟走进屋内,向四下看了一周,便一屁股坐下来,张开口腔喘气。是四十左右商人模样的人,眼睛颇细,四围刻着纤细的皱纹形成永久的笑意,鼻子也不大,额上渍着汗水发亮,但是他正感觉一阵阵寒冷呢。他见大男啼哭,想起袋子里的几个荸荠,便掏出来授给他,"你吃荸荠,不要哭吧。"

大男原也倦了,几个荸荠又多少有点引诱力,便伸出两只小手接了,一面抽咽一面咬荸荠。这才让老妇人仍得坐在桌旁。

"唉!总算看见了。"阿弟摸着额角,颓然,像完全消失了力气。

"看见了?"老妇人的眼睛张得可怕地大,心头是一种超乎悲痛的麻麻辣辣的况味。

"才看见了来。"

老妇人几乎要拉了阿弟便引她跑出去看,但恐怖心告诉她不应该这样鲁莽,只得怅然地"喔!"

"阿姊,你说世界上没有一个好人,是不是?其实也不一定,像今天遇见的那个弟兄,他就是个好人。"他感服地竖起右手的大拇指。

"就是你去找他的那一个不是?"

"是呀。我找着了他,在一家小茶馆里。我好言好语同他说,有这样这样两个人,想来该有数。现在,人是完了,求他的恩典,大慈大悲,指点我去认一认他们的棺材。"他眉头一皱,原有的眼睛四围的皱纹见得更为显著,同时搔头咂嘴,表示进行并不顺利。"他却不大理睬,说别麻烦吧,完了的人也多得很,男的,女的,穿长衫的,披短褂的,谁记得清这样两个,那样两个;况且棺材是不让去认的。我既然找着了他,哪里肯放手。我又朝他说了,我说这两个人怎样可怜,是夫妻两个,女的有年老的娘,他们的孩子天天在外婆手里啼哭,叫着妈妈,妈妈……请他看老的小的面上发点慈悲心……唉!不用说吧,总之什么都说了,至少跪下来对他叩头。"

老妇人听着,凄然垂下眼光看手中的孩子;孩子蒙眬欲睡了,几个荸荠已落在她的袖弯里。

"这一番话却动了他的心。"阿弟带着矜夸的声调继续说；永久作笑意的脸上浮现真实的笑，但立刻就收敛了。"这叫人情人情，只要是人，跟他讲情，没有讲不通的。他不像开头那样讲官话了，想了想叹口气说：'人是有这样两个的。谁不是爷娘的心肝骨肉！听你说得伤心，就给你指点了吧。不过好好儿夫妻两个，为什么不安分过日子，却去干那些勾当！'我说这可不大明白，我们生意人不懂他们念书人的心思，大概是——"

"嘘……"老妇人舒一口气，她感觉心胸被压得太紧结了。她同阿弟一样不懂女儿女婿的心思，但她清楚地知道，他们同脸生横肉声带杀气的那些囚徒决不是一类人。不是一类人为什么得到同样的结果？这是她近来时刻想起，老想不通，以致非常苦闷的问题。可是没有人给她解答。

"他约我六点钟在某路转角等他。我自然千恩万谢，哪里还敢怠慢，提早就到那里去等着。六点过他果真来了，换了平常人的衣服。他引着我向野外走，一路同我谈。啊——"

他停住了。他不敢回想；然而那些见闻偏同无赖汉一般撩拨着他，叫他不得不回想。他想如果照样说出来，太伤阿姊的心了，说不定她会昏厥不省人事。——两个人向野外走。没有路灯。天上也没有星月，是闷郁得像要压到头顶上来的黑暗。远处树木和建筑物的黑影动也不动，像怪物摆着阵势。偶或有两三点萤火飘起又落下，这不是鬼在跳舞，快活得眨眼么？狗吠声同汽车的呜呜声远得几乎渺茫，好像在天末的那边。却有微细的嘶嘶声在空中流荡，那是些才得到生命的小虫子。早上还下雨，湿泥地不容易走，又看不清，好几回险些儿跌倒。那弟兄唇边粘着支烟卷，一壁吸烟一壁幽幽地说："他们两个都和善，到这儿满脸的气愤，可还是透着和善。他们你看我，我看你，看了几眼就低头，想说话又说不上。你知道，这样的家伙我们就怕。我们不怕打仗，抬起枪来一阵地扳机关，我想你也该会，就只怕你抬不动枪。敌人在前面呀，打中的，打不中的，你都不知道他们面长面短。若说人是捆好在前面，一根头发一根眉毛都看得清楚，要动手，那就怕。没有别的，到底明明白白是一个人呀。尤其是那些和善得很的，又加上瘦骨伶仃，吹口气就会跌倒似的，那简直干不了。那一天，我们那个弟兄，上头的命令呀，退缩了好几回，才皱着眉头，砰的一响放出去。哪知道这就差了准儿，中在男的胳膊上。他痛得一阵挣扎。女的好像发了狂，直叫起来。老实说，我心里难受了，回转头不想再看。又是三响，才算结果了，两个染了满身红。"那弟兄这样叙述，他听得似乎气都透不来了，两腿僵僵的提起了不敢放下，仿佛踏下去就会触着个骷髅。然而总得要走，只好紧紧跟随那弟兄的步子，前胸差不多贴着他的背。

老妇人见阿弟瞪着细眼凝想，同时搔着头皮，知道有下文，愕然问："他谈些什么？他看见他们那个的么？"

他们怎样"那个"的，这问题，她也想了好几天好几夜了，但终于苦闷。枪，看见过的，兵和警察背在背上，是乌亮的一根管子。难道结果女儿女婿的就是那东西么？她不信。女儿女婿的形象，真是画都画得出。哪一处地方该吃枪弹呢？她不能想象。血，怎样从他们身体里流出来？气，怎样消散消散而终于断绝？这些都模糊之极，像个朦胧的梦。因此，她有时感觉到女儿女婿实在并没有"那个",会有一天,搭,搭,搭,叩门声是他们特别的调子,开进来,是肩并肩的活泼可爱的两个。但只是这么感觉到而已,而且也有点模糊,像个朦胧的梦。

"他没看见,"阿弟连忙躲闪,"他说那男的很慷慨,几件衣服都送了人,他得到一条外国裤子,身上穿的就是。"

"那是淡灰色的,去年八月里做的。"老妇人眯着眼凝视着灯火说。

"这没看清,因为天黑,野外没有灯。湿泥地真难走,好几回险些儿滑跌;幸亏是皮底鞋,不然一定湿透。走到一处,他说到了。我仔细地看,十来棵大黑树站在那边,树下一条一条死白的东西就是棺材。"阿弟低下头来了,微秃的额顶在灯光里发亮。受了那弟兄"十七号,十八号,你去认一认吧"的指示而向那些棺材走去时的心情,他不敢说,也不能说。种种可怕的尸体,皱着眉咬着牙的,裂了肩穿了胸的,鼻子开花的,腿膀成段的,仿佛就将踢开棺材板一齐撞到他身上来。心情是超过了恐惧而几乎麻木了。还是那弟兄划着几根火柴提醒他说:"这就是,你看,十七,十八。"他才迷惘地向小火光所指的白板面看。起初似乎是蠕蠕而动的蛇样的东西,定睛再看,这才不动了,是墨笔写的十七,那一边,十八,两个外国号码。"甥女儿,我看你来了,"他默默祝祷,望她不要跟了来,连忙逃回小路。——这些不说吧,他想定了,继续说,"他说棺材上都写着号码,他记得清楚,十七、十八两号是他们俩。我们逐一认去,认到了,一横一竖放着,上面外国号码十七十八我识得。"

"十七,十八!"老妇人忘其所以地喊出来,脸色凄惨,眼眶里亮着仅有的泪。她重行经验那天晚上那个人幽幽悄悄来报告恶消息时的况味;惊吓,悲伤,晕眩,寒冷,种种搅和在一起,使她感觉心头异样空虚,身体也似乎飘飘浮浮的,一点不倚着什么。她知道搭,搭,搭,叩门声是他们特别的调子,开进来,是肩并肩的活泼可爱的两个,这种事情绝对不会有的了。已被收起了,号码十七、十八,这是铁一般的真凭实据!一阵忿恨的烈焰在她空虚的心里直冒起来,泪膜底下的眼珠闪着猛兽似的光芒,"那辈该死的东西!"

阿弟看阿姊这样,没精没采回转头,叹着说:"我看棺还好的,板不算薄。"——分明是句善意的谎话。不知道怎么,阿弟忽然起了不可遏抑的疑念,那弟兄不要记错了号码吧。再想总不至于,但这疑念仍然毒蛇般钻他的心。

"我告诉你,"老妇人咬着牙说,身体索索地震动。睡着的孩子胳臂张动,似乎要醒来,结果翻了个身。老妇人一面理平孩子的花洋布衫,继续说,"我不想什么了,明天死好,立刻死也好。这样的年纪,这样的命!"以下转为郁抑的低诉。"你姊夫去世那年,你甥女儿还只五岁。把她养大来,像像样样成个人,在孤苦的我,不是容易的事啊!她嫁了,女婿是个清秀的人,我喜欢。她生儿子了,是个聪明活泼的孩子(她右手下意识地抚摩孩子的头顶),我喜欢。他们俩高高兴兴当教员,和和爱爱互相对待,我更喜欢,因为这样才像人样儿。唉!像人样儿的却成十七,十八!真是突地天坍下来,骇得我魂都散了。为了什么呢?是我的女儿,我的女婿呀,总得让我知道。却说不必问了。就是你,也说不必问了,问没有好处。——怕什么呢！我是映川的娘，姓张的是我的女婿，我要到街上去喊，看有谁把我怎样！"忿恨的火差不多燃烧着她全身，说到后段，语声转成哀厉而响亮，再不存丝毫顾忌。她拍着孩子的背，又说："说什么姓孙，我们大男姓张，姓张！啊！我只恨没有本领处置那辈该死的东西，给年轻的女儿女婿报仇！"

阿弟听呆了，怀着莫可名状的恐惧，侧耳听了听外面有无声息，勉勉强强地说："这何必，这何必，就说姓孙又有什么关系？——喔，我想起了，"他伸手掏衣袋。他记起刚才在黑暗的途中，那弟兄给他一团折皱的硬纸，说是那男的托他想法送与亲人的，忘了，一直留在外国裤子袋里。他的手软软地不敢便接，好像遇见了怪秘的魔物；又不好不接，便用手心去承受，松松地捏着，偷窃似的赶忙往衣袋里一塞。于是，本来惴惴的心又加增老大的不自在。

"他们留着字条呢！"他说着，衣袋里有铜元触击的声音。

"啊！字条！"老妇人身体一挺，周身的神经都拉得十分紧张。一种热望（自己切念的人在门外叩门，急忙迎出去时怀着的那种热望）一忽儿完全占领了她。不接触女儿女婿的声音笑貌，虽只十天还不到，似乎已隔绝了不知几多年。现在这字条将诉说他们的一切，解答她的种种疑问，使她与他们心心相通，那自然成了她目前整个的世界。

字条拿出来了，是撕破了的一个联珠牌卷烟匣子，印着好几个指印，又有一处焦痕，反面写着八分潦草的一行铅笔字。

阿弟凝着细眼凑近煤油灯念那字条："'儿等今死，无所恨，请勿念。'嗐！这个话才叫怪。没了命，倒说没有什么恨！'恳求善视大男，大男即儿等也。'他们的意思，没有别的，求你好好看养大男；说大男就是他们，大男好，就等于他们没死。只这'无所恨'真是怪，真是怪！"

"拿来我看。"老妇人伸手攫取那字条，定睛直望，像嗜好读书的人想把书完全吞下去那样地专注。但是她并不识字。

室内十分静寂；小孩的鼾声微细到几乎听不见。

虽然不识字，她看明白那字条了。岂但看明白，并且参透了里头的意义，懂得了向来不懂得的女儿女婿的心思。就仿佛有一股新的生活力周布全身，心中也觉得充实了好些。睁眼四看，一些器物同平时一样，静处在灯光里。侧耳听外面，没有别的，有远处送来的唱戏声，和着圆熟的胡琴。

"大男，我的心肝，楼上去睡吧。"她站起来朝楼梯走，嘴唇贴着孩子的头顶，字条按在孩子的胸口，憔悴的眼透出母性的热光，脚步比先前轻快。她已决定勇敢地再担负一回母亲的责任了。

"哇……"孩子给颠醒了，并不睁开眼，皱着小眉心直叫，"妈妈呀……"

赏析品鉴

　　茅盾先生曾明确指出，短篇小说创作应"抓住一个富有典型意义的生活片断来说明一个问题或表现比它本身广阔得多，也复杂得多的社会现象"，应该使读者"由此片断联想到其他的生活问题"，从而引起深深的反思。《夜》的艺术特点符合"以小见大"的创作规律，文中虽只描述了一个生活的横断面，却展现了远比其本身广阔得多、复杂得多的社会现实。从这一生活片断，人们不难洞见到那个时代的回光折影，并引起广泛的联想和沉思。由于作者写的是极有深意的生活片断，并采取了以点带面的手法，所以篇幅虽短而容量颇大，文字不多内容却甚为丰富。

　　此外，这篇小说很是特别，它不仅有两条线索，而且这两条线索又同时在同一地点展开及发展。明线（老妇人：静夜守候—询问阿弟—承担责任）的发生及发展在"一幢一楼一底的屋内"；暗线（女儿女婿：革命被捕—惨遭杀害—遗书寄情）的发生及发展同样也是在"一幢一楼一底的屋内"。这符合戏剧结构"三一律"的要求。小说的主要情节是通过"回忆"来完成的，这又使小说具有了戏剧的闭锁式结构的形式。

21. 一个朋友

"我"去参加朋友的儿子的婚礼,想起了"十四年"或者是"十三年"前朋友的婚礼。作者不是忘记了是十四年前还是十三年前,而是无论是十四年前还是十三年前,都说明朋友的孩子还很小,距离现在的时间还很短暂,而朋友又开始让懵懂的儿子结婚了……

我有一位朋友,他的儿子今天结婚。我去扰了他的喜酒,喝得醉了。不,我没有喝得醉!

他家里的酒真好,是陈了三十年的花雕,呷在嘴里滋味浓厚而微涩,——这个要内行家才能扼要地辨别出来——委实是好酒。

他们玩的把戏真有趣,真有趣!那一对小新人面对面站着,在一阵沸天震地的拍手声里,他们俩鞠上三个大躬。他们俩都有迷惘的,惊恐的,瞪视的眼光,好像已被猫儿威吓住的老鼠……不像,像屠夫刀下的牲牛。我想:你们怕和陌生的人面对面站着么?何不啼着,哭着,娇央着,婉求着你们的爹爹妈妈,给你们换个熟识的知心的人站在对面呢?

我想得晚了,他们俩的躬已鞠过了,我又何必去想它。

那些宾客议论真多。做了乌鸦,总要呀呀地叫,不然,就不成其为乌鸦了。他们有几个人称赞我那位朋友有福分,今天已经喝他令郎的喜酒了。有几个满口地说些"珠璧交辉""鸾凤和鸣"的成语。还有几个被挤在一群宾客的背后,从人丛的缝里端相那一对小新人,似羡似叹地说:"这是稀有的事!"

我没有开口。

那几个说我那位朋友有福分的,他们的话若是有理,今天的新人何不先结了婚再喝奶汁?那几个熟读《成语辞典》的,只是搬弄矿物动物的名词,不知他们究竟比拟些什么。

"这是稀有的事!"这句话却有些意思。

然而也不见得是稀有。"稀有"两字不妥。哈！哈！我错认在这里批改学生的文稿了。

我那位朋友结婚的时候，我也去扰他的喜酒，也喝得烂醉，今天一样的醉。这是十四年前的事——或者是十三年？记不清楚了。当时行礼的景象，宾客的谈话，却还印在我的脑子里，一切和今天差不多，今天竟把当年的故事重新搬演一回。我去道贺作宾客，也算是个配角呢。

我记得那位朋友结婚之后，我曾问他：

"可有什么新的感觉？"

他的答语很有趣：

"我吃，喝，玩耍，都依旧；快意的地方依旧，不如意的地方也依旧，只有卧榻上多了一个人，是我新鲜的境遇。"

我又问他：

"你那新夫人的性情和思想如何？"

他的答语更有趣：

"我不是伊，怎能知道那些呢？"

他自然不知道。他除了惟一的感觉"新鲜的境遇"而外，哪里还知道别的。我真傻了，将那些去问他。当时我便转了词锋道：

"伊快乐么？"

"伊快乐呀。伊理妆的时候，微微地，浅浅地对着镜里的伊笑。伊见我进内室，故意将脸儿转向别的地方，两颗乌黑的，灵活的，动人的眼睛却暗地偷觑着我；那时伊颧颊间总含着无限的庆幸，满足，恋爱的意思。伊和女伴商量装饰，议论风生，足以使大家心折。伊又喜欢'叉麻雀'，下半天和上半夜的工夫都消磨在这一件事上。你道伊还有不快乐的一秒么？"

后来他们夫妻俩有了小孩子了，便是今天的新郎。他们俩欢喜非常，但是说不出为什么欢喜。——我又傻了，觉得欢喜，欢喜就是了，要说出什么来？这个欢喜，还普及到他们俩的族人和戚友，因为这事也满足了彼等对于他们俩的期望。然而他们俩先前并没有什么预计。论到这事，谁有预计？哪一家列过预算表？原来我喝得醉了！

他们俩生了儿子，生活上丝毫没变更。他吃，喝，玩耍，依然如故。伊对着镜里的伊笑，偷觑着他得意，谈论装饰，"叉麻雀"，也依然如故。

小孩子吃的，是一个卖了儿子，夺了儿子的权利换饭吃的妇人的奶汁。他醒的时候，睡眠的时候，都在伊的怀抱里。不到几个月，他小小的面庞儿会笑了，小手似乎会招人了。

他们俩看了，觉得他很好玩，是以前不曾有过的新鲜玩意儿。一个便从乳母手中抱过来和他接个吻，一个不住地摩抚他的小面庞。他觉得小身体没有平常抱的那样舒服，不由得哭了起来。他们俩没趣，更没法止住他的哭，便叫乳母快快抱去。

"我们不要看他的哭脸！"

那小孩子到了七八岁,他们俩便送他进个学校。他学些什么,他们俩总不问。受教育原是孩子的事,哪用父母过问呢!

今天的新郎还兼个高等小学肄业生的头衔!他的同学有许多也来道喜。他们活动的天性没有一处地方一刻工夫不流露,刚才竟把礼堂当作球场踢起球来,然而对于那做新郎的同学,总现出凝视猜想的神情,好像他满身都被着神秘似的。

我想今天最乐意的要算我那位朋友了。他非但说话,便咳一声嗽也柔和到十二分;弯着腰,执着壶,给宾客斟酒,几乎要把酒杯敬到嘴边来。他听了人家的祝贺语,眉开眼笑地答谢道:

"我有什么福分?不过干了今天这一桩事,我对小儿总算尽了责任了。将来把这份微薄的家产交付给他,教他好好地守着,我便无愧祖先。"

我忽然想起,假如我那位朋友死了,我给他撰《家传》,应当怎样地叙述?有了,简简括括只要一句话:"他无意中生了个儿子,还把儿子按在自己的模型里。"呀!诔墓之文哪有这种体例!原来我喝得醉了……

"讽"是叶圣陶小说创作现实主义精神的重要显现与特色。这里的"讽"有讥讽、嘲讽、讽喻、讽刺。在《一个朋友》中,作者讥讽了小市民庸俗、守旧、冷漠、无聊的灰色生活。同时,展示了作者对人生生命状态的思索:"他无意中生了个儿子,还把儿子按在自己的模型里。"这是一种麻木而不自知的人生轮回,父子两代人被生活麻木了灵魂,沉沦在没有思想、没有理念的浑浑噩噩的生活中。作者通过这篇小文,娓娓叙述着普通人的麻木而无意识的轮回人生。语言虽然平稳中性却让人心生焦虑:社会中所有的普通大众,如果都在麻木而无目的地生存,那社会将要如何发展?作者深刻地揭露出人们这种可悲、可叹、可怕的精神状态,在当时的社会背景下实属不易。

22. 一 课

《一课》是一篇精短典型的心理小说。在先生讲天体运行的时候，"他"想到了辍学的好友，想到了为养的小蚕采桑叶的计划，回忆起了划船漫游的乐趣，并对一只飞进教室的蝴蝶产生遐想。而天文老师方先生则在台上"讲得非常得意"，"何等的摇曳尽致"。谁应该对跑神的他负责呢？

上课的钟声叫他随着许多同学走进教室里，这个他是习惯了，不用思虑，纯由两条腿做主宰。他是个活动的孩子，两颗乌黑的眼珠流转不停，表示他在那里不绝地想他爱想的念头。他手里拿着一个盛烟卷的小匣子，里面有几张嫩绿的桑叶，有许多细小而灰白色的蚕附着在上面呢。他不将匣子摆在书桌上，两个膝盖便是他的第二张桌子。他开了匣盖，眼睛极自然地俯视，心魂便随着眼睛加入小蚕的群里，仿佛他也是一条小蚕：他踏在光洁鲜绿的地毯上，尝那甘美香嫩的食品，何等的快乐啊！那些同伴极和气的样子，穿了灰白色的舞衣，做各种婉娈①优美的舞蹈，何等的可亲啊！

许多同学，也有和他同一情形，看匣子里的小生命的；也有彼此笑语，忘形而发出大声的；也有离了座位，起来徘徊眺望的。总之，全室的儿童没有一个不动，没有一个不专注心灵在某一件事。倘若有大绘画家，大音乐家，大文学家，或用彩色，或用声音，或用文字，把他们此刻的心灵表现出来，没有不成绝妙的艺术，而且可以通用一个题目，叫作"动的生命"。然而他哪里觉察环绕他的是这么一种现象，而自己也是动的生命的一个呢？他自己是变更了，不是他平日的自己，只是一条小蚕。

冷峻的面容，沉重的脚步声，一阵历乱的脚步声，触着桌椅声，身躯轻轻地移动声——忽

---

① ［婉娈(wǎnluán)］柔顺，柔媚。

然全归于寂静,这使他由小蚕回复到自己。他看见那位方先生——教理科的——来了,才极随便地从抽屉中取出一本完整洁白的理科教科书,摊在书桌上。那个储藏着小生命的匣子,现在是不能拿在手中了。他乘抽屉没关上,便极敏捷地将匣子放在里面。这等动作,他有积年的经验,所以绝不会使别人觉察。

他手里不拿什么东西了,他连绵的深沉的思考却开始了。他预算摘到的嫩桑叶可以供给那些小蚕吃到明天。便想:"明天必得去采,同王复一块儿去采。"他立时想起了卢元,他的最亲爱的小友,和王复一样,平时他们三个一同出进,一同玩耍,连一歌一笑都互相应和。他想:"那位陆先生为什么定要卢元买这本英文书?他和我合用一本书,而且考问的时候他都能答出来,那就好了。"

一种又重又高的语音振动着室内的空气,传散开来:"天空的星,分做两种:位置固定,并且能够发光的,叫作恒星;旋转不定,又不能发光的,叫作行星……"

这语音虽然高,送到他的耳朵里便化而为低——距离非常远呢。只有模模糊糊、断断续续的几个声音"星……恒星……光……行星"他可以听见。他也不想听明白那些,只继续他的沉思。"先生越要他买,他只是答应,略微点一点头,偏偏不买。我也曾劝他:'你买了罢,省得陆先生天天寻着你发怒。'他也只点一点头。那一天,陆先生的话真使我不懂,什么叫'没有书求什么学'?什么叫'不配'?我从没见卢元动过怒,他听到这几句话的时候却怒了。他的面庞红得像醉汉,发鬓的近旁青筋涨了起来,眼睛里淌下泪来。他挺直了身躯,很响地说:'我没书,不配在这里求学,我明白了!但是我还是要求学,世界上总有一个容许我求学的地方!'当时大家都呆了,陆先生也呆了。"

"……轨道……不会差错……周而复始……地球……"那些语音又轻轻地激动他的鼓膜。

"不料他竟实行了他的话。第二天他就没来,一连几天没来。我到他家里去看他,他母亲说他跟了一个亲戚到上海去了。我不知道他现在做什么,不知道他为什么肯离开他母亲。"他这么想,回头望卢元的书桌,上面积着薄薄的一层灰尘,还有几个纸团儿,几张干枯的小桑叶,是别的同学随手丢在那里的。

他又从干桑叶想到明天要去采桑,"我明天一早起来,看了王复,采了桑,畅畅地游玩一会儿,然后到校,大约还不至于烦级仁先生在缺席簿上我的名字底下做个符号。但是哪里去采呢?乱砖墙旁桑树上的叶小而薄,不好。还是眠羊泾旁的桑叶好。我们一准儿到那里去采。那条眠羊泾真可爱呀!"

"……热的泉源……动植物……生活……没有他……试想……怎样?"方先生讲得非常得意,冷峻的面庞现出不自然的笑,那"怎样"两字说得何等的摇曳尽致。停了一会儿,有几个学生发出不经意的游戏的回答:"死了!""活不成了!""它是我们的大火炉!"语音杂乱,室内的空气微觉激荡,不稳定。

他才四顾室内,知先生在那里发问,就跟着他人随便说了一句"活不成了!"他的心却仍在那条眠羊泾。"一条小船,在泾上慢慢地划着,这一定是神仙的乐趣。那一天可巧逢到一条没人的小船停泊在那里,我们跳上船去,撑动篙子,碧绿的两岸就摇摇地后移动,我们都拍手欢呼。我看见船舷旁一群小鱼钻来钻去,活动得像梭子一般,便伸手下去一把,却捉住了水草,那些鱼儿不知哪里去了。卢元也学着我伸下手去,落水重了些,溅得我满脸的水。这引得大家都笑起来,说我是个冒雨的失败的渔夫。最不幸的是在这个当儿,看见级任先生在岸上匆匆地走来!他赶到我们船旁,勉强露出笑容,叫我们好好儿上岸吧。我们全身的,从头发以至脚趾里的兴致都消散了,就移船近岸,一个一个跨上去。不好了!我们一跨上岸,他的面容就变了。他责备我们不该把生命看得这么轻;又责备我们不懂危险,竟和危险去亲近。我们……"

"……北极……南极……轴……"梦幻似的声音,有时他约略听见。忽然有繁杂的细语声打断了他的沉思。他看许多同学都望着右面的窗,轻轻地指点告语。他跟着他们望去,见一个白的蝴蝶飞舞窗外,两翅鼓动得极快,全身几乎成为圆形。一会儿,那蝴蝶扑到玻璃上,似乎要飞进来的样子,但是和玻璃碰着,身体向后倒退,还落了些翅上的白磷粉。他就想:"那蝴蝶飞不进来了!这一间宽大冷静的屋子里,倘若放许多蝴蝶进来,白的、黄的、斑斓的都有,飞满一屋,倒也好玩,坐在这里才觉得有趣。我们何不开了窗放它进来。"他这么想,嘴里不知不觉地说出"开窗!"两个字来。就有几个同学和他唱同调,也极自然地吐露出"开窗!"两个字。

方先生梦幻似的声音忽然全灭,严厉的面容对着全室的学生,居然聚集了他们的注意力,使他们放弃了那蝴蝶。方先生才斥责道:"一个蝴蝶,有什么好看!让它在那里飞就是了。我们且讲那经度……距离……多少度。"

以下的话,他又听不清楚了。他俯首假作看书,却偷眼看窗外的蝴蝶。哪知那蝴蝶早已退出了他眼光以外。他立时起了深密的相思:"那蝴蝶不知道哪里去了?倘若飞到小桥旁的田里,那里有刚开的深紫的豆花,发出清美的香气,可以陪伴它在风里飞舞。它倘若沿着眠羊泾再往前飞,一棵临溪的杨树下正开着一丛野蔷薇,在那里可以得到甘甜的蜜。不知道它还回到这里来望我吗?"他只是望着右面的窗,等待那倦游归来的蝴蝶。梦幻似的声音,一室内的人物,于他都无所觉。时间的脚步本来是沉默的,不断如流地过去,更不能使他有一些辨知。

窗外的树经风力吹着,似乎点头、似乎招手地舞动,那种鲜绿的舞衣,优美的姿势,竟转移了他心的深处的相思。那些树还似乎正唱一种甜美的催眠歌,使他全身软软的,感到不可说的舒适。他更听得小鸟复音的合唱,蜂儿沉着而低微的祈祷。忽然一种怀疑——人类普遍的、玄秘的怀疑——侵入他的心里,"空气传声音,先生讲过了,但是声音是什么?空气传了声音来,我的耳朵又何以能听见?"

他便想到一个大玻璃球,里面有一只可爱的小钟。"陈列室里那个东西,先生说是试验空气传声的道理的:用抽气机把里面的空气抽去了,即将球摇动,使钟杵动荡,也不会听见小钟的声音。不知道可真是这样?抽气机我也看见,两片圆玻璃装在木架子上,但是不曾见它怎样抽空气。先生总对我们说:'一切仪器不要将手去触着,只许用眼睛看!'眼睛怎能代替耳朵,看出声音的道理来?"

他不再往下想,只凝神听窗外自然的音乐,那种醉心的快感,决不是平时听到风琴发出滞重单调的声音的时候所能感到的。每天放学的时候,他常常走到田野里领受自然的恩惠。他和自然原已纠结得很牢固了,那人为的风琴哪有这等吸引力去解开他们的纠结呢?

"……"他没有一切思虑,情绪……他的境界不可说。

室内动的生命重又表现出外显的活动来,豪放快活的歌声告诉他已退了课。他急急开抽屉,取出那小匣子来,看他的伴侣。小蚕也是自然啊!所以他仍然和自然牢固地纠结着。

《一课》这篇小说,采用散文笔法写成,淡化故事情节,注重心理描写。叶圣陶是心理刻画的行家,正如曹惠民所说:"叶圣陶的小说不常描写人物的外貌、服饰,于人物的对话似乎也不顶擅长,而心理活动的表现则有着显著的位置。"在表现"他"的心理状态时,作者采用了内心独白和意识流的手法。小主人公"他"在自己营造的心理小世界里心驰神往,先生却在台上讲得声情并茂,像是一由不和谐的协奏。唯其先生的敬业,越发凸显出教育方法的可悲可叹。叶圣陶把矛头直指学校教育的弊端。两条主线彼此穿插,相互对照,把对旧教育方法的讽刺表现得畅快淋漓。

二、短篇小说

23．伊和他

《伊和他》是一幅惟妙惟肖的母子亲情图：皎洁的月光下，儿子正在年轻母亲的怀中无忧无虑地戏耍，不料孩子手中的玻璃球打中了母亲的脸颊，顿时，疼痛，泪水，啼哭，微笑，亲吻，爱抚，在母子间齐发并作……作品展示了一种理想的人生境界——爱，美，光明。

温和、慈爱的灯光，照在伊丰满、浑圆的脸上；伊的灵活有光的眼，直注在小孩——伊右手围住他的小腿，左手指抚摩他柔软的短发——的全身，自顶至踵，无不周遍，伊的心神渗透了他全身了。他有柔滑如脂的皮肤，嫩藕似的臂腕，肥美、鲜红的双颐，澄清、晶莹的眼睛，微低的鼻，小小的口；他刚才满两岁。伊抱他在怀里，伊就抱住了全世界，认识了全生命了。

他经伊抚摩头发，回头看着伊，他脸上显呈出来的意象，仿佛一朵将开的花。他就回转身来，跪在伊怀里，举起两只小手，捧着伊丰满的面庞，还将自己的面庞凑上去偎贴着，叫道："妈！"小手不住地在伊脸上轻轻地摩着，拍着。这是何等的爱，何等的自然，何等的无思虑，何等的妙美难言！

钟摆的声音，格外清脆，变出一种均匀的调子，给人家一个记号，指示那生命经历"真时"，不绝地在那里变化长进。伊和他正是这个记号所要指示的，他们的生命，他们的爱，他们爱的生命，正在那里绵延地迅速地进化哩。

他的小眼睛忽然被桌上一个镇纸的玻璃球吸住了，他的面庞便离开了伊的，重又回转身去，取球在手里。"红的……花！白的……花！"他指着球里嵌着的花纹，相着伊又相着花纹，全神贯注地，十分喜悦地告诉伊。他的小灵魂真个开了花了！

"你喜欢这花呀。"伊很真诚地吻他的肩，紧紧地依贴着不动。

他将球旋转着；他小眼睛里的花，刻刻有个新的姿态；他的小口开了，嘻嘻地笑个不住。

89

伊仍旧伏着看他,仍旧不动。

"天上……红的……云,白的……云,红的……星,白的……星!"他说着,一臂直伸,指着窗前,身体望侧里倾斜,"妈!那边去。"伊就站了起来,抱他到窗前。一天的月光,正和大地接吻;温和到极点,慈爱到极点,不可言说。

"天上有亮么?"伊发柔和绵美的声音问。

"那边,亮。一个……星。两个……星。四个星。六个星。十一个星。两个星……"

一只恋月的小鸟展开双翅在空碧的海里浮着,离开月儿远了,又折转来浮近去,尽量呼吸那大自然的恩惠。

那小鸟又印入了他澄清、晶莹的小眼睛里了。他格外地兴奋,举起他握球的小手,"一个……蜻蜓!来!捉它!"就将球掷去。那球抛起不到五寸就下坠,打着伊左眼的上角,从伊的臂上滚到地上。

伊受了剧烈的痛,有几秒钟工夫伊全不感觉什么。后来才感痛,不可忍的痛!伊的眼睛张不开了,但能见无量数的金星在前面飞舞。眼泪汩汩地涌出来,两颊都湿了;伊的面庞伏在他小胸口,仰不起来。

这个时候,他脸面的肌肉都紧张起来;转动灵活的小眼睛竟呆了,端相着伊,表显一种恐惧、懊悔、乞怨的神情,——因为他听见玻璃球着额发出的沉重的声音——仿佛他震荡的小灵魂在那里说道:"这怎样!没有这回事罢!"

伊痛得不堪,泪珠伴着痛滴个不休;面庞还是伏在他的小胸口。他慢慢地将小手扳起伊的面庞。伊虽仍旧是痛,却不忍不随着小手的力仰起来。

伊的面庞变了:左眼的上角高起了一大块,红而近紫;眼泪满面,照着月光有反射的光。伊究竟忍不住这个痛,不知不觉举起左手,按那高起的一块。

他看着,上下唇紧阖并为一线,向两边延长,动了几动,终于忍不住,大张他的小口,哇的哭了出来。红苹果似的两颊,被他澄清晶莹的泉源里的水洗得通湿。

伊赶忙吻他的额,脸上现出美丽的,感动的,心底的笑,和月一样的笑。这时候,伊的感觉,一定在痛以上了……

赏析品鉴

叶老的情感焦点是人与人之间的某种存在状态,以及由这种状态所引发的心灵触动。当两颗心彼此不能靠近时,悲情在所难免;当两颗心彼此照应时,无比的欣慰之感又跃然纸上。《伊与他》是其中最具代表性的作品,在这篇小说中,作者极尽抒情之能事,竭力渲染母子二人之间情感的融洽及场景的静穆与和谐,作者本人似乎也陶醉在无限的爱的甜蜜之中了。

"启蒙"是"五四"一代的共有理想,作者作为一个现实责任感极强的作家,"抒情"对他来说或许还具有另一个重要的意义——"爱"的倾注即为他"启蒙"的一种尝试。除了批判与揭露之外,作者还期望用"爱"来感染世界,用充满爱的世界来与充满污浊的世界对峙。

24. 义 儿

叶圣陶的这篇小说,给我们塑造了一个丰满的义儿形象:有个性,想象力丰富,具有叛逆精神,我行我素,喜欢绘画。面对母亲的打骂、三叔的训诫、老师的呵斥,他有怎样的表现呢?在英文课堂上与先生发生激烈的正面冲突后,他又会遭受怎样的惩罚呢?

义儿最喜欢的东西就是纸和笔了:不论是练习英文的富士纸,印画地图的拷贝纸,写大楷的八都纸,乃至一张撕下的日历,一页剩余的文格,不论是钢笔、蜡笔、毛笔、铅笔,乃至课室内用残的颜色粉笔,一到他手里,他就如获得世界的一切了。他的右手一把握着笔杆,左手五指张开,按着铺在桌上的纸,描绘他理想中的人物屋鸟。他的头总是侧着,一会儿偏左,一会儿偏右;舌尖露出在上下唇之间,似乎要禁止呼吸的样子。他能画成侧形的鲤鱼,俯视形的菊花,从正面几笔,或加上一部分。有时加得高兴了,鲤鱼的鳞片都给画上短毛;菊花的花瓣尽量加多,以致整朵花凑不成个圆形;从烟囱喷出的烟越涂越多,所占纸面比屋子还大。他看看这不像一幅画了,就在上面打一个大"×",或者撕成两半,叠起来再撕,如是屡屡,以至于粉碎。他留着的画稿都折得很小很小,积存在一个旧的布书包里。

他当然同别的孩子一样,喜欢奔跑,喜欢无意识地叫喊,喜欢看不经见的东西,喜欢附和着人家胡闹。但是他不喜欢学校里的功课。他在课室里难得静心,除了他觉得先生演讲的态度很好玩,先生如狂的语声足以迷住他的思想的时候。若是被考问时,他总能够回答,可是只有片段的,不能有完整的答案。所以他的愚笨、懒惰等等罪名早在他的几位先生的心里成立了。就是那位图画先生,也说他不要好,只知道乱涂,画的简直不成东西。这是的的确确,他逢到画图的功课,随随便便临了黑板上先生画的一幅画,交给先生就算了,从没用过一点儿心,希望它好。

他的父亲早死了,母亲养护着他,总希望他背书像流水一般的快,更读通一点儿英文,将来好成家立业。但是实际所得的只是失望和悲伤。义儿今年十二岁了,高等小学的二年级生了,赞美他的声息一丝也听不到,却时时听得些愚笨、懒惰、欢喜捣乱等对于他的考语。她很相信这些考语是确实的,不然,何以义儿回了家总不肯自己拿出书来读,必待逼迫着呢?又何以总是一字一顿地读,从不曾熟诵如流水呢?他只喜欢捉虫子,钓鱼儿,涂些怕人的东西在纸上,这不是捣乱吗?而且有什么用处呢?她想到这等情形时,就很自然、很容易地引起旧有的胃病。"我的心全在你的身上,现在给你撕得粉碎了。"她老是对义儿这么说。义儿听了,也不辨这句话何等伤心,只觉得意味非常淡薄,值不得容留在脑子里。因此他一切照平常做去。

有一次他将积蓄着的母亲给他的钱,买了两匣纸烟匣内的画片儿;有两次他跑到河边,蹲在露出河面的石头上钓鱼;再有几次,他到不知什么地方去逛,直到天黑才回家:都惹起了母亲的恼怒和悲感。她知道同他说伤心的话绝对没有效果,但是总希望得到一点儿效果,便换了个似乎较有把握的办法,就是打。她的细瘦惨白的手握着一把量衣的尺,颤颤地在他身上乱抽,因为怨恨极了,用了好大的力气。可是他一声都不响,沉静的面孔,时而一瞬的眼睛,都表示出忍受和不屈的意思。她呼吸很急促,断断续续地问:"可知道你的错处吗?下次还敢这样吗?"他只当没有这回事,并且偏转他的头。她没有法子了,余怒里却萌生一丝智慧,就说:"假如下次不敢,我就饶恕了你这一次。"这时候他的头或者微微一摇,或者轻轻一点,或者只有摇或点的意思,都被认为悔过的表示,她的手就此停了,她的怨恨就此咽下去了。事情就这样完结了。可是她的失望的心因此而凝固,她相信义儿是个难得教好的孩子,想起的时候就默默流泪,怨自己的命运不好,更伤悼丈夫的早死。

母亲终究是母亲,虽然觉得今后的失望是注定的了。义儿上学校去的时候,她总要问他穿的衣服够不够,肚子吃饱了没有;有时买了一点儿吃的东西,或是人家送了什么饼饵糖果来,她总把最好的留着给他吃。他是难得教好的,他是引起她的失望和悲伤的,她却全然不想到了。

义儿还有两位叔叔,也是时常斥责他的。不知为什么,他对于那位三叔特别害怕,一看见周身就不自由起来,好像被束缚住的样子。对于他的劣迹,三叔发现得最少,因为三叔看见他时,他总是很安定、很规矩的。人家发现了义儿的错处,就去告诉三叔,靠三叔来达到训诫他的目的——就是义儿的母亲也常常如此。三叔训诫义儿的时候,义儿的面孔就红了,不敢现出沉静的神态了,头也不敢转了。三叔教他以后不要再这个样子,他就很可怜地答应一声"知道了"。胜利每每操在三叔手里,三叔就发明了处置义儿的秘诀。三叔向义儿的母亲和旁人这么说:"处置义儿惟一的方法,就是永远不要将好颜脸对他。我就这样做,所以他还能听我的话。"义儿的母亲对于这句话非常信服,可是她熬不住,不能不问暖问饱,留最好的东西给他吃。

一张山水画的明信片,上面有葱绿的丛树、突兀的山石、蓝碧的云天、纡曲曳白的回泉,义儿从一个同学手里得到了。他快活非常,宛如得了宝贝,心想临绘一张。不干不净的颜色盒,是他每天携带的,他取了出来,立刻开始工作。一张桌子不过一方尺有余的面积,实在安放不下墨水瓶、砚台、颜色盒、明信片、画图纸、两条手臂等等东西。然而一个课室里要布置五六十张桌子,预备五六十个学生做功课呢,怎能顾得各人过分的安适?好在义儿已经习惯了,局促的小天地里他自能优游如意。此刻他将墨水瓶摆在砚台上面,明信片倚靠着瓶口,就仿佛帖架托着画帖。左手拿着颜色盒,桌子上面就有地方平铺画纸了。他画得非常专心,竟忘了周围的和自己的一切,没有思虑,没有情绪,只有脑和手联合的、简单的运动,就是作画。同学的喧声和沉重且急速的脚步,或是走过他旁边的暂时止步而看他一看,对于他只起很淡很淡的感觉,差不多春夜的梦一般,迷离而杳渺。功课又开始了,同学都上了他们的座位了,英文先生也进了课室了,他周围的空气全变,而他如无所觉,还是临他的画。

竖起的明信片很引人注目,加上义儿那坐着作画的姿势,英文先生一望便明白了。他不免有点儿恼怒:"他在那里作画,连课本都不拿出来,分明不愿意上我的功课!"他这么想,洪大而严正的呵斥声就从他喉间涌出:"沈义,你做什么! 现在是什么时候? 你的课本哪里去了? 你不爱上我的功课,尽管出去,你在课室外画一辈子的图我不来管你,在我的课室里却容不得你这样懒惰捣乱的学生!"同学们听了,有的望着义儿,看他怎么下场;有的故意看书,表示自己的勤勉;更有的向着英文先生红涨的怒容只是微笑。课室内暂时静默。

义儿被唤醒了,还有几株小树没画上,他感觉不舒快,像睡眠未足的样子。他知道不能再画了,便将明信片、画幅、颜色盒放入抽屉里,顺便拣出读本来,慢慢地翻到将要诵习的一课。他并不看先生一眼,脸容紧张,现出懊丧的神态。这更增加了英文先生的怒意:"早已说过了,若是不愿意,就不必勉强上我的课! 你恼怒什么? 难道我错怪了你? 上课不拿出课本来,是不是懒惰? 因你而妨害同学的学习,是不是捣乱? 我错怪了你吗?"

"是的,没有错怪,"义儿随口地说,却含有冷峻的意味,"现在课本已拿出来了,请教下去吧,时间去得快呢。"同学们不料义儿有这样英雄的气概,听着就大表同情,齐发出胜利的笑声来。刚才的静默的反响就是此刻的骚动了,室内不仅是笑声,许多的足在地板上移动的声音,桌椅被震摇而发出的叽叽格格的声音,英文先生把书扔在桌上并且击桌的声音,混成一片。

英文先生觉得这太难堪,非叫义儿立刻退出课室,不足以维持自己的威严。他就很决断地说:"你竟敢同我斗口! 你此刻就出去,我不要你上我的课!"其实英文先生并没仔细地想,说这句话很危险的,假若义儿不听话,不立刻退出课室,岂不更损了威严? 果然,义儿听到驱逐令,只将身体坐后一点儿,以为这样就非常稳固了,——他绝对没有出去的意思。同学们的好奇心全部涌起了,先生的失败将怎样挽救,义儿的抵抗将怎样支持,都是很好看的快要上演的戏文。他们望望先生,又望望义儿,身躯频频转侧,还轻轻地有所议论,室内的空气更显得不稳定。

英文先生脸已红了,他斜睨义儿,见他不动,又见许多学生都好像露出讥讽的颜色。这是何等的侮辱啊！他的血管涨得粗了，头脑岑岑地响了；一种不可名的力驱策着他奔下讲台，一把抓住义儿的左臂，用力拉他站起来。义儿有桌子做保障，他两手狠命地扳住桌面，坐着不动；他的脸色微青，坚毅的神色仿佛勇士拒敌的样子。英文先生用力很猛，只将义儿的左臂震摇，桌子便移动了位置，并且发出和地板磨擦的使人起牙齿酸麻之感的声音。义儿终于支持不住，半个身体已离开桌子了。桌子受压不平均，忽然向左倾侧。一雾的想念在英文先生的脑际涌现，他想桌子倒时一定发出重大的声音，这似乎不像个样子。他就放了手，义儿的身躯重复移正，桌子便稳定了。于是课室内的战事暂时休止。

同学们观战，早已忘了自己在什么地方了。有的奋一点儿无所着力的力，同情于义儿的拒敌；有的只觉此事好玩，最好多延长一刻；有的觉得这是个机会，便取出心爱的玩意儿来玩弄，或是谈有趣味的话。总之，在课室之内，上功课的事是没有人想到了。直到先生放手，惊奇的目光又集中在先生脸上。

英文先生把手放了，忽然觉得这个动作太没意思，况且许多学生正看着自己的脸呢。但是，再去抓他也不好，要再抓何必放呢？窘迫的感觉包围全身，使他不敢正眼看周围诸人。他只喃喃地说："你不出去也好，我总不承认你留在这里。刚才的事退了课再同你讲。现在且上功课，你不爱上，同学们要上呢。"他很不自然地走回他的讲台。

学校里从此起风波了：英文先生将义儿的事告诉了级任先生，说以后一定不要义儿上他的课。级任先生口里虽不说什么，心里却异常踌躇，不要他上课就是不肯教他，哪有学校里不肯教学生之理？并且在英文课的时间叫他做什么呢？若是还叫他上英文课，英文先生的面子又怎么顾全？说不定英文先生因此动怒，又生出另外的枝节来。级任先生宛如受了过大的激刺，觉得满心都是不爽快。他就告诉了义儿的三叔，他们俩本是天天在茶馆里会见的茶友。许多同学呢，他们将义儿的事作为新闻，一散课就告诉别级的同学，像讲述踢球的胜利那么有味，——于是别级的同学流动不居的心里又换了个新的对象了。他们怀着好奇的心在那里观望：课已退了，英文先生将怎样办理这一件事呢？义儿仍旧取出抽屉里的东西，完成他的画幅，可是心里总觉不安定，有点儿惊怯，以后将有什么事临头，模糊而不能预料。一块小石的投掷可以激动全世界的水，虽然我们不尽能看见波纹：现在的情形就是这样了。

三叔听了级任先生的诉说，当然痛恨义儿的顽劣，一方面想法解决这件事。他说："由我训诫他，已经不知几回了！当着面他总是很能领受的态度，自称情愿悔改，可是一背面第二个过失就来了。他母亲打他骂他，差不多是每天的常课，更没有什么用处，当时他就不肯说一个改字。我们须得换一个方法才行。"

"是呀，须得换一个方法，"级任先生连连点着头说，"他在课室内这样捣乱，非但同学们和授课的先生受他的累，连我也觉得难以措置。总要使他知所畏惧，以后不敢再这样，才得大家安静呢。"

"英文先生方面，由我去赔罪。为他的话的威信起见，不妨令义儿暂时不上英文课。到哪一天,说'你确能改过,英文先生恕你了',然后再叫他上课。"

"你这办法,解除了我的为难了!"级任先生露出得意的笑容,压在他肩上的无形的重负似乎轻了好多。"就这么办吧。可是怎能使你家义儿确能改过呢?"

三叔轻轻击一下桌子,端起茶杯呷了口茶,然后说:"就是你所说的那句话,要他知所畏惧。我想他这么浮动的心情,都由每天回家,常同外面接触而来的。若是叫他住在学校里,和外间一切隔离,过严苦的生活,他一方面浮动的心情渐渐定了,一方面尝到严苦的生活的滋味而觉得怕了,或者不再有什么坏的行为做出来吧。"

"这确是一个办法。就叫他住在我的房间里好了。但是,你先要给他一个暗示,重重地训斥他一顿,使他没搬进学校就觉得懔然。"

"我知道,我有法子。"

一切都照三叔的计划进行,义儿搬进学校里住了。他本来很羡慕住校的同学。他常常想晚上的学校里不知怎么个情形,课室里点了灯,许多同学坐在一起,不是很好玩吗?可是他并不曾向母亲要求过要在校内寄宿,因为他不能设想这事的可能。现在母亲忽然端整了被褥一切,叫他住在校里,实在是梦想不到的。这就是他往日的学校呀,但在他觉得新鲜。晚饭的铃声,课室里点了火的煤油灯,住校的同学的随意谈笑,夜色笼罩下的操场上的赛跑,都是他从来不曾经历的。他听着、看着、谈着、玩着,恍恍惚惚如在梦里,悠久而又变化多端。他在睡眠之前很匆促地摹印一张《洛川神女之图》,到末了画那条衣带,墨色沸了开来,就把全幅撕了,但是他很觉舒适。母亲的唠叨现在是非常之远,好似在她怀抱里的时候的事;画完一幅画,居然没听见"又在那里涂怕人的东西了"的责骂。更可希望的,一个同学约他明天一早去捉栖宿未醒的麻雀。他在床上想,到哪里去取竹竿,怎么涂上了膏,预备怎样一个笼子,怎样伸手……渐渐地模糊,不能想了。

两三天内,级任先生暗里观察,希望看见义儿愁苦怯惧的面容。可是事实竟相反,义儿还是往日的义儿,而且更高兴了一点儿。

当级任先生到茶馆时,三叔就问他:"义儿可又闹了什么事?"

"暂时没有。"级任先生微露失望的神态,语言间带着冷然的调子。

"他住在校内觉得怕吗?"

"怕?"级任先生斜睨着三叔,"哪有这回事!他还是往日的模样,而且更为高兴。"

"他竟不怕吗?"三叔怅然愕视。

赏析品鉴

　　叶圣陶先生的这篇小说，是写人物的。作者既注重从动作、神态、语言、心理等细节描写正面刻画人物形象，又注重从母亲、老师、三叔等角度侧面刻画人物形象。义儿有绘画的天赋，我们承认，但这仅仅是一点端倪，是否有大成就，是否能够吃这碗饭，那是作者留给我们的想象。但有一点，我们看到了，母亲的担忧，三叔的训诫，老师的呵斥，完全是因为他的个性和叛逆。一个孩子到底应该怎样，小说里没有说，这是作者留给我们的思考，但至少，他是希望我们尊重孩子天性的。孩子的天性，我们不尊重，不知道孩子真正需要什么，这是成人的错误。

25. 这也是一个人

阅读提示

"伊"15岁上就由父母做主,嫁给一个二流子。之后便成了夫家的廉价劳动力和生育机器。孩子因为受不到照顾而早夭,公婆就归咎于"伊""命硬,招不牢子息",轮番毒打"伊"来泄怨。"伊"终于不堪忍受虐待,逃到城里做了佣人,但在丈夫死后仍被公公、婆婆、父亲胁迫回来变卖给其他人家,用自己的身价充了丈夫的殓费,尽了所谓"最后的义务"。

原文品读

伊生在农家,没有享过"呼婢唤女""傅粉施朱"的福气,也没有受过"三从四德""自由平等"的教训,简直是很简单的一个动物。伊自出母胎,生长到会说话会行动的时候,就帮着父母拾些稻藁,挑些野菜。到了十五岁,伊父母便把伊嫁了。因为伊早晚总是别人家的人,多留一年,便多破费一年的穿吃零用,倒不如早早把伊嫁了,免得白掷了自己的心思财力,替人家长财产。伊夫家呢,本来田务忙碌,要雇人帮助,如今把伊娶了,即不能省一个帮佣,也抵得半条耕牛。伊嫁了不上一年,就生了个孩子,伊也莫名其妙,只觉得自己睡在母亲怀里还是昨天的事,如今自己是抱孩儿的人了。伊的孩子没有摇篮睡,没有柔软的衣服穿,没有清气阳光充足的地方住,连睡在伊的怀里也只有晚上睡觉的时候才得享受,白天只睡在黑魆魆的屋角里。不到半岁,他就死了。伊哭得不可开交,只觉以前从没这么伤心过。伊婆婆说伊不会领小孩,好好一个孙儿被伊糟蹋死了,实在可恨。伊公公说伊命硬,招不牢子息,怎不绝了他一门的嗣。伊丈夫却没别的话说,只说要是在赌场里百战百胜,便死十个儿子也不关他事。伊听了也不去想这些话是什么意思,只是朝晚地哭。

有一天伊发现了新奇的事了:开开板箱,那嫁时的几件青布大袄不知哪里去了。后来伊丈夫喝醉了,自己说是他当掉的。冬天来得很快,几阵西风吹得人彻骨地冷。伊大着胆央求丈夫把青布袄赎回来,却吃了两个巴掌。原来伊吃丈夫的巴掌早已经习以为常,惟一的了局便是哭。这一天伊又哭了。伊婆婆喊道:"再哭?一家人家给你哭完了!"伊听了更不住地哭。婆婆动了怒,拉起捣衣的杵在伊背上抽了几下。伊丈夫还加上两巴掌。

这一番伊吃得苦太重了。想到明天,后天……将来,不由得害怕起来。第二天朝晨,天还没亮透,伊轻轻地走了出来,私幸伊丈夫还没醒。西风像刀,吹到脸上很痛,但是伊觉得比吃丈夫的巴掌痛得轻些,就也满足了。一口气跑了十几里路,到了一条河边,才停了脚步。这条河里是有航船经过的。

等了好久,航船经过了,伊就上了船,那些乘客好似个个会催眠术的,一见了伊,便知道是在家里受了气,私自逃走的。他们对伊说道:"总是你自己没长进,才使家里人和你生气。即使他们委屈了你,你是年幼小娘,总该忍耐一二。这么使性子,碰不起,苦还有得吃!况且如今逃了出去,靠傍谁呢?不如乘原船回去罢。"伊听了不答应,只低着头不响。众客便有些不耐烦。一个道:"不知伊想的什么心思,论不定还约下了汉子同走!"众人便哗笑起来。伊也不去管他们。

伊进了城,寻到一家荐头。荐头把伊荐到一家人家当佣妇。伊的新生活从此开始了:虽也是一天到晚地操作,却没下田耕作那么费力,又没人说伊,骂伊,打伊,便觉得眼前的境地非常舒服,永远不愿更换了。伊惟一的不快,就是夜半梦醒时思念伊已死的孩子。

一天,伊到市上买东西,遇见一个人,心里就老大不自在,这个人是村里的邻居。不到三天,就发生影响了:伊公公已寻了来。开口便嚷道:"你会逃,如今寻到了,可再能逃?你若是乖觉的,快跟我回去!"伊听了不敢开口,奔到里面,伏在主妇的背后,只是发呆。主妇便唤伊公公进来对他说:"你媳妇为我家帮佣,此刻约期还没满,怎能去?"伊公公无可辩论,只得狠狠地叮嘱伊道:"期满了赶紧回家! 倘若再逃,我家也不要你了,你逃到哪里,就在哪里卖掉你,或是打折你的腿!"

伊觉得这舒服的境地,转眼就会成空虚,非常舍不得。想到将来……更害怕起来。这几天里眼睛就肿了,饭就吃不下了,事也就做不动了。主人知道伊的情况,心想如今的法律,请求离婚,并不繁难,便问伊道:"可情愿和夫家断绝?"伊答道:"哪有不愿?"主人便代伊草了个呈子,把种种以往的事实和如今的心愿,都叙述明白,预备呈请县长替伊做主。主妇却说道:"替伊请求离婚,固然很好,但伊不一定永久做我家帮佣的。一旦伊离开了我家,又没别人家雇伊,那时候伊便怎样? 论情呢,母家原该收留伊,但是伊的母家可能办到?"主人听了主妇的话,把一腔侠情冷了下来,只说一声"无可奈何!"

隔几天,伊父亲来了,是伊公公叫他来的。主妇问他:"可有救你女儿的法子?"他答道:"既做人家的媳妇,要打要骂,概由人家,我怎能做得主? 我如今单是传伊公公的话,叫伊回去罢了。"但是伊仗着主妇的回护,没有跟伊父亲同走。

后来伊家公婆托邻居进城的带个口信,说伊丈夫正害病。要伊回去服侍。伊心里只是怕回去,主妇就替伊回绝了。

过了四天,伊父亲又来了。对伊说:"你的丈夫害病死了,再不回去,我可担当不起。你须得跟我走!"主妇也说:"这一番你只得回去了。否则你家的人就会打到这里来。"伊见眼前的人没一个不叫伊回去,心想这一番必然立该回去了。但总是害怕,总是不愿意。

伊到了家里,见丈夫直僵僵地躺在床上,心里很有些儿悲伤。但也想,他是骂伊打伊的。伊公婆也不叫伊哭,也不叫伊服孝,却领伊到一家人家,受了二十千钱,把伊卖了。伊的父亲,公公,婆婆,都以为这个办法是应当的,他们心里原有个成例:田不种了,便卖耕牛。伊是一条牛——一样地不该有自己的主见——如今用不着了,便该卖掉。把伊的身价充伊丈夫的殓费,便是伊最后的义务。

《这也是一个人》的主题是主张妇女"人格"独立,尤其是以"这也是一个人"做题目,点出了作者希望底层妇女觉醒,争取做"人"的基本资格。作者别具匠心,从"故事"讲述的角度,为读者讲了一个没有姓名的女子的一生。通篇没有对女子进行肖像、语言、心理的描写,只勾勒出她一生的"流水账"。这种看似简单的流水账式的故事讲述,却正是当时社会每天都在上演的底层妇女的人生写照。她不需要有姓名,因为每个底层妇女都像她一样,没有姓名的"伊"更具有普遍代表性。与几年后鲁迅《祝福》中的祥林嫂相比,"伊"的形象并不算丰满,但小说反映封建时代妇女悲惨命运、暴露底层妇女不觉悟而任人宰割的鲜明主题,却第一个镌刻在文学史的丰碑上。

三、长篇小说

##

《倪焕之》是叶圣陶1928年写的一部长篇小说,连载于当时的《教育杂志》上。

《倪焕之》真实地反映了从辛亥革命到第一次国内革命战争时期一部分小资产阶级知识分子的生活历程和精神面貌,反映了"五四""五卅"这些波澜壮阔的革命运动给予当时知识青年的巨大影响。

26．倪焕之（节选）

  小说主人公倪焕之，是个满怀理想、热切追求新事物的青年，中学毕业后到乡村高等小学任教。同辛亥革命失败后不少进步知识分子一样，他最初把救国的"一切的希望悬于教育"，真诚地期待着用自己的"理想教育"来洗涤尽社会的黑暗和污浊。他还憧憬着一种建立在共同事业基础上的互助互爱的婚姻关系，爱慕和追求一个思想志趣与自己相似的女子金佩璋。然而，严酷的现实生活使倪焕之许多不切实际的空想破灭了，他不但在教育事业上多次碰壁，而且家庭生活也远违初衷，这使倪焕之深深地感到寂寞和痛苦。五四运动到来，大批倪焕之式的知识青年被卷入革命浪潮里。在革命者同时还是自己中学同学王乐山的影响下，倪焕之开始把视线从学校解脱出来，放眼"看社会大众"，投身于社会改造活动。"五卅"运动和大革命高潮期间，倪焕之更是参加了紧张的革命工作，由最初改良主义性质的"教育救国"到后来的转向革命。然而在"四一二"反革命大屠杀后，倪焕之脆弱地感到现实"太变幻了"，竟至悲观失望，纵酒痛哭，怀着"什么时候会见到光明"的疑问和郁愤病死。

  小说共三十章，大致可从主人公倪焕之的事业、爱情两条线入手进行阅读。事业线可重点阅读如下章节：第一章（新生活开始，焕之亮相）、第十二章（改革受阻，乡村教育的艰难）、第十九章（焕之对教育的认识改变，要睁眼看社会）、第二十二章（到上海教书，进一步认识革命和教育的关系）、第二十九章（幻灭）；爱情线可重点阅读如下章节：第六章（初次见面）、第十四章（甜蜜爱情）、第十八章（从同志到妻子）。

  叶圣陶的《倪焕之》，不仅是一部简单意义上的长篇小说，更是一部通过反映当时知识分子的生存境遇与精神境遇，折射出20世纪初叶民国社会变迁的伟大史诗。

三、长篇小说

第一章

　　吴淞江上,天色完全黑了。浓云重叠,两岸田亩及疏落的村屋都消融在黑暗里。近岸随处有高高挺立的银杏树,西南风一阵阵卷过来涌过来,把落尽了叶子的杈丫的树枝吹动,望去像深黑的鬼影,披散着蓬乱的头发。

　　江面只有一条低篷的船,向南行驶。正是逆风,船唇响着汩汩的水声。后艄两支橹,年轻的农家夫妇两个摇右边的一支,四十左右的一个驼背摇左边的。天气很冷,他们摇橹的手都有棉手笼裹着。大家侧转些头,眼光从篷顶直望黑暗的前程;手里的橹不像风平浪静时那样轻松,每一回扳动都得用一个肩头往前一掮,一条腿往下一顿,借以助势;急风吹来,紧紧裹着头面,又从衣领往里钻,周遍地贴着前胸后背。他们一声不响,鼻管里粗暴地透着气。

　　舱里小桌子上点着一支红烛,风从前头板门缝里钻进来,火焰时时像将落的花瓣一样掸下来,因此烛身积了好些烛泪。红烛的黄光照见舱里的一切。靠后壁平铺的板上叠着被褥,一个二十五六的人躺在上面。他虽然生长在水乡,却似乎害着先天的晕船病,只要踏上船头,船身晃几晃,便觉胃里作泛,头也晕起来。这一回又碰到逆风,下午一点钟上船时便横下来,直到现在,还不曾坐起过。躺着,自然不觉得什么;近视眼悠闲地略微闭上,一支卷烟斜插在嘴角里,一缕青烟从点着的那一头徐徐袅起,可见他并不在那里吸。他的两颊有点瘦削,冻得发红,端正的鼻子,不浓不淡的眉毛,中间加上一副椭圆金丝边眼镜,就颇有青年绅士的风度。

　　在板床前面,一条胳臂靠着小桌子坐的,是一个更为年轻的青年。他清湛的眼睛凝视着烛焰,正在想自己的前途。但是与其说想,还不如说朦胧地感觉来得适切。他感觉烦闷的生活完全过去了,眼前闷坐在小舱里,行那逆风的水程,就是完篇的结笔。等候在前头的,是志同道合的伴侣,是称心满意的事业,是理想与事实的一致;这些全是必然的,犹如今夜虽然是风狂云阴的天气,但不是明天,便是后天或大后天,总有个笑颜似的可爱的朝晨。

　　初次经过的道路往往觉得特别长,更兼身体一颠一荡地延续了半天的时光,这坐着的青年不免感到一阵烦躁,移过眼光望着那躺着的同伴问道:"快到了吧?"虽然烦躁,他的神态依然非常温和、率真;浓浓的两道眉毛稍稍蹙紧,这是他惯于多想的表征;饱满的前额承着烛光发亮,散乱而不觉得粗野的头发分披在上面。

　　"你心焦了,焕之,"那躺着的用两个指头夹着嘴里的卷烟,眼睛慢慢地张开来,"真不巧,你第一趟走这条路就是逆风。要是顺风的话,张起满帆来一吹,四点钟就吹到了。现

103

在……"他说到这里,略微仰起身子,旋转头来,闭着一只眼,一只眼从舱板缝里往外张,想辨认那熟识的沿途的标记。但是除了沿岸几株深黑的树影外,只有一片昏暗。他便敲着与后艄相隔的板门问道:"阿土,陶村过了么?"

"刚刚过呢。"后艄那青年农人回答,从声音里可以辨出他与猛烈的西南风奋斗的那种忍耐力。

"唔,陶村过了,还有六里路;至多点半钟可以到了。"那躺着的说着,身子重又躺平;看看手里的卷烟所剩不多,随手灭掉,拉起被头的一角来盖自己的两腿。

"再要点半钟,"焕之望同伴的左腕,"现在六点半了吧?到学校要八点了。"

那躺着的举起左腕来端相,又凑到耳边听了听,说道:"现在六点半过七分。"

"那末,到学校的时候,恐怕蒋先生已经回去了。"

"我想不会的。他知道今天逆风,一定在校里等着你。他想你想得急切呢。今天我去接你,也是他催得紧的缘故。不然,等明后天息了风去不好么?"

焕之有点激动,讷讷地说:"树伯,我只怕将来会使他失望。不过我愿意尽心竭力服务,为他的好意,也为自己的兴趣。"

"你们两个颇有点相像。"树伯斜睨着焕之说。

"什么?你说的是……"

"我说你们两个都喜欢理想,这一点颇相像。"

"这由于干的都是教育事业的缘故。譬如木匠,做一张桌子,做一把椅子,用不着理想;或者是泥水匠,他砌墙头只要把一块一块砖头叠上去就是,也用不着理想。教育事业是培养人的,——人应该培养成什么样子?人应该怎样培养?——这非有理想不可。"焕之清朗地说着,仿佛连带代表了蒋先生向一般人宣告。他平时遇见些太不喜欢理想的人,听到他的自以为不很理想的议论,就说他"天马行空","远于事实",往往使他感到受了冤屈似的不快。现在树伯提起理想的话,虽没有鄙夷他的意思,他不禁也说了以上的辩解的话。

"老蒋大约也是这样意思。"树伯闭了闭眼,继续说,"所以我曾经告诉你,他做好一篇对于教育的意见的文章,那篇文章就是他的理想。"

"你记得他那篇文章怎样说么?"焕之的眼里透出热望的光。

"他开头辨别什么是性,什么是习,又讲儿童对于教育的容受与排斥,又讲美育体育的真意义,——啊!记不清楚,二十多张稿纸呢。反正他要请各位教员看,尤其巴望先与你商酌,等会儿一登岸,他一定立刻拿出他那份一刻不离身的稿纸来。"

"有这样热心的人!"焕之感服地说。便悬拟蒋先生的容貌,举止,性格,癖好,一时又陷入沉思;似乎把捉到一些儿,但立即觉得完全茫然。然而无论如何,点半钟之后,就要会见这悬拟的人的实体;这样想时,不免欣慰而且兴奋。

风似乎更大了,船头汩汩的水声带着呜咽的调子;烛焰尽往下弹,烛泪直淌,堆在锡烛台的底盘里;船身摇荡也更为厉害,这见得后艄的三个人在那里格外用力。

树伯把两腿蜷起一点,又把盖着的被头角掀了一掀,耸耸肩说:"事情往往不能预料。早先你当了小学教员,不是常常写信给我,说这是人间唯一乏味事,能早日脱离为幸么?"

"唔,是的。"焕之安顿了心头的欣慰与兴奋,郑重地答应。

"到现在,相隔不过一二年,你却说教育事业最有意义,情愿终身以之了。"

"记得给你写过信。"焕之现出得意的笑容,"后来我遇到一个同事,他那种忘了自己,忘了一切,只知为儿童服务,只知往儿童的世界里钻的精神,啊!我说不来,我惟有佩服,惟有羡慕。"

"他便把你厌恶教育事业的心思改变过来了?"

"当然改变过来了。不论什么事情,当机的触发都不必特别重大:譬如我喜欢看看哲学书,只因为当初曾经用三个铜子从地摊上买了一本《希腊三大哲学家》;又如我向往社会主义,只因为五年前报纸上登载过一篇讲英国社会党和工党的文章,而那篇文章刚刚让我看见了。我那同事给我的就是个触发。我想,我何必从别的地方去找充实的满意的生活呢?我那同事就觉得自己的生活很充实,很满意,而我正同他一样,当着教员,难道我不能得到他所得到的感受么?能,能,能,我十二分地肯定。观念一变,什么都变了:身边的学生不再是龌龊可厌的孩子;四角方方的教室不再是生趣索然的牢狱。前天离开那些孩子,想到以后不再同他们作伴了,心里着实有点难受。"焕之说到这里,眼皮阖拢来,追寻那保存在记忆里的甘味。

"那是一样的,"树伯微笑说,"那边当教员,这边也当教员;那边有学生,这边也有学生;说不定这边的学生更可爱呢。"

"我也这样想。"焕之把身子坐直,全神贯注地望着前方,似乎透过了中舱头舱的板门,透过了前途浓厚的黑暗,已望见了正去就事的校里的好些学生。

"像蒋先生那样,也是不可多得的。"焕之从未来的学生身上想到他们的幸福,因为他们有个对于教育特别感兴趣喜欢研究的校长蒋先生,于是这样感叹说。他共过事的校长有三个,认识的校长少说点也有一二十个,哪里有像蒋先生那样对于教育感兴趣的呢?研究自然更说不上。他们无非为吃饭,看教职同厘卡司员的位置一模一样。他也相信任教职为的换饭吃,但是除了吃饭还该有点别的;要是单为吃饭,就该老实去谋充厘卡司员,不该任学校教师。现在听说那蒋先生,似乎与其他校长大不相同,虽还不曾见面,早引为难得的同志了。

"他没有事做,"树伯说得很淡然,"田,有账房管着;店,有当手管着;外面去跑跑,嫌跋涉;闷坐在家里,等着成胃病;倒不如当个校长,出点主意,拿小孩弄着玩。"

焕之看了树伯一眼;他对于"弄着玩"三个字颇觉不满,想树伯家居四五年,不干什么,竟养成玩世不恭的态度了。当年与树伯同学时,有所见就直说出来,这习惯依然存在,便说:"你怎么说玩?教育事业是玩么?"

"哈哈,你这样认真!"树伯狞笑着说,"字眼不同罢了。你们说研究,说服务,我说玩,实际上还不是一个样?——老蒋如果处在我的地位,他决不当什么校长了。你想,我家里琐琐屑屑的事都要管,几亩田的租也得磨细了心去收,还有闲空工夫干别的事情么?"

树伯说到末了一句时,焕之觉得他突然是中年人了,老练,精明,世俗,完全在眉宇之间刻画出来。

"老蒋他还有一点儿私心……"树伯又低声说。

"什么?"焕之惊异地问。

"他有两个儿子,他要把他们教得非常之好。别人办的学校不中他的意;自己当了校长,一切都可以如意安排,两个儿子就便宜①了。"

"这算不得私心,"焕之这才松了一口气说,"便宜了自己的儿子,同时也便宜了人家的儿子。从实际说,不论哪一种公益事里边都含着这样的私心;不过私了自己,同时也私了别人,就不是私心而是公益了。"

"我也不是说老蒋坏,"树伯辩解说,"我不过告诉你事实,他的确这样存心。——蜡烛又快完了,你再换一支吧。"

焕之便从桌子抽斗里取出一支红烛,点上,插上烛台,把取下的残烛吹熄了。刺鼻的油气立刻弥漫在小舱里。新点的蜡烛火焰不大,两人相对,彼此的面目都有点朦胧。

"嘘,碰到逆风!"树伯自语;把脖子缩紧一点,从衣袋里摸出一个卷烟盒来……

换上的红烛点到三分之二时,船唇的水声不再汩汩地呜咽,而像小溪流一样活活地潺潺地发响了。风改从左面板窗缝里吹进来,炬焰便尽向焕之点头。

树伯半睡半醒地迷糊了一阵,忽然感觉水声与前不同,坐起来敲着板门问阿土道:"进了港么?"

"进了一会了,学堂里楼上的灯光也望得见了。"阿土的声音比刚才轻松悠闲得多。

"我上船头去望望!"焕之抱着异常兴奋的心情,把前面板门推开,两步就站在船头。一阵猛风像一只巨大无比的手掌,把他的头面身体重重地压抑,呼吸都窒塞了。寒冷突然侵袭,使他紧咬着牙齿。

一阵风过去了,他开始嗅到清新而近乎芳香的乡野的空气,胸中非常舒爽。犬声散在远处,若沉若起,彼此相应。两岸都靠近船身,沿岸枯树的黑影,摇摇地往后退去。前面二三十丈远的地方,排列着浓黑的房屋的剪影。中间高起一座楼,楼窗里亮着可爱的灯光。灯光倒映河心,现出一条活动屈曲的明亮的波痕。

"啊!到了,新生活从此开幕了!"焕之这样想着,凝望楼头的光。一会儿,那光似乎扩大开来,挡住他的全视野,无边的黑暗消失了,他全身浴在明亮可爱的光里……

---

① [便宜(biànyí)]便利。

第二十九章

　　十几天后的一个晚上,焕之独个儿坐在一条不很热闹的街上的一家小酒店里。酒是喝过七八碗了,桌面上豆壳熏鱼骨之类积了一大堆,他还是叫伙计烫酒。半身的影子映在灰尘封满的墙壁上,兀然悄然,像所有的天涯孤客的剪影。这样的生活,十几年前他当教员当得不乐意时是过过的,以后就从不曾独个儿上酒店;现在,他回到十几年前来了!

　　这几天里的经历,他觉得太变幻了,太不可思议了。仿佛漫天张挂着一幅无形的宣告书,上面写着:"人是比兽类更为兽性的东西!一切的美名佳号都是骗骗你们傻子的!你们要推进历史的轮子么?——多荒唐的梦想!残暴,愚妄,卑鄙,妥协,这些才是世间真正的主宰!"他从这地方抬起头来看,是这么几句,换个地方再抬起头来看,还是这么几句;看得长久点儿,那无形的宣告书就会像大枭鸟似的张开翅膀扑下来,直压到他头顶上,使他眼前完全漆黑,同时似乎听见带笑带讽的魔鬼的呼号,"死!死!死!"

　　认为圣诗一般的,他时时歌颂着的那句"咱们一伙儿",他想,还不是等于狗屁!既然是一伙儿,怎么会分成两批,一批举着枪,架着炮,如临大敌,一批却挺着身躯,作他们同伙的枪靶?他忘不了横七竖八躺在街上、后来甚至于用大车装运的那些尸首,其中几个溢出脑浆,露出肚肠的,尤其离不开眼前,看到什么地方,总见那几个可怕又可怜的形相好似画幅里的主要题材,而什么地方就是用来衬托的背景。

　　自从那晚同归叙谈,捏住乐山的手掌作别以后,他再不曾会见过乐山。他无论如何料不到,那回分别乃是最后的诀别!消息传来,乐山是被装在盛米的麻布袋里,始而用乱刀周围刺戳,直到热血差不多流完了的时候,才被投在什么河里的。他听到这个消息,要勉强表现刚强也办不到了,竟然发声而号。他痛苦地回想乐山那预言似的关于头颅的话。又自为宽解地想,乐山对于这一死,大概不以为冤苦吧。乐山把个己的生命看得很轻,被乱刀刺死与被病菌害死,在他没有多大分别。自身不以为冤苦的死,后死者似乎也可以少解悲怀吧。但是,这个有石头一般精神的乐山,他早认为寻常交谊以上的唯一的朋友;这样的朋友的死别,到底不是随便找点儿勉强的理由,就可以消解悲怀的。他无时不想哭,心头沸腾着火样的恨,手心常常捏紧,仿佛还感到乐山的手掌的热!

　　密司殷是被拘起来了,他听到她很吃点儿苦,是刑罚以外的侮辱,是兽性的人对于女性的残酷的玩弄!但正因为她是女性,还没被装入麻布袋投到河里;有好几个人垂涎她的美艳的丰姿,她的生命就在他们的均势之下保留下来。他痛心地仇恨那班人,他们不为人类顾全面子,务欲表现彻底的恶,岂仅是密司殷一个人的罪人呢!

　　此外他又看到间隙与私仇正像燎原的火,这里那里都在蔓延开来,谁碰到它就是死亡。人生如露如电的偈语,到处可以找到证明的事实;朝游市廛夕登鬼录的记载,占满了日报的篇幅。恐怖像日暮的乌鸦,展开了乌黑的翅膀,横空而飞,越聚越多,几乎成为布满空际的云层。哪一天才会消散呢?其期遥遥,也许宇宙将永远属于它!

他自然是无所事事了；乡村师范计划的草稿纸藏在衣袋里，渐渐磨损，终于扔在抽斗角里。以无所事事之身，却给愤恨呀，仇怨呀，悲伤呀，恐怖呀，各色各样的燃料煎熬着，这种生活真是他有生以来未曾经历的新境界。种种心情轮替地涌上心头，只有失望还没轮到。他未尝不这样想："完了，什么事情都完了！"但是他立刻就想到，在诀别唯一的朋友乐山的那个晚上，曾经坚定地立誓似的对他说"我没有失望！"乐山听了这句话离开了人世，自己忍心欺骗他么？于是竭力把"什么事情都完了"这个意念撇开。同时记起乐山前些时说的现在还正是开始的话，好像又是个不该失望的理由。然而今后的希望到底在什么地方呢，他完全茫然。前途是一片浓重的云雾，谁知道往前走会碰到什么！

这惟有皈依酒了。酒，欢快的人喝了更增欢快，寻常的人喝了得到消遣，而烦闷的人喝了，也可以接近安慰和兴奋的道路。不等到天黑，就往这家小酒店跑，在壁角里的座头坐下，一声不响喝他的闷酒：他这样消遣，一连有四五天了。

邻座是四个小商人模样的人物，也已经喝了不少酒，兴致却正勃勃，"五啊！""对啊！"在那里猜拳。忘形的笑浮在每个人的红脸上，一挥手，一顾盼，姿势都像舞台上的角色。后来他们改换题目，矜夸地，肉麻地，谈到法租界的春妇。一个卷着舌头大声说："好一身白肉，粉嫩，而且香！"其余三个便哄然接应："我们去尝尝！去尝尝！"

焕之憎厌地瞪了他们一眼，对着酒杯咕噜说："你们这班蠢然无知的东西！这样的局面，你们还是嘻嘻哈哈的，不知道动动天君！难道要等刀架在脖子上，火烧到皮肤上，才肯睁开你们的醉眼么？"

"嗤！"他失笑了。酒力在身体里起作用，还没到完全麻醉的程度，这时候的神经特别敏感，他忽然批判到自己，依旧对着酒杯咕噜说："我同他们两样的地方在哪里？他们来这里喝酒，我也来这里喝酒；他们不动天君，我虽动也动不出个所以然；所不同者，他们嘻嘻哈哈，我却默默不响罢了。如果他们回过来责问我，我没有话可以回答。"

他喝了一口酒之后，又觉得这样的想头类乎庄子那套浮滑的话，怎么会钻进自己的脑子里来的。这几天来差不多读熟了的日本文评家片上伸氏的几句话，这时候就像电流一般通过他的意识界：

现在世界人类都站在大的经验面前。面前或许就横着破坏和失败，而且那破坏和失败的痛苦之大，也许竟是我们的祖先也不曾经受过的那样大。但是我们所担心的却不在这痛苦，而在受了这大痛苦还是真心求真理的心，在我们的内心里怎样地燃烧着。

这是片上伸氏来到中国时在北京的演讲辞，当时登在报上，焕之把它节录在笔记簿里。最近检出来看，这一小节勖励的话仿佛就是对他说的，因此他念着它，把它消化在肚里。

痛苦不是我们所担心的,惟具有大勇的人才彀①得上这一句。我要刚强,我要实做这一句!愤恨,仇怨,悲伤,恐怖,你们都是鬼,你们再不要用你们的魔法来围困我,缠扰我,我对你们将全不担心,你们虽有魔法也是徒然!

他把半杯残酒用力泼在地上,好像这残酒就是他所不屑担心的魔鬼。随着又斟满了一杯,高高一举,好像与别人同饮祝杯似的,然后咽嘟咽嘟一口气喝干了,喃喃自念:

"真心求真理的心,在我的内心里,是比以前更旺地燃烧着!你是江河一样浩荡的水也好,你是漫没全世界的洪水也好,总之灭不了我内心里燃烧着的东西!"他笑了,近乎浮肿的红脸上现出孩子一般纯真的神采,好像一点儿不曾尝过变幻的世味似的。

但当放下空杯的时候,他脸上纯真的神采立刻消隐了;他感到一阵突然的袭击,空杯里有个人脸,阴郁地含着冷笑,那是乐山!于是思念像一群小蛇似的往四处乱钻,想到乐山少年时代的情形,想到乐山近几年来的思想,想到乐山的每一句话,想到乐山的第二期肺病;"他那短小精悍的身体,谁都以为是结核菌的俘虏了,哪知竟断送于乱刀!刀从这边刺进去,那边刺进去,红血像橡树胶一样流出来,那麻布袋该染得通红了吧?他的身体又成个什么样子?当他透最后一口气的时候,他转的是什么念头?"仿佛胸膈间有一件东西尽往上涌,要把胸膛喉咙涨破似的,他的眼光便移到灰尘满封的墙上。啊!墙上有图画,横七竖八的尸体,死白的脑浆胶粘着殷红的血汁,断了的肠子拌和着街上的灰沙,各个尸体的口腔都大张着,像在作沉默的永久的呼号。他恐怖地闭上眼睛,想"他们在呼号些什么?"却禁不住"哇——"的一声哭出来了。哭开了头反而什么都不想,只觉得现在这境界就是最合适最痛快的境界,哭呀,哭呀,直哭到永劫的尽头,那最好。他猝倒似的靠身在墙上,眼泪陆续地淌,倒垂下来的蓬乱的头发完全掩没了眉额,哭声是质直的长号。

"怎么,哭起来了?"四个小商人模样的人物正戴起帽子要走,预备去尝法租界的"好一身白肉",听到哭声,一齐住了脚回头看。

"酒装在坛子里是好好的,装到肚子里就作怪了。本来,不会吃酒装什么腔,吃什么酒!"就是那个标榜"好一身白肉"的这么说,现在他的声音更模糊了,但他自以为说得极有风趣,接着便哈哈地笑。

"想来是他的姘头丢了他了。"一个瘦脸的看焕之三十多的年纪,面目也还端正,衣着又并不褴褛,以为除了被姘头抛弃,决不至于伤心到酒醉号哭;他也非常满意自己的猜测,说罢,狂吸手中只剩小半截的卷烟。

"姘头丢了你,再去姘一个就是。伏在壁角里哭,岂不成个没出息的小弟弟?"第三个这样劝慰,但并不走近焕之,只望着他带玩笑地说。

这些话,焕之丝毫没有听见;他忘却了一切,他消融在自己的哭声里。

---

① [彀(gòu)]同"够"。

伙计走过来,并不惊异地自语:"唔,这位先生吃醉了。"又向四个也已吃到可以啼哭的程度的顾客说:"他今天多吃了两三碗,醉了。前几天没多吃,都是好好的。"

"我原说,酒装在坛子里是好好的,为什么不把多吃的两三碗留在坛子里呢?哈!哈!哈!走吧,走吧,法租界的铁门快要关了。"

四个人便摇晃着由酒精主宰的身体下楼而去。

"先生,醒醒吧!喂,先生!"伙计推动焕之的身躯。

"你告诉我,什么时候会见到光明?"这完全出于下意识,说了还是哭。

"现在快九点了,"伙计以为他问的是时刻,"应该回去了。这几天夜里,早点儿回去睡觉为妙。"

"你说是不是有命运这个东西?"

"算命么?"伙计皱了皱眉头,但是他有的是招呼醉人的经验,便用大人哄小孩的声调说,"有的,有的,城隍庙里多得很,都挂起招牌,你要请教哪一个由你挑。要现在就去么?那末,醒醒吧!"

"有的么?你说有的么?哇——哇——我也相信有的。它高兴时,突然向你袭击,就叫你从高高的九天掉到十八层地狱!"

"你说什么?我不明白。"伙计不免感到烦恼,更重地推动他。

"我要脱离它的掌握,我要依旧超升起来,能不能呢?能不能呢?"

伙计见他醉到这样,知道非用点儿力气不能叫他醒过来了;便抱起他的身躯,让他离开座椅,四无依傍地站着。

他的双脚支持着全身的重量,同时感觉身躯一挺,他才回复了意识,虽然头脑里是昏腾得厉害。他的眼睛开始有着落地看四周围,从泪光中辨清楚这是酒店,于是记起号哭以前的一切来了。长号便转成间歇的呜咽,这是会势了,犹如从大雨到不雨,中间总得经过残点滴溚的一个阶段。

"先生,回去吧,如果懒得走,我给你去雇辆车。"伙计亲切地说。

"不,哪里!我能走回去,不用车。"他的手抖抖地掏出一把小银元付酒钱。

在街上是脚不点地地飞跑,身躯摇晃异常,可是没有跌倒。也没有走错路,径进寓所,摸到自己的床铺倒头便睡。女子中学是消灭了,像被大浪潮冲去的海边的小草一样;因而他与一个同事租住人家的一间楼面,作为暂时的寓所。那同事看他回来,闻到触鼻欲呕的一阵酒气。

半夜里他醒来,口舌非常干燥,像长了一层硬壳;头里剧痛,说不来怎么个痛法;身体彻骨地冷,盖着一条棉被好像没有盖什么;四肢都发酸,这样屈,那样伸,总是不舒服。同事听见他转侧,问他为什么睡不着。他颤声回答:"我病了!"

三、长篇小说

 （合第一、第二十九章）

　　叶圣陶笔下的知识分子形象可谓丰富多彩,但塑造得最成功的要数倪焕之了。小说共三十章,作者虽不常描写人物的外貌、服饰,但往往寥寥几笔勾勒,就能以形写神,凸显出人物的气质神韵。如第一章中写到主人公"清湛的眼睛"、"饱满的前额"、"浓浓"的又"稍稍蹙紧"的"两道眉毛",后面又借小学校长蒋冰如的眼写到他"穿一件棉布的长袍,不穿棉鞋而穿皮鞋,又朴素,又精健……"一个朝气蓬勃、满怀热忱的大好青年的形象就在我们眼前浮现出来。此外,叶圣陶是心理刻画的专家。节选部分重点扣住人物的心理展开描写,向读者展现了一个富有革命性的小资产阶级知识分子在动荡时代中的心路历程。譬如第一章最后写"一阵风过去了,他开始嗅到清新而近乎芳香的乡野的空气,胸中非常舒爽","……楼窗里亮着可爱的灯光……""……他全身浴在明亮可爱的光里……"以此来体现焕之面对新生活时的满怀憧憬;而第二十九章则整章通过写他的买醉浇愁、患得患失,充分表现出大革命失败后主人公内心的幻灭感和苦闷迷茫。

　　倪焕之所经历的这一道路在当时进步青年中具有普遍的代表性。从他的人生处境中,我们能够强烈感受到当时乡村知识分子矛盾而尴尬的生存状态,而他们的精神状态,也随之一致地表现为性格的复杂,意志力的消退,精神上的反复、迷茫与无助,这导致了他们的命运大多以悲剧收尾。但我们也不能仅以倪焕之为代表的乡村教师的悲剧结局来否定他们在历史进程上的奋斗与追求,他们的成长需要经历漫长而具有磨难性的过渡,而我们,则需要从他们屡次精神跌宕的教训中感悟他们留给我们的宝贵启示。

　　作者生活经验的限制和思想认识上的弱点,不免对作品发生影响。比如倪焕之转向革命之后,反而缺少正面具体的描写;革命者王乐山的形象,也相当模糊:这些都使这部长篇小说到第二十章以后显得疏落无力,不如前半部针脚绵密。尽管如此,《倪焕之》仍不失为一部较成功的作品。

第十八章

　　……
　　焕之第一次独自到学校的那个朝晨,在他是个悲凉的纪念。他真切地感到美满的结婚生活有所变更了;虽然不一定变更得坏些,而追念不可捉住的过去,这就悲凉。每天是并肩往还的,现在为什么单剩一个呢！农场里,运动场里,时时见面,像家庭闲话一样谈着校里的一切,现在哪里还有这快乐呢！他仿佛被遗弃的孤客,在同事和学生之间,只感到难堪的心的寂寞。

不幸这仅是开端而已;悲凉对于他将是个经常来访的熟客,直使他忘了欢乐的面貌是怎样的！

大概是生理影响心理吧,佩璋的好尚、气度、性情、思想等等也正在那里变更,朝着与从前相反的方向！

她留在家里,不再关心学校的事:焕之回来跟她谈自编的教本试用得怎么样了,工场里新添了什么金工器械了,她都不感兴味,好像听了无聊的故事。她的兴味却在一件新缝的小衣服,或者一双睡莲花瓣儿那么大小的软底鞋。她显示这些东西往往像小孩显示他们的玩具一样,开场是"有样好东西,我不给你看"。经过再三的好意央求,方才又矜夸又羞涩地,用玩幻术的人那种敏捷的手法呈献在对手面前,"是这个,你不要笑！"憔悴的脸上于是又泛起可爱的红晕。待听到一两句赞美的话,便高兴地说:"你看,这多好看,多有趣！"她自己也称赞起来。

她的兴味又在小衣服和软底鞋之类的品质和价钱上。品质要它十分好,价钱要它十分便宜。镇上的店铺往往因陋就简,不中她的意,便托人到城里去带;又恐被托的人随意买高价的东西,就给他多方示意,价钱必须在某个限度以下。买到了一种便宜的东西,总要十回八回地提及,使焕之觉得讨厌,虽然他口头不说。

她不大出门,就是哥哥那里也难得去;但因为一个中年佣妇是消息专家,她就得知镇上的一切事情。这些正是她困疲而躺着时的消遣资料。某酒鬼打破了谁的头罗,某店里的女儿跟了人逃往上海去罗,某个村里演草台戏是刮刮叫的小聋謦的班子罗,各色各样的新闻,她都毫不容心地咀嚼一遍。当然,对于生育小儿的新闻,她是特别留心听的。东家生得很顺利,从发觉以至产出不过三个钟头,大小都安然;这使她心头一宽,自己正待去冒险的,原来并非什么危险的事。西家生得比较困难,守候了一昼夜,产妇疲乏得声音都很微弱了,婴儿方才闯进世界来;这不免使她担心,假如情形相同,自己怎么担受得起？另外一家却更可怕,婴儿只是不出来,产妇没有力量再忍受,只得任收生婆动手探取,婴儿是取出来了,但还带着别的东西,血淋淋的一团,人家说是心！产妇就永别了新生的婴儿;这简直使她几乎昏过去,人间的惨酷该没有比这个更厉害了,生与死发生在同一瞬间,红血揭开人生的序幕！如果自己被注定的命运正就是那样呢……她不敢再想;而血淋淋的一团偏要闪进她的意识界,晃动,扩大,终于把她吞没了。但是,她有时混和着悲哀与游戏的心情向焕之这样说:"哪里说得定我不会难产？哪里说得定我不会被取出一颗血淋淋的心？如果那样,我不久就要完了！"

焕之真不料她会说出这样的话;这与她渐渐滋长的母爱是个矛盾。而热恋着丈夫的妇人也决不肯说出这样的话;难道恋爱的火焰在她心头逐渐熄灭了么？他祈祷神祇似的抖声说:"这是幻想,一定没有的事！你不要这样想,不要这样想……"

他想她的心思太空闲了,才去理会那些里巷的琐事,又想入非非地构成可怖的境界来恐吓自己,如果让她的心思担任一点工作,该会好得多,便说:"你在家里躺着,又不睡熟,自然引起了这些幻想。为什么不看看书呢?你说要看什么书;家里没有的,我可以从学校里检来,写信上海去寄来。"

她的回答尤其出乎焕之的意料:"看书?多么闲适的事!可惜现在我没有这福分!小东西在里面(她慈爱地一笑,用手指指着腹部)像练武功似的,一会儿一拳,一会儿又是一脚,我这身体迟早会给他搞得破裂的;我的心思却又早已破裂,想起这个,马上不着不落地想到那个,结果是一个都想不清。你看,叫我看书,还不是让书来看我这副讨厌脸相罢了?"

焕之一时没有话说。他想她那种厌倦书籍的态度,哪里像几个月之前还嗜书如命的好学者。就说变更,也不至于这样快吧。他不转瞬地看着她,似乎要从她现在这躯壳里,找出从前的她来。

她好像看透了他的心思,又加上说:"照我现在的感觉,恐怕要同书籍长久地分手了!小东西一出生,什么都得给他操心。而这个心就是看书的那个心;移在这边,当然要放弃那边。哈!念书,念书,到此刻这个梦做完了。"她淡淡地笑着,似乎在嘲讽别人的可笑行径。她没想到为了做这个梦,自己曾付出多少的精勤奋励,作为代价,所以说着"做完了",很少惋惜留恋的意思。当然,自立的企图等等也不再来叩她的心门;几年来常常暗自矜夸的,全都消散得不留踪影了。

焕之忽然吃惊地喊出来,他那惶恐的神色有如失去了生命的依据似的,"你不能同书籍分手,你不能!你将来仍旧要在学校里任事,现在不过是请假……"

"你这样想么?我的教师生涯恐怕完毕了!干这个需要一种力量;现在我身体里是没有了,将来未必会重生吧。从前往往取笑前班的同学,学的是师范,做的是妻子。现在轮到自己了;我已做了你的妻子,还能做什么别的呢!"

这样,佩璋已变更得非常厉害,在焕之看来,几乎同以前是两个人。但若从她整个的生命看,却还是一贯的。她赋有女性的传统性格;环境的刺激与观感,引起了她自立的意志,服务的兴味,这当然十分绚烂,但究竟非由内发,坚牢的程度是很差的;所以仅仅由于生理的变化,就使她放了手,露出本来的面目。假如没有升学入师范的那个段落,那末她说这些话,表示这种态度,就不觉得她是变更了。

家务早已归政于老太太,老太太还是用她几十年来的老法子。佩璋常在焕之面前有不满的批评。焕之虽不斥责佩璋,却也不肯附和她的论调;他总是这样说:"妈妈有她的习惯与背景,我们应该了解她。"

一句比较严重的话,惟恐使佩璋难堪,没有说出来的是"我们是幼辈,不应该寻瘢索斑批评长辈的行为!"

然而他对于家政未尝不失望。什么用适当的方法处理家务,使它事半而功倍;什么余下的工夫就阅读书报,接待友朋,搞一些轻松的玩意,或者到风景佳胜的地方去散步:这些都像诱人的幻影一样,只在初结婚的一两个月里朦胧地望见了一点儿,以后就完全杳然。家庭里所见的是摘菜根,破鱼肚,洗衣服,淘饭米,以及佩璋渐渐消损的容颜,困疲偃卧的姿态,等等,虽不至于发生恶感,可也并无佳趣。谈起快要加入这个家庭的小生命,当然感到新鲜温暖的意味;但一转念想到所付的代价,就只有暗自在心头叹气了。

他得到一个结论:他现在有了一个妻子,但失去了一个恋人,一个同志!幻灭的悲凉网住他的心,比较去年感觉学生倦怠玩忽的时候,别有一种难受的况味。

叶圣陶的《倪焕之》是五四时期青年男女爱情生活的真实写照,作者在塑造倪焕之人物形象的时候,花不少篇幅渲染了倪焕之和金佩璋两人的爱情故事。佩璋是焕之中学同学金树伯的妹妹,在城里女子师范读书,美丽聪慧,独立自主,对自己的人生很有想法,对教育也颇有见地。当两人在洋溢着初春气息的田埂初见,焕之便一下子被她吸引过去了。可以说男女主人公从相逢、相知、相爱到结合都是那么美好。

然而婚姻生活却不是这个样子。作者在节选部分主要通过鲜明的对比揭示出爱情、家庭和事业之间存在的不可调和的矛盾和冲突。譬如佩璋对书籍的态度,几个月之前还嗜书如命,如今却是那样的厌倦书籍;婚前的佩璋,自尊自立,如今却懒散依附;对家庭生活,曾经有过很多诗意栖居的理想,如今却完全沦为世俗的庸常……焕之因而深深地慨叹"他现在有了一个妻子,但失去了一个恋人,一个同志!"

除了对比外,作者在细节描写方面也运用得很精彩。如写到佩璋"兴味"的改变时,或"在一件新缝的小衣服",或"一双睡莲花瓣儿那么大小的软底鞋",且"用玩幻术的人那种敏捷的手法呈献在对手面前","憔悴的脸上于是又泛起可爱的红晕";再如写到她对"生育小儿的新闻"的关注时,"顺利"的如何,"困难"的如何,"可怕"的又如何,一一反应;最后写到家庭生活理想的破灭时,则罗列出"摘菜根""破鱼肚""洗衣服""淘饭米""渐渐消损的容颜""困疲偃卧的姿态"等等。这些都是生活中的细节,也是作者笔下的细节,正是通过对这些细节的描写,让我们感到在倪焕之的心目中,佩璋已沦为一个憔悴而庸俗的家庭少奶奶,而完全没有了初恋时的纯洁与上进,也因此令焕之无比失望。最终男女主人公的爱情婚姻与理想事业一起走向末路,一如鲁迅《伤逝》中的涓生和子君。

这些作品,更多的是以一种男性视阈来观照与衡量女性。子君、佩璋们固然确实"变化"了,她们的变化,有其不自觉,更有其不得已,但涓生、焕之们显然对此也不够理解和体贴,他们只想更好地享受爱情的甜蜜而不愿更多地承担起家庭的责任,他们既将生儿育女、操持家务看作女性的天职,又期望妻子保持恋爱时的容颜与激情,对女性显然有欠公允处,也显示出男性较为自私苛刻的一面。

四、童话

叶圣陶是中国现代童话创作的拓荒者。早期的童话作品笔调质朴而抒情，风格唯美而自然，色彩明亮而多彩，作者送给读者一个美丽的梦境——"一个美丽的童话的人生，一个儿童的天真的国土"。后期的童话作品，开始由梦境的美转向现实的凄，更有悲剧的艺术价值，作者意识到："在承认的灰色的云雾里，想重视儿童的天真写儿童超越一切的心理，几乎是不可能的企图。"除了本书所选的12篇之外，读者还可以读一读《芳儿的梦》《燕子》《鲤鱼的遇险》《大喉咙》《旅行家》《眼泪》《瞎子和聋子》《画眉鸟》《"鸟言兽语"》《火车头的经历》等。

27. 蚕和蚂蚁

工作的意义在哪？生命的意义又在哪？蚂蚁对于蚕而言，是终极的精神导师，还是继续升华意义的基石？这不仅是蚕的故事，也是思想家的故事。这个故事说的不仅是"个体"的终极意义，也是"群体"的终极意义。

撒，撒，撒，像秋天细雨的声音，所有的蚕都在那里吃桑叶。它们也不管桑叶是好是坏，只顾往下吞，好像它们生到世上来，只有吃桑叶一件大事。

不大一会儿，桑叶光了，只剩下一些脉络。蚕的灰白色的身体完全露出来，连成一个平面，在那里波动。养蚕的人来了，又盖上大批桑叶，撒撒撒的声音跟着响起来，并且更响了，像一阵秋风吹过，送来紧急的雨声。

蚕里有一条，蹲在竹器的边上，挺着胸，抬着头，不吃桑叶，并且一动也不动。它是要入眠吗？是吃得太饱吗？不，都不是，它是正在那里想。看它那副神气，俨然是个沉默深思的思想家。

不管什么事情，只要能想，到底会弄明白的。

它先想自己生在世上究竟为了什么，是不是专为吃桑叶这件大事。它查考祖先的历史，看它们的经历怎么样。祖先是吃够了桑叶做成茧，人们把茧扔到开水里，抽出丝来织成绸缎，做成华丽的衣裳。它明白了，蚕生到世上来，唯一的大事是做茧。吃桑叶并不是大事，只是一种手段，不吃桑叶就做不成茧，为做茧就得先吃桑叶。想到这里，它灰心极了，辛辛苦苦一辈子，原来是为那全不相干的"人"！它再不想吃桑叶了，只是挺着胸，抬着头，一动也不动地蹲在竹器边上。

又一批新桑叶盖到蚕身上，急雨似的声音又紧跟着响起来。只有它，连看都不看。

左近有个细微的声音招呼它："朋友，又上新菜啦！怎么不吃啊？客气可就吃不着啦。"

它头也不回，自言自语地说："你们只知道'吃'，'吃'！我饱得很，太饱了，不想吃！"

"你一定在什么地方吃了更好的东西吧?"话刚说完,来不及等答话,嘴早就顺着桑叶边缘一上一下地啃去了。

"更好的东西!你们就不能把'吃'扔下,动动脑筋吗?我饱了,是因为厌恶,很深的厌恶!"

"你厌恶什么?"

"厌恶什么?厌恶工作。没有比工作更讨厌的了。从今以后,我决定不再工作。我刚编一个歌,唱给你听听。"它就唱起来:

什么叫工作!
没意思,没道理,
什么也得不着,白费力气。
我们不要工作,
看看天,望望地,
一直到老死,乐得省力气。

但是跟它说话的那条蚕还没听完它的新歌,就爬到另一张桑叶的背面去了。其余的蚕全没留心有个朋友决心不吃桑叶的事。

什么叫工作!
没意思,没道理……

它一边唱,一边爬,就到了竹器的外边。既然决定不再工作,何妨离开工作的地方呢?并且,那些糊里糊涂只知道吃的同伴,也实在叫人看着生气。它从木架上往下爬,恨不得赶紧离开,脚的移动就加快,不大工夫就爬到屋子外边的地面上。它站住,听听,听不见同伴吃桑叶的声音了,就挺起胸,抬起头,开始过那"看看天,望望地"的"不要工作"的日子。

忽然像针刺似的,它觉着尾巴那儿一阵痛,身体不由自主地扭动一下,连忙回头看,原来是一个蚂蚁。

那蚂蚁自言自语地说:"想不到还是活的。"

"你以为我是死的吗?"

"你像掉在地上的一节干树枝,我以为至少死了三天了。"

"你看我身体干瘦吗?"

"不错,你既然还活着,为什么这样干瘦呢?"

"你知道我决心不吃东西了吗?"

"你这是怎么啦?为什么想自杀,把自己饿死?"

"我厌恶工作。我看透了,吃东西只是为了工作,我不想再吃了。小朋友,我有个新编的歌,唱给你听听。"

蚂蚁听蚕有气没力地唱它的宣传歌,忍不住笑了,它说:"哪里来的怪思想!不要工作,这不等于不要生命,不要种族了吗?"

蚕呆呆地看了蚂蚁一眼,叹息着说:"生命和种族,我看也没什么意思。开水里煮,丝一条条地抽出去,想起这些事,我眼前就一团黑。"

"我从来没听见过这样的话,大概你工作太累,神经有点儿昏乱了。我们也有歌,唱给你听听,让你清醒一下吧。"

"你们也有歌?"

"有。我们都能唱。唱起歌来,像是精神开了花。"说着,蚂蚁就用触角一上一下地打着拍子,唱起歌来:

我们赞美工作,
工作就是生命。
它给我们丰富的报酬,
它使我们热烈地高兴。
我们全群繁荣,
我们个个欣幸。
工作!工作!
——我们永远的歌声。

蚂蚁唱完了,哈哈大笑,接着就仰起头,摇动着腿,跳起舞来。蚂蚁一边跳一边问:"我们的歌比你那倒霉的歌怎么样?你说谁有光明的前途?"

蚕猜想那小东西一定也是什么都不知道的,跟那些死守在竹器里吃桑叶的同伴一模一样,不然,就想不透它这一团高兴是哪儿来的。就问:"难道没有一锅开水等着你们吗?"

蚂蚁摇摇头,说:"我们喜欢喝凉水,渴了,我们就到那边清水池子里去喝。"

"不是说这个。是说没有'人'用开水煮你们抽丝吗?"

"什么叫'人'?我不懂。"

蚕想解释,可是不知道怎么说才好。停一会儿,它决定从另一个方面问:"难道你们的工作不是白做的吗?"

"你怎么问这个?"蚂蚁很惊奇,"世界上哪会有白做的工作!"

"我的意思正跟你相反,世界上哪会有不白做的工作!"

"你不信?去看看我们就明白了。我们的工作没有白做的,只要费一点儿力,就能对全群有贡献,给全群增福利。"

"我想不出来你说的那样的事,我只知道工作的结果是全群叫开水煮死。"

蚂蚁有些不耐烦,"顽固的先生,怎么跟你说你也明白不了,只有亲眼去看,你才知道我不是骗你。我现在有工作,还要去找吃的,不能陪你去,给你一封介绍信吧。"说着,伸出前腿,把介绍信交给蚕——介绍信上的字,要是人类,就得用很好的显微镜才能看见。

蚕接了介绍信,懒懒地说:"谢谢你。我反正不想工作,在这儿也没事做,去看看也好。"

它们分别了。蚂蚁匆匆地跑去,跑一段路,停一会儿,四处看看,换个方向,又匆匆地跑去。蚕懒洋洋地爬着,好像每个环节移动一点儿都要停好久似的。

蚕慢慢爬,爬,终于到了蚂蚁的国土。它把介绍信递给门前的守卫,就得到很热诚的招待。它们领着它去参观各种工作,运粮食、开道路、造房屋、管孩子,又领着它参观各种地方,隧道、礼堂、育儿室、储藏室。它好像到了另一个世界,看它们个个都有精神,卖力气,忙碌,可是也很愉快,真是工作就是它们的生命。最后,都看完了,它们开会招待它,大家合唱以前那个蚂蚁唱给它听的那个歌:

我们赞美工作,
工作就是生命。
它给我们丰富的报酬,
它使我们热烈地高兴。
我们全群繁荣,
我们个个欣幸。
工作!工作!
——我们永远的歌声。

蚕细心听着,听到"工作!工作!——我们永远的歌声"那儿,眼泪忍不住掉下来。它这才相信,世界上真有不是白做的工作,蚂蚁们赞美工作确实有道理。

本文塑造的艺术形象很有象征意义。比起为吃而吃的同伴,这条蚕可谓另类,堪比思想家,象征着高于生存的个体意义。而与之相对,蚂蚁则象征着高于个体生活的群体意义。当蚕参观了蚂蚁的世界后,才明白了个体在群体中的生活意义。不过,大彻大悟的蚕将会比蚂蚁更伟大。比起蚂蚁为自己的种群奉献,蚕的奉献超越了种族,全为了"不相干"的人类:不仅突破了个体,而且重新定义了群体。这样的一群劳工,喊出的号子,赛过唱诗班的共鸣。反观我们自己,为人类工作可谓伟大的奉献,可更伟大的奉献是为万物工作:前者尚且寥寥,后者又有几何?

28. 稻草人

阅读提示

稻草人不能移动半步，但它的心却孤独地走过了一段段夜路。一个稻草人有了心跳会是怎样的感觉？看到的又是怎样的一番乡村夜景？这是一些发生在夜晚的故事，这又不仅是一些发生在夜晚的事。这是一个稻草人的故事，这又不仅是一个稻草人的故事。

原文品读

田野里白天的风景和情形，有诗人把它写成美妙的诗，有画家把它画成生动的画。到了夜间，诗人喝了酒，有些醉了；画家呢，正在抱着精致的乐器低低地唱：都没有工夫到田野里来。那么，还有谁把田野里夜间的风景和情形告诉人们呢？有，还有，就是稻草人。

基督教里的人说，人是上帝亲手造的。且不问这句话对不对，咱们可以套一句说，稻草人是农人亲手造的。他的骨架子是竹园里的细竹枝，他的肌肉、皮肤是隔年的黄稻草。破竹篮子、残荷叶都可以做他的帽子；帽子下面的脸平板板的，分不清哪里是鼻子，哪里是眼睛。他的手没有手指，却拿着一把破扇子——其实也不能算拿，不过用线拴住扇柄，挂在手上罢了。他的骨架子长得很，脚底下还有一段，农人把这一段插在田地中间的泥土里，他就整天整夜站在那里了。

稻草人非常尽责任。要是拿牛跟他比，牛比他懒怠多了，有时躺在地上，抬起头看天。要是拿狗跟他比，狗比他顽皮多了，有时到处乱跑，累得主人四外去找寻。他从来不嫌烦，像牛那样躺着看天；也从来不贪玩，像狗那样到处乱跑。他安安静静地看着田地，手里的扇子轻轻摇动，赶走那些飞来的小雀，他们是来吃新结的稻穗的。他不吃饭，也不睡觉，就是坐下歇一歇也不肯，总是直挺挺地站在那里。

这是当然的，田野里夜间的风景和情形，只有稻草人知道得最清楚，也知道得最多。他知道露水怎么样洒在草叶上，露水的味道怎么样香甜；他知道星星怎么样眨眼，月亮怎么样笑；他知道夜间的田野怎么样沉静，花草树木怎么样酣睡；他知道小虫们怎么样你找我、我

四、童　话

找你,蝴蝶们怎么样恋爱:总之,夜间的一切他都知道得清清楚楚。

以下就讲讲稻草人在夜间遇见的几件事情。

一个满天星斗的夜里,他看守着田地,手里的扇子轻轻摇动。新出的稻穗一个挨一个,星光射在上面,有些发亮,像顶着一层水珠;有一点儿风,就沙拉沙拉地响。稻草人看着,心里很高兴。他想,今年的收成一定可以使他的主人——一个可怜的老太太——笑一笑了。她以前哪里笑过呢?八九年前,她的丈夫死了。她想起来就哭,眼睛到现在还红着;而且成了毛病,动不动就流泪。她只有一个儿子,娘儿两个费苦力种这块田,足足有三年,才勉强把她丈夫的丧葬费还清。没想到儿子紧接着得了白喉,也死了。她当时昏过去了,后来就落了个心痛的毛病,常常犯。这回只剩她一个人了,老了,没有气力,还得用力耕种,又挨了三年,总算把儿子的丧葬费也还清了。可是接着两年闹水,稻子都淹了,不是烂了就是发了芽,她的眼泪流得更多了,眼睛受了伤,看东西模糊,稍微远一点儿就看不见。她的脸上满是皱纹,倒像个风干的桔子,哪里会露出笑容来呢!可是今年的稻子长得好,很壮实,雨水又不多,像是能丰收似的。所以稻草人替她高兴。想来到收割的那一天,她看见收的稻穗又大又饱满,这都是她自己的,总算没有白受累,脸上的皱纹一定会散开,露出安慰的满意的笑容吧。如果真有这一笑,在稻草人看来,那就比星星月亮的笑更可爱,更可珍贵,因为他爱他的主人。

稻草人正在想的时候,一个小蛾飞来,是灰褐色的小蛾。他立刻认出那小蛾是稻子的仇敌,也就是主人的仇敌。从他的职务想,从他对主人的感情想,都必须把那小蛾赶跑了才是。于是他手里的扇子摇动起来。可是扇子的风很有限,不能够叫小蛾害怕。那小蛾飞了一会儿,落在一片稻叶上,简直像不觉得稻草人在那里驱逐似的。稻草人见小蛾落下了,心里非常着急。可是他的身子跟树木一样,定在泥土里,想往前移动半步也做不到;扇子尽管扇动,那小蛾却依旧稳稳地歇着。他想到将来田里的情形,想到主人的眼泪和干瘪的脸,又想到主人的命运,心里就像刀割一样。但是那小蛾是歇定了,不管怎么赶,他就是不动。

星星结队归去,一切夜景都隐没的时候,那小蛾才飞走了。稻草人仔细看那片稻叶,果然,叶尖卷起来了,上面留着好些小蛾下的子。这使稻草人感到无限惊恐,心想祸事真个来了,越怕越躲不过。可怜的主人,她有的不过是两只模糊的眼睛;要告诉她,使她及早看见小蛾下的子,才有挽救呢。他这么想着,扇子摇得更勤了。扇子常常碰在身体上,发出啪啪的声音。他不会叫喊,这是唯一的警告主人的法子了。

老妇人到田里来了。她弯着腰,看看田里的水正合适,不必再从河里车水进来。又看看她手种的稻子,全很壮实;摸摸稻穗,沉甸甸的。再看看那稻草人,帽子依旧戴得很正;扇子依旧拿在手里,摇动着,发出啪啪的声音;并且依旧站得很好,直挺挺的,位置没有动,样子也跟以前一模一样。她看一切事情都很好,就走上田岸,预备回家去搓草绳。

稻草人看见主人就要走了,急得不得了,连忙摇动扇子,想靠着这急迫的声音把主人留住。这声音里仿佛说:"我的主人,你不要去呀!你不要以为田里的一切事情都很好,天大的祸事已经在田里留下根苗了。一旦发作起来,就要不可收拾,那时候,你就要流干了眼泪,揉碎了心;趁着现在赶早扑灭,还来得及。这儿,就在这一棵上,你看这棵稻子的叶尖呀!"他靠着扇子的声音反复地警告;可是老妇人哪里懂得,一步一步地走远了。他急得要命,还在使劲摇动扇子,直到主人的背影都望不见了,他才知道警告是无效了。

除了稻草人以外,没有一个人为稻子发愁。他恨不得一下子跳过去,把那灾害的根苗扑灭了;又恨不得托风带个信,叫主人快快来铲除灾害。他的身体本来很瘦弱,怀着愁闷,更显得憔悴了,连站直的劲儿也不再有,只是斜着肩,弯着腰,好像害了病似的。

不到几天,在稻田里,蛾下的子变成的肉虫,到处都是了。夜深人静的时候,稻草人听见他们咬嚼稻叶的声音,也看见他们越吃越馋的嘴脸。渐渐地,一大片浓绿的稻全不见了,只剩下光秆儿。他痛心,不忍再看,想到主人的辛苦又只能换来眼泪和叹气,禁不住低头哭了。

这时候天气很凉了,又是在夜间的田野里,冷风吹得稻草人直打哆嗦;只因为他正在哭,没觉得。忽然传来一个女人的声音:"我当是谁呢,原来是你。"他吃了一惊,才觉得身上非常冷。但是有什么法子呢?他为了尽责任,而且行动不由自主,虽然冷,也只好站在那里。他看那个女人,原来是一个渔妇。田地的前面是一条河,那渔妇的船就停在河边,舱里露出一丝微弱的火光。她那时正在把撑起的鱼罾放到河底;鱼罾沉下去,她坐在岸上,等过一会儿把它拉起来。

舱里时常传出小孩子咳嗽的声音,又时常传出困乏的、细微的叫妈的声音。这使她很焦心,她用力拉罾,总像很不顺手,并且几乎回回是空的。舱里的孩子还在咳嗽还在喊,她就向舱里说:"你好好儿睡吧!等我得着鱼,明天给你煮粥吃。你老是叫我,叫得我心都乱了,怎么能得着鱼呢!"

孩子忍不住,还是喊:"妈呀,把我渴坏了!给我点儿茶喝!"接着又是一阵咳嗽。

"这里哪来的茶!你老实一会儿吧,我的祖宗!"

"我渴死了!"孩子竟大声哭起来。在空旷的夜间的田野里,这哭声显得格外凄惨。

渔妇无可奈何,放下拉罾的绳子,上了船,进了舱,拿起一个碗,从河里舀了一碗水,转身给孩子喝。孩子一口气把水喝下去,他实在渴极了。可是碗刚放下,他又咳嗽起来;而且更厉害了,后来就只剩下喘气。

渔妇不能多管孩子,又上岸去拉她的罾。好久好久,舱里没有声音了,她的罾也不知又空了几回,才得着一条鲫鱼,有七八寸长,这是头一次收获,她很小心地把鱼从罾里取出来,放在一个木桶里,接着又把罾放下去。这个盛鱼的木桶就在稻草人的脚旁边。

这时候稻草人更加伤心了。他可怜那个病孩子,渴到那样,想一口茶喝都办不到;病到那样,还不能跟母亲一起睡觉。他又可怜那个渔妇,在这寒冷的深夜里打算明天的粥,所以不得不硬着心肠把生病的孩子扔下不管。他恨不得自己去作柴,给孩子煮茶喝;恨不得自己去作被褥,给孩子一些温暖;又恨不得夺下小肉虫的赃物,给渔妇煮粥吃。如果他能走,他一定立刻照着他的心愿做；但是不幸，他的身体跟树木一个样，定在泥土里，连半步也不能动。他没有法子，越想越伤心，哭得更痛心了。忽然啪的一声，他吓了一跳，停住哭，看出了什么事情，原来是鲫鱼被扔在木桶里。

木桶里的水很少，鲫鱼躺在桶底上，只有靠下的一面能够沾一些潮润。鲫鱼很难受，想逃开，就用力向上跳。跳了好几回，都被高高的桶框挡住，依旧掉在桶底上，身体摔得很疼。鲫鱼的向上的一只眼睛看见稻草人，就哀求说："我的朋友，你暂且放下手里的扇子，救救我吧！我离开我的水里的家，就只有死了。好心的朋友，救救我吧！"

听见鲫鱼这样恳切的哀求，稻草人非常心酸；但是他只能用力摇动自己的头。他的意思是说："请你原谅我，我是个柔弱无能的人哪！我的心不但愿意救你，并且愿意救那个捕你的妇人和她的孩子，除了你、渔妇和孩子，还有一切受苦受难的。可是我跟树木一样，定在泥土里，连半步也不能自由移动，我怎么能照我的心愿去做呢！请你原谅我，我是个柔弱无能的人哪！"

鲫鱼不懂稻草人的意思，只看见他连连摇头，愤怒就像火一般地烧起来了。"这又是什么难事！你竟没有一点儿人心，只是摇头！原来我错了，自己的困难，为什么求别人呢！我应该自己干，想法子，不成，也不过一死罢了，这又算得了什么！"鲫鱼大声喊着，又用力向上跳，这回用了十二分力，连尾巴和胸鳍的尖端都挺了起来。

稻草人见鲫鱼误解了他的意思，又没有方法向鲫鱼说明，心里很悲痛，就一面叹气一面哭。过了一会儿，他抬头看看，渔妇睡着了，一只手还拿着拉罾的绳；这是因为她太累了，虽然想着明天的粥，也终于支持不住了。桶里的鲫鱼呢？跳跃的声音听不见了，尾巴好像还在断断续续地拨动。稻草人想，这一夜是许多痛心的事都凑在一块儿了，真是个悲哀的夜！可是看那些吃稻叶的小强盗，他们高兴得很，吃饱了，正在光秆儿上跳舞呢。稻子的收成算完了，主人的衰老的力量又白费了，世界上还有比这更可怜的吗！

夜更暗了，连星星都显得无光。稻草人忽然觉得由侧面田岸上走来一个黑影，近了，仔细一看，原来是个女人，穿着肥大的短袄，头发很乱。她站住，望望停在河边的渔船；一转身，向着河岸走去；不多几步，又直挺挺地站在那里。稻草人觉得很奇怪，就留心看着她。

一种非常悲伤的声音从她的嘴里发出来，微弱，断断续续，只有听惯了夜间一切细小声音的稻草人才听得出。

那声音说："我不是一头牛，也不是一口猪，怎么能让你随便卖给人家！我要跑，不能等着明天真个被你卖给人家。你有一点儿钱，不是赌两场输了就是喝几天黄汤花了，管什么用！你为什么一定要逼我？……只有死，除了死没有别的路！死了，到地下找我的孩子去吧！"这些话又哪里成话呢，哭得抽抽嗒嗒的，声音都被搅乱了。

稻草人非常心惊，又是一件惨痛的事情让他遇见了。她要寻死呢！他着急，想救她，自己也不知道为什么。他又摇起扇子来，想叫醒那个沉睡的渔妇。但是办不到，那渔妇睡得跟死了似的，一动也不动。他恨自己，不该像树木一样定在泥土里，连半步也不能动。见死不救不是罪恶吗?自己就正在犯着这种罪恶。这真是比死还难受的痛苦哇!"天哪,快亮吧!农人们快起来吧!鸟儿快飞去报信吧!风快吹散她寻死的念头吧!"他这样默默地祈祷;可是四围还是黑洞洞的,也没有一丝儿声音。他心碎了,怕看又不能不看,就胆怯地死盯着站在河边的黑影。

那女人沉默着站了一会儿,身子往前探了几探。稻草人知道可怕的时候到了,手里的扇子拍得更响。可是她并没跳,又直挺挺地站在那里。

又过了好大一会儿,她忽然举起胳膊,身体像倒下一样,向河里窜去。稻草人看见这样,没等到听见她掉在水里的声音,就昏过去了。

第二天早晨,农人从河岸经过,发现河里有死尸,消息立刻传出去。左近的男男女女都跑来看。嘈杂的人声惊醒了酣睡的渔妇,她看那木桶里的鲫鱼,已经僵僵地死了。

她提了木桶走回船舱;生病的孩子醒了,脸显得更瘦了,咳嗽也更加厉害。那老农妇也随着大家到河边来看;走过自己的稻田,顺便看了一眼。没想到才几天工夫,完了,稻叶稻穗都没有了,只留下直僵僵的光秆儿。她急得跺脚,捶胸,放声大哭。大家跑过来问她劝她,看见稻草人倒在田地中间。

赏析品鉴

有心济世,无力救民,急切和无奈交织,这个苦痛的稻草人,犹如王尔德笔下的安乐王子。但他的苦痛没有证人,唯有自知。因此,作者以"稻草人"为视角,通过稻草人的内心给自己证明就十分可取。作者通过稻草人展现的夜景,由一幕幕人间悲剧串联而成。但作者并不是简单地堆叠这些悲剧画面,而是有逻辑、有侧重地编排,从而丰富了"拯救"这个主题的内涵。稻田急需防治,老农妇却充耳不闻;孩子急需救治,渔妇却力不从心:在拯救生命的寄托上,两者各异。鲫鱼至死不绝望,却只知道拯救自己;跳河的女人生不如死,终究放弃了自救:在拯救自己上,两者各异。

四、童　话

29. 古代英雄的石像

一块石头的位置可以有哪些？一块石头的自我定位应该在哪里？一块石头自我实现的价值又在哪里？石像的本质是"石"还是"像"？在石像与奠基石的争论中，这些人生命题越辩越明。

　　为了纪念一位古代的英雄，大家请雕刻家给这位英雄雕一个石像。

　　雕刻家答应下来，先去翻看有关这位英雄的历史，想象他的容貌，想象他的性情和气概，雕刻家的意思，随随便便雕一个石像不如不雕，要雕就得把这位英雄活活地雕出来，让看见石像的人认识这位英雄，明白这位英雄，因而崇拜这位英雄。

　　功到自然成。雕刻家一边研究，一边想象，石像的模型在他心里渐渐完成了。石像的整个姿态应该怎样，面目应该怎样，小到一个手指头应该怎样，细到一根头发应该怎样，他都想好了。他的意思，只有依照他想好的样子雕出来，才是这位英雄的活生生的本身，不是死的石像。

　　雕刻家到山里采了一块大石，就动手工作。他心里有现成的模型，雕起来就有数，看看那块大石，什么地方应该留，什么地方应该去，都清楚明白。钢凿一下一下地凿，刀子一下一下地刻，大小石块随着纷纷往地上掉。像黄昏时星星的显现一样，起初模糊，后来明晰，这位英雄的像终于站在雕刻家面前了。真是一丝也不多，一毫也不少，正同雕刻家心里想的一模一样。

　　这石像抬着头，眼睛直盯着远方，表示他的志向远大无边。嘴张着，好像在那里喊"啊！"左胳膊圈向里，坚强有力，仿佛拢着他下面的千百万群众。右手握着拳，向前方伸着，筋骨突出像老树干，意思是谁敢侵犯他一丝一毫，他就不客气给他一下子。

　　市中心有一片空场，大家就把这新雕成的石像立在空场的中心。立石像的台子是用石块砌成的,这些石块就是雕刻家雕像的时候凿下来的。这是一种新的美术建筑法,雕刻家说比用整块的方石垫在底下好得多。台子非常高,人到市里来,第一眼望见的就是这石像,就像到巴黎去第一眼望见的是那铁塔一样。

雕刻家从此成了名,因为他能够给古代英雄雕一个石像,使大家都满意。

为了石像成功曾经开一个盛大的纪念会。市民都聚集到市中心的空场,在石像下行礼,欢呼,唱歌,跳舞;还喝干了几千坛酒,挤破了几百身衣裳,摔伤了很多人的膝盖。从这一天起,大家心里有这位英雄,眼里有这位英雄,做什么事情都像比以前特别有力气,特别有意思。无论谁从石像下经过,都要站住,恭恭敬敬地鞠个躬,然后再走过去。

骄傲的毛病谁都容易犯,除非圣人或傻子。那块被雕成英雄像的石头既不是圣人,又不是傻子,只是一块石头,看见人们这样尊敬他,当然就禁不住要骄傲了。

"看我多荣耀!我有特殊的地位,站得比一切都高。所有的市民都在下面给我鞠躬行礼。我知道他们都是诚心诚意的。这种荣耀最难得,没有一个神圣仙佛能够比得上!"

他这话不是向浮游的白云说,白云无精打采的,没有心思听他的话;也不是向摇摆的树林说,树林忙忙碌碌的,没有工夫听他的话。他这话是向垫在他下面的伙伴——大大小小的石块说的。骄傲的架子要在伙伴面前摆,也是世间的老规矩。但是他仍然抬着头,眼睛直盯着远方,对自己的伙伴连一眼也不瞟,这就见得他的骄傲是太过了分。他看不起自己的伙伴,不屑于靠近他们,甚至还有溜到嘴边又咽回去的一句话:"你们,垫在我下面的,算得了什么呢!"

"喂,在上面的朋友,你让什么东西给迷住心了?你忘了从前!"台子角上的一块小石头慢吞吞地说,像是想叫醒喝醉的人,个个字都说得清楚,着实。

"从前怎么样?"上面那石头觉得出乎意料,但是不肯放弃傲慢的气派。

"从前你不是跟我们混在一起吗?也没有你,也没有我们,咱们是一整块。"

"不错,从前咱们是一整块。但是,经过雕刻家的手,咱们分开了。钢凿一下一下地凿,刀子一下一下地刻,你们都掉下去了。独有我,成了光荣尊贵的、受全体市民崇拜的雕像。我高高在上是应当的。难道你们想跟我平等吗?如果你们想跟我平等,就先得叫地跟天平等!"

"嘻!"另一块小石头忍不住,出声笑了。

"笑什么!没有礼貌的东西!"

"你不但忘了从前,也忘了现在!"

"现在又怎么样?"

"现在你其实也并没跟我们分开。咱们还是一整块,不过改了个样式。你看,从你的头顶到我们最下层,不是粘在一起吗?并且,正因为改成现在的样式,你的地位倒不安稳了。你在我们身上站着,只要我们一摇动,你就不能高高地……"

"除了你们,世间就没有石块了吗?"

四、童　话

"用不着费心再找别的石块了！那时候就没有你了，一跤摔下去，碎成千块万块，跟我们毫无分别。"

"没有礼貌的东西！胡说！敢吓唬我？"上面那石头生气了，又怕失去了自己的尊严，所以大声吆喝，像对囚犯或奴隶一样。

"他不信，"砌成台子的全体石块一齐说，"马上给他看看，把他扔下去！"

上面那石头吓了一跳，顾不得生气了，也暂时忘了自己的尊严，就用哀求的口气说："别这样！彼此是朋友，连在一起粘在一起的朋友，何必故意为难呢！你们说的一点儿也不错，我相信，千万不要把我扔下去！"

"哈！哈！你相信了？"

"相信了，完全相信。"

危险算是过去了。骄傲像隔年的草根，冬天刚过去，就钻出一丝丝的嫩芽。上面那石头故意让语声柔和一些，用商量的口气说："我想，我总比你们高贵一些吧，因为我代表一位英雄，这位英雄在历史上是很有名的。"

一块小石头带着讥笑的口气说："历史全靠得住吗？几千年前的人自个儿想的事情，写历史的人都会知道，都会写下来，你说历史能不能全信？"

另一块石头接着说："尤其是英雄，也许是个很平常的人，甚至是个坏蛋，让写历史的人那么一吹嘘，就变成英雄了；反正谁也不能倒过年代来对证。还有更荒唐的，本来没有这个人，明明是空的，经人一写，也就成了英雄了。哪吒，孙行者，不都是英雄吗？这些虽说是小说里的人物，可是也在人的心里扎了根，这小说跟历史也差不了多少。"

"我代表的那位英雄总不会是空虚的，"上面那石头有点儿不高兴，竭力想说服底下的那些石头，"看市民这样纪念他，崇拜他，一定是历史上的实实在在的英雄。"

"也未必！"六七块石头同时接着说。

一块伶俐的小石头又加上一句："市民最大的本领就是纪念空虚，崇拜空虚。"

上面那石头更加不高兴了，自言自语地说："空虚？我以为受人崇拜总是光荣的，难道我上了当……"

一块小石头也自言自语地说："我们岂但上了当，简直受了罪——一辈子垫在空虚的底下……"

大家不再说话了，像是都在想事情。

半夜里，石像忽然倒下来，像游泳的人由高处跳到水里。离地高，摔得重，碎成千块万块。石像，连下面的台子，一点儿原来的样子也没有了，变成大大小小的石块，堆在地上。

第二天早晨，市民从石像前边过，预备恭恭敬敬地鞠躬，可是空场中心只有乱石块，石像不知哪里去了。大家你看看我，我看看你，说不出一句话，无精打采地走散了。

雕刻家在乱石块旁边大哭了一场，哀悼他生平最伟大的杰作。他宣告说，他从此不会雕刻了。果然，以后他连一件小东西也没雕过。

乱石块堆在空场的中心很讨厌,有人提议用它筑市外往北去的马路,大家都赞成。新路筑成以后,市民从那里走,都觉得很方便,又开了一个庆祝的盛会。

晴和的阳光照在新路上,块块石头都露出笑脸。他们都赞美自己说:

"咱们真平等!"

"咱们一点儿也不空虚!"

"咱们集合在一块儿,铺成真实的路,让人们在上面高高兴兴地走!"

本文是围绕石像和奠基石的争辩展开的。争辩先后有两个辩题,第一回合的辩题是站得高了,是否就有理由骄傲,第二回合的辩题是历史上有名这个骄傲的理由是否成立。这两个辩题是递进的关系。不过本文最妙处,在于最后的"转"——这场辩论并没有出现石基打倒石像、英雄轮替的局面,却是让两者都陷入了沉思。不甘心的石基也和骄傲的石像一起倒了下来,砸成一堆石块,不分彼此,共同赞美平等。这个结局既在意料之外,又在情理之中。

30. 皇帝的新衣

捍卫真理的力量,是怎样诞生的?为它接生的都有谁?在续写安徒生《皇帝的新衣》时,作者用新奇而又曲折的情节向我们做了形象的阐释。

从前安徒生写过一篇故事,叫《皇帝的新衣》,想来看过的人很不少。

这篇故事讲一个皇帝最喜欢穿新衣服,就被两个骗子骗了。骗子说,他们制成的衣服漂亮无比,并且有一种神奇的力量,凡是愚笨的或不称职的人就看不见。他们先织衣料,接着就裁,就缝,都只是用手空比划。皇帝派大臣去看好几次。大臣没看见什么,但是怕人家说他们愚笨,更怕人家说他们不称职,就都说看见了,确是非常漂亮。新衣服制成的一天,皇帝正要举行一种大礼,就决定穿了新衣服出去。两个骗子请皇帝穿上了新衣服。旁边伺候的人谁也没看见新衣服,可是都怕人家说他们愚笨,更怕人家说他们不称职,就一齐欢呼赞美。皇帝也就表示很得意,裸体走出去了。沿路的民众也像看得十分清楚,一致颂扬皇帝的新衣服。可是小孩子偏偏爱说实心话,有一个喊出来:"看哪,这个人没穿衣服。"大家听到,你看看我,我看看你,都笑了,终于喊起来:"啊!皇帝真是没穿衣服!"皇帝听得真真的,知道上了当,像浇了一桶凉水;可是事情已经这样,也不好意思再说回去穿衣服,只好硬着头皮往前走去。

以后怎么样呢?安徒生没说。其实是以后还有许多事情的。

皇帝一路向前走,硬装作得意的样子,身子挺得格外直,以致肩膀和后背部有点儿酸疼了。跟在后面给他拉着空衣襟的侍臣知道自己正在做非常可笑的事情,直想笑;可是又不敢笑,只好紧紧地咬住下嘴唇。护卫的队伍里,人人都死盯着地,不敢斜过眼去看同伴一眼;只怕彼此一看,就憋不住,哈哈大笑起来。

民众没有受过侍臣、护卫那样的训练,想不到咬紧嘴唇,也想不到死盯着地,既然说破了,说笑声就沸腾起来。

"哈哈,看不穿衣服的皇帝!"

"嘻嘻,简直疯了!真不害臊!"

"瘦猴!真难看!"

"吓,看他的胳膊和大腿,像退毛的鸡!"

皇帝听到这些话,又羞又恼,越羞越恼,就站住,吩咐大臣们说:"你们没听见这群不忠心的人在那里嚼舌头吗?为什么不管!我这套新衣服漂亮无比,只有我才配穿;穿上,我就越显得尊严,高贵:你们不是都这样说吗?这群没眼睛的浑蛋!以后我要永远穿这一套!谁故意说坏话就是坏蛋,反叛,立刻逮来,杀!就,就,就这样。赶紧去,宣布,这就是法律,最新的法律。"

大臣们不敢怠慢,立刻命令手下的人吹号筒,召集人民,用最严厉的声调把新法律宣布了。果然,说笑声随着停止了。皇帝这才觉得安慰,又开始往前走。

可是刚走出不很远,说笑的声音很快地由细微变得响亮起来。

"哈哈,皇帝没……"

"哈哈,皮肤真黑……"

"哈哈,看肋骨一根根……"

"他妈的!从来没有的新……"

皇帝再也忍不住了,脸气得一块黄一块紫,冲着大臣们喊:"听见吗?"

"听见了。"大臣们哆嗦着回答。

"忘了刚宣布的法律啦?"

"没,没……"大臣们来不及说完,就转过身来命令兵士,"把所有说笑的人都抓来!"

街上一阵大乱。兵士跑来跑去,像圈野马一样,用长枪拦截逃跑的人。人们往四面逃,有的摔倒了,有的从旁人的肩上窜出去。哭,叫,简直是乱成一片。结果捉住了四五十个人,有妇女,也有小孩子。皇帝命令就地正法,为的是叫人们知道他的话是说一不二,将来没有人再敢犯那新法律。

从此以后,皇帝当然不能再穿别的衣服。上朝的时候,回到后宫的时候,他总是裸着身体,还常常用手摸摸这,摸摸那,算作整理衣服的皱纹。他的妃子和侍臣们呢,本来也忍不住要笑的;日子多了,就练成一种本领,看到他黑瘦的身体,看到他装模作样,无论觉得怎么可笑,也装得若无其事,不但不笑,反倒像是也相信他是穿着衣服的。在妃子和侍臣们,这种本领是非有不可的;如果没有,那就不要说地位,简直连性命也难保了。

可是天地间什么事情都难免例外,也有因为偶尔不小心就倒了霉的。

一个是最受皇帝宠爱的妃子。一天,她陪着皇帝喝酒,为了讨皇帝的欢喜,斟满一杯鲜红的葡萄酒送到皇帝嘴边,一面撒着娇说:"愿你一口喝下去,祝你寿命跟天地一样长久!"

皇帝非常高兴,嘴张开,就一口喝下去。也许喝得太急了,一声咳嗽,酒喷出很多,落在胸膛上。

"啊呀！把胸膛弄脏了！"

"什么？胸膛！"

妃子立刻醒悟了，粉红色的脸变成灰色，颤颤抖抖地说："不，不是；是衣服脏了……"

"改口也没有用！说我没穿衣服，好！你愚笨，你不忠心，你犯法了！"皇帝很气愤，回头吩咐侍臣，"把她送到行刑官那里去。"

又一个是很有学问的大臣。他虽然也勉强随着同伴练习那种本领，可是一看见皇帝一丝不挂地坐在宝座上，就觉得像个去了毛的猴子。他总怕什么时候不小心，笑一声或说错一句话，丢了性命。所以他假说要回去侍奉年老的母亲，向皇帝辞职。

皇帝说："这是你的孝心，很好，我准许你辞职。"

大臣谢了皇帝，转身下殿，好像肩上摘去五十斤重的大枷，心里非常痛快，不觉自言自语地说："这回可好了，再不用看不穿衣服的皇帝了。"

皇帝听见仿佛有"衣服"两个字，就问下面伺候的臣子："他说什么啦？"

臣子看看皇帝的脸色，很严厉，不敢撒谎，就照实说了。

皇帝的怒气像一团火喷出来，"好！原来你是不愿意看见我，才想回去。——那你就永远也不用想回去了！"他立刻吩咐侍臣："把他送到行刑官那里去。"

经过这两件事以后，无论在朝廷或后宫，人们都更加谨慎了。

可是一般人民没有妃子和群臣那样的本领，每逢皇帝出来，看到他那装模作样的神气，看到他那干柴一样的身体，就忍不住要指点，要议论，要笑。结果就引起残酷的杀戮。皇帝祭天的那一回，被杀的有三百多人；大阅兵的那一回，被杀的有五百多人；巡行京城的那一回，因为经过的街道多，说笑的人更多，被杀的竟有一千多人。

人死得太多，太惨，一个慈心的老年大臣非常不忍，就想设法阻止。他知道皇帝是向来不肯认错的；你要说他错，他越说不错，结果还是你自己吃亏。妥当的办法是让皇帝自愿地穿上衣服；能够这样，说笑没有了，杀戮的事情自然也就没有了。他一连几夜没睡觉，想怎么样才能让皇帝自愿地穿上衣服。

办法算是想出来了。那老臣就去朝见皇帝，说："我有个最忠心的意思，愿意告诉皇帝。你向来喜欢新衣服，这非常对。新衣服穿在身上，小到一个纽扣都放光，你就更显得尊严，更显得荣耀。可是近来没见你做新衣服，总是国家的事情多，所以忘了吧？你身上的一套有点儿旧了，还是叫缝工另做一套，赶紧换上吧！"

"旧了？"皇帝看看自己的胸膛和大腿，又用手上上下下摸一摸，"没有的事！这是一套神奇的衣服，永远不会旧。我要永远穿这一套，你没听见我说过吗？你让我换一套，是想叫我难看，叫我倒霉。就看你向来还不错，年纪又大了，不杀你，去住监狱去吧！"

那老臣算是白抹一鼻子灰，杀人的事情还是一点儿也没减少。并且，皇帝因为说笑总不能断，心里很烦恼，就又规定一条更严厉的法律。这条法律是这样：凡是皇帝经过的时候,人民一律不准出声音;出声音,不管说的是什么,立刻捉住,杀。

这条法律宣布以后,一般老成人觉得这太过分了,他们说,讥笑治罪固然可以,怎么小声说说别的事情也算犯罪,也要杀死呢?大伙就聚集到一起,排成队,走到皇宫前,跪在地上,说有事要见皇帝。

皇帝出来了,脸上有点儿惊慌,却装作镇静,大声喊:"你们来干什么!难道要造反吗?"

一般老成人头都不敢抬,连声说:"不敢,不敢。皇帝说的那样的话,我们做梦也不敢想。"

皇帝这才放下心,样子也立刻像是威严高贵了。他用手摸摸其实并没有的衣襟,又问:"那么你们是来做什么呢?"

"我们请求皇帝,给我们言论自由,给我们嬉笑自由。那些胆敢说皇帝、笑皇帝的,确是罪大恶极,该死,杀了一点儿也不冤枉。可是我们决不那样,我们只要言论自由,只要嬉笑自由。请皇帝把新定的法律废了吧!"

皇帝笑了笑,说:"自由是你们的东西吗?你们要自由,就不要做我的人民;做我的人民,就得遵守我的法律。我的法律是铁的法律。废了?吓,哪有这样的事!"他说完,就转过身走进去。

一般老成人不敢再说什么。过了一会儿,有几个人略微抬起头来偷看看,原来皇帝早已走了;没有办法,大家只好回去。从此以后,大家就变了主意,只要皇帝一出来,就都关上大门坐在家里,谁也不再出去看。

有一天,皇帝带着许多臣子和护卫的兵士到离宫去。经过的街道,空空洞洞的,没有一个人;家家的门都关着。大街上只有嚓、嚓、嚓的脚步声,像夜里偷偷地行军一样。

可是皇帝还是疑心,他忽然站住,歪着头细听。人家的墙里像是有声音,他严厉地向大臣们喊:"没听见吗!"

大臣们也立刻歪着头细听,赶紧瑟缩地回答:

"听见啦,是小孩子哭。"

"还有,是一个女人唱歌。"

"有笑的声音——像是喝醉了。"

皇帝的怒火又爆发了,他大声向大臣们吆喝:"一群没用的东西!忘了我的法律啦?"

大臣们连声答应几个"是",转过身就命令兵士,把里面有声音的门都打开,不论男女,不论大小,都抓出来,杀。

没想到的事情发生了。兵士打开很多家的大门,闯进去捉人;这许多家的男男女女、大大小小就一拥跑出来。他们不向四外逃,却一齐扑到皇帝跟前,伸手撕皇帝的肉,嘴里大声喊:"撕掉你的空虚的衣裳!撕掉你的空虚的衣裳!"

这真是从来没见过的又混乱又滑稽的场面。男人的健壮的手拉住皇帝的枯枝般的胳膊,女人的白润的拳头打在皇帝的黑黄的胸膛上,有两个孩子也挤上来,一把就揪住皇帝腋下的黑毛。人围得风雨不透,皇帝东窜西撞,都被挡回来;他又想蹲下,学刺猬,缩成一个球,可是办不到。最不能忍的是腋下痒得难受,他只好用力夹胳膊,可是也办不到。他急得缩脖子,皱眉,掀鼻子,咧嘴,简直难看透了,惹得大家哈哈大笑。

兵士从各家回来,看见皇帝那副倒霉的样子,活像被一群马蜂螫得没办法的猴子,也就忘了他往常的尊严,随着大家哈哈笑起来。

大臣们呢,起初是有些惊慌的,听见兵士笑了,又偷偷看看皇帝,也忍不住哈哈笑起来。

笑了一会儿,兵士和大臣们才忽然想到,原来自己也随着人民犯了法。以前人民笑皇帝,自己帮皇帝处罚人民,现在自己也站在人民一边了。看看皇帝,身上红一块紫一块,哆嗦成一团,活像水淋过的鸡,确是好笑。好笑的就该笑,皇帝却不准笑,这不是浑蛋法律吗?想到这里,他们也随着人民大声喊:"撕掉你的空虚的衣裳!撕掉你的空虚的衣裳!"

你猜皇帝怎么样?他看见兵士和大臣们也倒向人民那一边,不再怕他,就像从天上掉下一块大石头砸在头顶上,身体一软就瘫在地上。

童话一般要靠离奇新颖的故事情节来吸引读者,但是叶圣陶并不只是追求新奇,而是借助情节的曲折,达到激化矛盾、推动高潮的写作意图。皇帝镇压的次数越多,站在他对面的人就越多,真理和真相的捍卫者也就越多。当男女老幼、兵士群臣围攻皇帝的时候,高潮也就自然到来,最强音也就自然喊出:"撕掉你的空虚的衣裳!"这一幕幕情节,看似曲折新奇,但是绝不荒诞无稽,因为这是从社会现实一次次被镇压和起义中提炼而来的。

31. 快乐的人

人世间仅有的一个"快乐的人",是怎样生活在"最快乐"中的?快乐,又是怎么"看"来的?快乐,到底是喜剧还是悲剧?这世上到底有没有"快乐的人"?读完这篇童话,我们就会品出这份"幸存"的"快乐"。

世界上有快乐的人吗?谁是最快乐的人?

世界上有快乐的人的,他就是最快乐的人。现在告诉你们他的故事。

他很奇怪,讲出来或者不能使你们相信,但是他确实这样奇怪。他周身包围着一层极薄的幕,这是天生的,没有谁给他围上,他自己也不曾围上。这层幕很不容易说明白。假若说像玻璃,透明得跟没有东西一样倒是像了,但是这层幕没有玻璃那么厚。假若说像蛋壳,把他裹得严严的倒是像了,但是蛋壳并不透明。总之,这层幕轻到没有重量,薄到没有质地,密到没有空隙,明到没有障蔽。他被这么一件东西包围着,但是他自己不知道被这么一件东西包围着。

他在这层幕里过他的生活,觉得事事快乐,时时快乐。他隔着这层幕看环绕他的一切,又觉得处处快乐,样样快乐。

有一天,他坐在家里,忽然来了两个客人。这两个客人原来是两个骗子。他们打算弄些钱去喝酒取乐,就扮作募捐的样子,一直跑到他家里。因为他们知道,他自身围着一层幕,看不出他们的破绽。

两个客人开口向他募捐。他们的声音十分慈善,他们的话语十分恳切。他们说:受到旱灾的同胞饿得只剩薄皮包着骨头;受到水灾的同胞全身黄肿,到处都渗出水来;受到兵灾的同胞提着快要折断的手臂在哀哭,抱着快要死去的孩子在狂叫。他们说救济苦难的同胞是大家应当做的事,所以愿意尽一点微力,出来到处捐募。

四、童　话

　　他听了两个客人的话,心里十分感动:受灾的同胞这样悲惨,这样痛苦,他觉得可怜;两位客人这样热心做人,他又很敬佩。他从口袋里取出一大块黄金交到客人的手里。两个客人诚恳地道了谢,就告别了。出了大门,两个人互相看看,脸上现出狡狯的笑容,一同去喝酒取乐了。

　　他捐了一大块黄金,觉得非常快乐。他闭着眼睛想:"这两位客人拿了我的黄金,飞一般地跑到受灾的同胞那边,把黄金分给他们。饿瘦了的立刻有得吃了,个个变得丰满而强健;浸肿了的立刻得到医治,个个变得活泼而精壮;快要折断的手臂接上了,快要死去的孩子救活了。这多么快活!"他又想:"我能得到这样的快活,都靠这两位客人。我会遇到这样好的客人,又多么快活!"他快活极了,对着镜子里的自己只是笑。

　　他的妻子在里屋,知道他又给骗子骗去了一大块黄金。她一直不满意他这样做,很想阻止他,但是看着他堆满了笑意的脸,不知为什么又没有勇气直说了,只在心里实在气不过的时候,冷讽热嘲地说他几句。他听妻子的话全然辨不出真味,因为他周身围着一层幕。

　　一大块的黄金无缘无故到了骗子的手里,他的妻子的心里该有多么难过。她想这一回一定要重重实实地骂他一顿,教训他以后不要再上骗子的当。她满脸怒容,从里屋赶出来。但是一看见他堆满笑意的脸,她的怒气就发不出来了,骂他的话也在喉咙口梗住了。她只得脸上露出冷笑,用奚落的口气说:"你做得天大的善事,人家一开口,大块的黄金就从口袋里摸出来。你真是世间唯一的好人!这样好事,以后尽可以多做些!做得越多,就见得你这个人越好!"

　　他看着妻子的笑脸,这么美丽,这么真诚,已经快乐得没法说了;又听她的话语这么恳切,这么富有同情,更快乐得如醉如痴,不知怎么才好。他的嘴笑得合不拢来,肥胖的脸上都起了皱纹;一连串笑声像是老鹳夜鸣。他好容易忍住了笑,说道:"我遇见的人没有一个不是好人,尤其是你,好到使我想不出适当的话来称赞,更觉得含有深浓无比的快活。我当然依你的话,以后要尽量多做好事。"他说着,带了几块更大的金子,向外面走去。

　　前面是一片田野,矮墩墩绿油油的,尽栽些桑树。他远远望去,看见有好些人在桑林中行动。原来这时候正是初夏天气,蚕快要做茧了,急等着桑叶吃。养蚕的人昼夜不停地采了桑叶去喂蚕。桑林不是那些人自己的,他们得给桑林的主人付了钱,才能动手采。他们又没有钱,只好把破棉衣当了,把缺了腿的桌子凳子卖了,凑成一笔钱来付给桑林的主人。所以每一片桑叶都染着钱的臭气。这种臭气弥漫在田野间,淹没了花的香气,泥土的甘芳。养蚕的人好几夜没有睡了,疲倦的脸上泛着灰色,眼睛网满了红丝。他们几乎要病倒了,还勉强支撑着,两手不停地摘采,不敢懈怠。这样昏倦的人在桑林中行动,减损了阳光的明亮,草树的葱绿。

　　他走近桑林,一点也觉察不到采桑的人的闲倦,也嗅不出遍布在桑林里的钱的臭气,因为他周身围着一层幕,虽然这幕是透明无质的。他只觉得满心的快乐。他想:"这景象多么悦目,多么叫人心醉呵!那些人真幸福!采桑喂蚕,正是太古时候的淳朴的生活。他们就过着这种淳朴的生活呢。"他一边想,一边停了脚步,看他们把一条一条的桑枝剪下来,盛满一筐,又换过一个空筐子。不可遏止的诗情像泉水一般涌出来了,他的诗道:

满野的绿云,满野的绿云,
人在绿云中行。
采了绿云喂蚕儿,喂蚕儿,
蚕儿吐丝鲜又新。

髻儿蓬松的姑娘们,姑娘们,
可不是脚踏绿云的仙人!
身躯健壮的,胳膊健壮的,
可不是太古时代的快活人!

他得意极了,反复吟唱自己的新诗,似乎鸟儿也和着他吟唱,泉水也跟着他赞美。若有人问:"快乐的天地在哪里?"他一定会跳跃着回答:"我们的天地就是快乐的天地。因为在这天地间,没有一个人、一块石头、一根草、一片叶子不快乐。"

他走过田野,来到都市里。最使他触目的,是一座五层楼房。机器的声响从里面传出来,雄壮而有韵律。原来这是一所纺纱厂,在里面工作的全是妇女。做妻子的,因为丈夫的力气已经用尽,还养不活一家老小;做女儿的,因为父亲找不到职业,一家人无法生活:她们只好进这个纺纱厂来做工。早上天还没亮,她们赶忙跑进厂去;傍晚太阳早回家了,她们才回家。她们中午吃的,是带进去的冷粥和硬烧饼。她们没有工夫梳头,没有工夫换衣服,没有工夫伸个腰打个呵欠,就是生下了孩子,也没有工夫喂奶。她们聚集在一处工作,发出一种浓厚的混污的气息,凝成一种惨淡的颓丧的景象。这种气息,这种景象,充塞在厂房以内,笼罩在厂房之外,这座五层楼房,就仿佛埋在泥沙里,阴沟里。

他走进厂房,一点也觉察不到四围的混污和颓丧,因为他周身围着一层幕,虽然这幕是透明无质的。他只觉得眼前的一切都有趣味。他想:"这机器的发明真是人类的第一快乐的事呵!试看机器的工作,多么迅速,多么精巧!那些妇女也十分幸福,她们只作那最轻松的工作,管理机器。"他看着机器在转动,女工在工作,雪白的细纱不断地纺出来,诗情又潮水一般升起来了,他的诗道:

人的聪明,只要听机器的声音,
人的聪明,只要看机器的转动。
机器给我们东西,好的东西。
我们领受它的厚礼。

我赞美工作的女人,
洁白的棉纱围在周身,
虽然用的力量这么轻微,
人间已感激她们的力量的厚意。

他兴奋极了,反复吟唱自己的新诗,似乎机器也和着吟唱,女工们都点头赞叹。若有人问:"快乐的天地在哪里?"他必然会跳跃着回答:"这里也就是一个快乐的天地。因为在这里,没有一个人、一块铁、一缕纱、一条皮带不快乐。"

他走出纺纱厂,一大群人迎了上来,欢呼的声音像潮水一般,而且一齐向他行礼。这些人探知他带着很多的大块的黄金,想骗到手,大家分了买鸦片烟吸。他是不会知道底细的,他周身围着一层幕呢!

这些人中的一个代表温和地笑着,向他说:"天地是快乐的,人是快乐的,先生是这么相信,我们也这么相信。我们想,咱们在快乐的天地间,做快乐的人,真是最快乐不过的事。这可不能没有个纪念。我们打算造个快乐纪念塔,想来先生一定是赞成的。"

"赞成!赞成!"他高兴地喊着,就把带来的大块的黄金都交给了他们。他们欢呼了一阵,就走了,后来把黄金分了,大家买了鸦片烟拼命地吸。他呢,欢欢喜喜地回到家里,只是设想那快乐纪念塔怎么精美,怎么雄伟;落成的那一天怎么热闹,怎么快乐。这天夜里,他的妻子听见他在梦中发狂般地欢呼。

以上说的,是他一天的经历。他的快乐生活都是这么过的。

有一天,大家传说他死了,害的什么病,都不大清楚。后来有人说:"他并不是害病死的。有一个恶神在地面游行,要使地面上没有一个快乐的人,忽然查出了他,就把他的透明无质的幕轻轻地刺破了。"

郑振铎说:"及至他写到快乐的人的薄幕的破裂,他的悲哀已造极顶,即他所信的田野的乐园此时已摧毁。"作者的巧妙,就在于在这个"快乐的人"周身包围了这层薄幕——"轻到没有重量,薄到没有质地,密到没有空隙,明到没有障碍"。这层薄幕让他"事事快乐,时时快乐","处处快乐,样样快乐"。作者用一连串的排比,从分量、质地、密度、透明度,以及时间、范围各方面,各有侧重地强调他一天的众多快乐,为最后被恶神刺破薄幕的一瞬做了铺垫,达到了厚积薄发的效果。

32. 小 白 船

"鸟儿为什么要唱歌?""花儿为什么香?""为什么你们乘的是小白船?"迷失在荒野上的孩子,会如何回答巨人的这三个问题? 小白船仅仅承载着两个孩子吗? 小白船承载着的是哪些无形而又宝贵的东西? 顺着一条小溪,读者的你和孩子都在迷路中寻找着回家的路。

一条小溪是各种可爱东西的家。小红花站在那里,只是微笑,有时做很好看的舞蹈。绿草上滴了露珠,好像仙人的衣服,耀入眼睛。溪面铺着萍叶,矗起些桂黄的萍花,仿佛热带地方的睡莲——可以说是小人国里的睡莲。小鱼儿成群来往,针一般地微细;独有两颗眼珠,大而发光。青蛙儿老是睁着两眼,像看守的样子,大约等待他的好伴。

溪面有极轻的声音,——水泡破碎的声音。这是鱼儿做出来的。他们能够用他们的特别方法,奏这奇异的音乐。"泼剌……泼剌,"他们觉得好听极了。

他们就邀着小红花一起舞蹈;绿草因为夸耀自己仙人的衣服,也跟了上来;小人国里的睡莲,喜得轻轻地抖动;青蛙儿看得呆了,不知不觉,随口唱起歌来。

溪上一切东西,更觉得有趣,可爱了。

小溪的右边,泊着一条小小的白船。这是很可爱的白船,船身全是白色,连舵,桨,篷,帆,都是白的;形状正像一支梭子,狭而长。这条船不配给胖子坐的。倘若胖子跨上去,船身一侧,就会掉下水去。也不配给老人坐的。倘若老人坐了,灰黑色的皮肤,网一般的额纹,同美丽的白色不配合在一起,一定使老人羞得要死。这条小船只配给玲珑美丽的小孩子坐的。

这时候,两个孩子走向溪边来了。一个是男孩子,穿的白色的衣服,面庞红得像苹果。一个是女孩子,穿的同天一样的淡蓝色的衣服,也是红润的面庞,更显得细洁。

他们两个手牵着手,轻快的步子走过小林,便到了溪边,跨上小白船。小白船稳稳地载着他们两个,仿佛有骄傲的意思,略微摆了几摆。

四、童 话

男孩子说:"我们且在这里坐一会罢。"

"好,我们看看小鱼儿。"女孩子靠着船舷回答。

小鱼儿依旧奏他们的音乐,青蛙儿还是唱歌。男孩子采了一朵萍花,插在女孩儿的发辫上,看着笑道:"你真像个新娘子了。"

女孩儿似乎没有听见,只拉着男孩子的衣,道:"我们来唱鱼儿歌,我们一齐唱。"

他们唱歌了:

鱼儿来!鱼儿来!
我们没有网,我们没有钩。
我们唱好听的歌,
愿与你们同游。

鱼儿来!鱼儿来!
我们没有网,我们没有钩。
我们采好看的花,
愿与你们同游。

鱼儿来!鱼儿来!
我们没有网,我们没有钩。
我们有快乐的一切,
愿与你们同游。

歌还没唱完,大风起了,溪旁花草舞得很急,水面也起了波纹。男孩子张起帆来,预备乘风游行。女孩子放下了舵,一手按住,像个老舵工。忽然两岸往后退了,退得非常之快,小白船像飞鱼一般地游行于溪上了。

风真急呀!两岸什么东西都看不清楚,只见一抹抹的黑影向后闪过。船底的水声,罩住了一切声音。白帆袋满了风,像弥勒佛的肚皮。照这样的急风,不知小白船要被吹到哪里去呢!他们两个惊慌了;而且行了好久,不知到了什么地方。想要他停止,可又办不到,他飞奔得正高兴呢。

女孩子哭了。她想起家里的妈妈,想起柔软的小床,想起纯黄的小猫。今天恐怕不能看见了!虽然现在在一起的是亲爱的小伴,但对于那些也觉舍不得。

男孩子替她理被风吹散的头发,一壁将手心盛她的眼泪。"不要哭罢,好妹妹,一滴眼泪,譬如一滴甘露,很可惜的。大风总有停止的一刻,犹如巨浪总有平静的一刻。"

她只是哭泣,靠在他的肩上,像一个悲哀的神女。

他设法使船停止。他叫她靠着船舷,自己站起来,左手按帆绳的结,右手执一柄桨。很快的一个动作:左手抽结,右手的桨撑住岸滩。帆慢慢地落下来了,小白船停止了。便看两岸,却是个无人的大野。

他们两个登岸,风还是发狂的样子,大树都摇得有点疲乏了。女孩子揩着眼泪,看看四面无人,又无房屋,不由得又流下泪来。男孩子安慰她道:"没有房屋,我们有小白船呢。没有人,我们两个很快活呢。我想就在小白船里,住这么一世,也是很好。你也这么想罢?我们且走着玩去。"

她自然而然跟着他走了。风吹来,有点寒意,使他们俩贴得愈近,彼此手钩着腰。走不到几百步,看见一树野柿子,差不多挂的无数玛瑙球,有许多熟透的落在地上。她拾起一个来,剥开一尝,非常甘甜,便叫他拾来同吃。他们俩于是并坐地上吃柿子,一切都忘记了。

忽然从一丛矮树里跑出一头小白兔。他奔到他们俩跟前,就贴伏着不动。她举手抚摩他的软毛,抱他在怀里。男孩子笑道:"我们又得一个同伴,更不嫌冷清了!"他说着,剥一个柿子给他吃。小白兔凑近来,红色的果浆涂了半面。

远远地一个人奔来,面貌丑恶可怖,身子也特别地高。他看见小白兔在他们俩身边,就板起面孔来,说他们偷了他的小白兔。男孩子急忙辩白道:"这是他自己奔来的,我们欢喜一切可爱的东西,当然也欢喜他。"

那人点头道:"既如此,也不怪你们,还我就是了。"

她舍不得与小白兔分别,抱得更紧一点;面庞贴着他的白毛,有欲哭的意思。那人哪里管她,一抢就将小白兔抢了去。

这时候风渐渐地缓和了。男孩子忽然想起,既然遇到了人,何不问一问此地离家多少远,回去应向哪条河水走?他就这样问了。

那人道:"你们的家,离这里二十里呢!河水曲折,你们一定不认识回去,可是我可以送你们回去。"

他喜极了,心想这么可怕的样子,原来是个最可爱的人。她就央告道:"我们就上小白船去吧。我们的妈妈,小黄猫,等着我们呢。"

那人道:"不行,我送了你们回去,你们没有什么东西谢我,岂不太吃亏了?"

"我谢你一幅好的图画。"男孩子说;他两手分开,形容画幅的大小。

"我谢你一束波斯菊,红的白的都有,好看煞呢。"女孩子作赠花的姿势。

那人摇头道:"都不要。我现在有三个问题,你们若能回答,便送你们回去。若是不能回答,我自抱了小白兔回去,不管你们的事。能够答应么?"

"能够。"她欢呼一般地喊了出来。

那人说:"第一个问题是:鸟为什么要歌唱?"

"要唱给爱他们的听。"她立刻回答出来。

那人点头,说:"算你答得不错。第二个问题是:花为什么芳香?"

"芳香就是善,花是善的符号呢。"男孩子抢着回答。

那人拍手道:"有意思。第三个问题是:为什么小白船是你们所乘的?"

她举起右手,像在教室里表示能答时的姿势,道:"因为我们的纯洁,惟有小白船合配装载。"

那人大笑,道:"我送你们回去了!"

两个孩子乐极,互相抱着,亲了一亲,便奔回小白船。仍旧是女孩子把舵。

男孩子和那人各划一柄桨。她看看两岸的红树,草屋,平田,都像神仙的境界。更满意的,那个小白兔没有离开,此刻伏在她的足旁。她一手采了一枝蓼花给他咬,逗着他玩。

男孩子说:"没有大风,就没有此刻的趣味。"

女孩子说:"假若我们不能答他的问题,此刻还有趣味么?"

那人划着桨,看着他们两个微笑,只不开口。

当小白船回到原泊的溪上的时候,小红花和绿草已停止了舞蹈,萍花叶盖着鱼儿睡了,独有青蛙儿还在那里歌唱。

本文的主体部分,一问一答,循环往复,巨人提出的三个问题看似并列,可是从孩子的回答来看,却有递进。"他们要唱给爱他们的人听","香就是善,花是善的标志","因为我们的纯洁,惟有小白船合配装载"。这三个回答的立意简而言之就是:感恩源于善良,善良又源于纯洁。此外,作者很重视思索这些问题的环境,讲小白船置于迷失的荒野上和丑陋的巨人前,使得这些看似随意的回答充满着严肃的思考,童稚的背后有哲理的厚度。

33. 一粒种子

阅读提示

一粒种子，到底是臭还是香？一粒种子的发芽，到底有什么意义？一粒尚未发芽的种子，谁才值得拥有？跟着一粒种子去旅行，就会找到这些问题的答案。

原文品读

世界上有一粒种子，像核桃那样大，绿色的外皮非常可爱。凡是看见它的人，没一个不喜欢它。听说，要是把它种在土里，就能够钻出碧玉一般的芽来。开的花呢，当然更美丽，不论是玫瑰花、牡丹花、菊花，都比不上它。并且有浓厚的香气，不论是芝兰、桂花、玉簪，都比不上它。可是从来没人种过它，自然也就没人见过它的美丽的花，闻过它的花的香气。

国王听说有这样一粒种子，欢喜得只是笑。白花花的胡子，密得像树林，盖住他的嘴，现在树林里露出一个洞——因为嘴笑得合不上了。他说："我的园里，什么花都有了。北方冰雪底下开的小白花，我派专使去移了来。南方热带，像盘子那样大的莲花也有人送来进贡。但是，这些都是世界上平常的花，我弄得到，人家也弄得到，又有什么稀奇？现在好了，有这样一粒种子，只有一粒。等它钻出芽来，开出花来，世界上就没有第二棵。这才显得我最尊贵，最有权力。哈！哈！哈！……"

国王就叫人把这粒种子取来，种在一个白玉盆里。土是御花园里的，筛了又筛，总怕它还不够细。浇的水是用金缸盛着的，滤了又滤，总怕它还不够干净。每天早晨，国王亲自把这个盆从暖房里搬出来，摆在殿前的台阶上，晚上还是亲自搬回去。天气一冷，暖房里还要生上火炉，热烘烘的。

国王睡里梦里，也想看盆里钻出碧玉一般的芽来，醒着的时候更不必说了，老坐在盆旁边等着。但是哪里有碧玉一般的芽呢？只有一个白玉的盆，盛着灰黑的泥。

时间像逃跑一般过去，转眼就是两年。春天，草发芽的时候，国王在盆旁边祝福说："草都发芽了，你也跟着来吧！"秋天，许多种子发芽的时候，国王又在盆旁边祝福说："第二批芽又出来了,你该跟着来了!"但是一点儿效果也没有。于是国王生气了,他说:"这是死的种子,又臭又难看,我要它干么!"他就把种子从泥里挖出来,还是从前的样子,像核桃那样大,皮绿油油的。他越看越生气,就使劲往池子里一扔。

种子从国王的池里,跟着流水,流到乡间的小河里。渔夫在河里打鱼,一扯网,把种子捞上来。他觉得这是个稀奇的种子,就高声叫卖。

富翁听见了,欢喜得直笑,眼睛眯到一块儿,胖胖的脸活像个打足了气的皮球。他说:"我的屋里,什么贵重的东西都有了。鸡子那么大的金刚钻,核桃那么大的珍珠,都出大价钱弄到手。可是,这又算什么呢!有的不只我一个人,并且,张口金银珠宝,闭口金银珠宝,也真有点儿俗气。现在呢,有这么一粒种子——只有一粒!这要开出花来,不但可以显出我高雅,并且可以把世界上的富翁都盖过去。哈!哈!哈!……"

富翁就到渔夫那里把种子买来,种在一个白金缸里。他特意雇了四个有名的花匠,专门经管这一粒种子。这四个花匠是由三百多人里用考试的办法选出来的。考试的题目特别难,一切种植名花的秘诀,都问到了,他们都答得头头是道。考取以后,给他们很高的工钱,另外还有安家费,为的是让他们能安心工作。这四个人确是尽心尽力,轮班在白金缸旁边看着,一分一秒也不断人。他们把本领都用出来,用上好的土,上好的肥料,按时候浇水,按时候晒,总之,凡是他们能做的他们都做了。

富翁想:"这么样看护这粒种子,发芽开花一定加倍快。到开花的时候,我就大请客。那些跟我差不多的富翁都请到,让他们看看我这天地间没第二份的美丽的奇花,让他们佩服我最阔气,最优越。"他这么想,越想越着急,过一会儿就到白金缸旁边看看。但是哪里有碧玉一般的芽呢?只有一个白金的盆,盛着灰黑的泥。

时间像逃跑一般过去,转眼又是两年。春天,快到宴客的时候,他在缸旁边祝福说:"我就要请客了,你帮帮忙,快点儿发芽开花吧!"秋天,快到宴客的时候,他又在缸旁边祝福说:"我又要请客了,你帮帮忙,快点发芽开花吧!"但是一点儿效果也没有。于是富翁生气了,他说:"这是死的种子,又臭又难看,我要它干么!"他就把种子从泥里挖出来,还是从前的样子,像核桃那样大,皮绿油油的。他越看越生气,就使劲往墙外边一扔。

种子跳过墙,掉在一个商店门口。商人拾起来,高兴极了,他说:"稀奇的种子掉在我的门口,这一定是要发财了。"他就把种子种在商店旁边。他盼着种子快发芽开花,每天开店的时候去看一回,收店的时候还要去看一回。一年很快过去了,并没看见碧玉一般的芽钻出来。商人生气了,说:"我真是傻子,以为是什么稀奇的种子!原来是死的,又臭又难看。现在明白了,不为它这个坏东西耗费精神了。"他就把种子挖出来,往街上一扔。

种子在街上躺了半天,让清道夫跟脏土一块儿扫在秽土车里,倒在军营旁边。一个兵士拾起来,很高兴地说:"稀奇的种子让我拾着了,一定是要升官。"他就把种子种在军营旁边。他盼着种子快发芽开花,下操的时候就蹲在旁边看着,怀里抱着短枪。别的兵士问他蹲在那里干什么,他瞒着不说。

一年多过去了,还没见碧玉一般的芽钻出来。兵士生气了,他说:"我真是傻子,以为是什么稀奇的种子!原来是死的,又臭又难看。现在明白了,不为它这个坏东西耗费精神了。"他就把种子挖出来,用全身的力气,往很远的地方一扔。

种子飞起来,像坐了飞机。飞呀,飞呀,飞呀,最后掉下来,正是一片碧绿的麦田。

麦田里有个年轻的农夫,皮肤晒得像酱的颜色,红里透黑,胳膊上的筋肉一块块地凸起来,像雕刻的大力士。他手里拿着一把曲颈锄,正在松动田地里的土。他锄一会儿,抬起头来四处看看,由嘴边透出和平的微笑。

他看见种子掉下来,说:"吓,真是一粒可爱的种子!种上它。"就用锄刨了一个坑,把种子埋在里边。

他照常工作,该耕就耕,该锄就锄,该浇就浇——自然,种那粒种子的地方也一样,耕,锄,浇,样样都做到了。

没几天,在埋那粒种子的地方,碧绿的像小指那样粗的嫩芽钻出来了。又过几天,拔干,抽枝,一棵活像碧玉雕成的小树站在田地里了。梢上很快长了花苞,起初只有核桃那样大,长啊,长啊,像橘子了,像苹果了,像柚子了,终于长到西瓜那样大,开了。瓣是红的,数不清有多少层,蕊是金黄的,数不清有多少根。由花瓣上,由花蕊里,一种新奇的浓厚的香味放出来,不管是谁,走近了,沾在身上,就永远不散。

年轻的农夫还是照常工作,在田地里来来往往。从这棵稀奇的花旁边走过的时候,他稍微站一会儿,看看花,看看叶,由嘴边透出和平的微笑。

乡村的人都来看这稀奇的花。回去的时候,脸上都挂着和平的微笑,都沾了满身的香味。

一粒种子落入国王手中,但没有发芽;落入富翁手中,也不发芽;落入商人手中,还是不发芽;落入军士手中,仍然不发芽;第五次,落入农夫手中,发芽开花了。文中的前四次情节都类似,直到第五次才出现不同结果,这就使故事产生了悬念。不仅是情节的结构,而且是关键语句的结构,作者都反复强调,使读者加深了对主题的理解:被权、名、财、功等各种欲望绑架的种子,发不出生命的芽;而种子的香臭,也取决于主人平和还是功利的心态。

四、童 话

34. 跛乞丐

阅读提示

跛乞丐是一个优秀的、称职的绿色信使。他急他人所急,一心为他人所想,忠于职守,富有同情心。而这样的人,最后沦落到乞丐的地步,是谁的过错?意外?天灾人祸?冷漠的现实世界?他不愿意继承父亲的手艺,选择了走自己的路。很可惜,这条路并没有走到底。没有走到底的原因是什么?

原文品读

街上那个跛乞丐,我们天天看见的,年纪已经很老了。蓬乱的苍白的头发盖没了额角和眉毛;两颗眼珠藏在低陷的眼眶里,放出暗淡的光;脸上的皮肤皱得厉害,颜色跟古铜一样。从破烂的衣领里,可以看见他的项颈,脉络突出,很像古老的柏树干。他的左脚老是蜷曲着,不能着地,靠一根树枝挟在左胳肢窝里,才撑住了身子,不至于跌倒。

他在街上经过,站在每家人家每家铺子的门前,发出可怜的沙哑的声音:"叨光一个吧,好心的先生太太们!"人们总是用很厌烦的口气说:"又来了,讨厌的老乞丐!"随手将一个小钱很不愿意地掷给他。小钱有时落在砖缝里,有时掉在阴沟边。他弯下身子,张大眼睛,寻找那跳跃出来的小钱。好久好久,捡到了,他就换过一家,重新发出可怜的沙哑的声音:"叨光一个吧,好心的先生太太们!"

独有街上的孩子们很喜欢他。他能够讲很多的有趣的故事,使他们不想踢毽子,不想捉迷藏,不想做一切别的玩意儿,只满心欢喜地看着他封满胡子的嘴,等候里边显现出美妙的境界和神奇的人物来。每当太阳快要下去月亮快要上来的时候,他总坐在一棵大榆树底下休息。不必摇铃,不必打钟,街上的孩子们自然会聚集拢来,围在他的身边。于是他开始讲故事了。

跛乞丐讲的故事,孩子们都记得很熟。关于他自己的故事,就是左脚为什么跛了,他也讲给孩子们听过。以下就是孩子们转讲给我的。

他的父亲是个棺材匠。他十三四岁的时候,父亲对他说:"你的年纪渐渐地大了,不可不会一点职业。我看就学了我的本业,将来也当一个棺材匠吧。"

"不,不行。"他回答道,"我看见街上抬过棺材,人家总要吐一口唾沫。人家都不喜欢棺材这个东西。我要是当了棺材匠,不就得一生陪着棺材挨骂么?所以我不愿意。"

父亲大怒道:"你竟敢违抗我的话!我就是棺材匠,几时看见人家骂我讨厌我?"

"我,我就讨厌你,就要骂你。好好一个人,不做别的东西,去做一个个木匣子,把人一个个装在里边!"

父亲怒到极点,举起手里的斧头就向他的头上劈过来。幸亏他双手灵活,抢住了斧头的柄,嘴里喊道:"不要像劈木头一样劈你的儿子!我不是木头呀!"

父亲的手被挡住,狠劲也过去了,就说:"饶了你这条小命吧!可是,你不肯继承我的本业,也就不是我的儿子。今天就离开这里,不许你再跨进我的大门!"

他从此被赶出家门了。肚子渐渐有点饿了,他想,现出必须找一个职业了。但是做什么呢?一时拿不定主意。他就沿着街道走去,看有什么愿意做的事情。

有个孩子趴在楼窗上,望着街那头的太阳,天真地说:"这是时候了,爸爸的心,爸爸的信,该在绿衣人的背包里吧。安慰人们的绿衣人呀,你快快来到我家的门前吧!"

他听了孩子的话,深深地点点头,仍旧朝前走去。

矮矮的竹篱内有一间书房,窗正开着。有个青年坐在里边,伏在桌上写东西,忽然抬起头看看墙上的钟,满怀希望地说:"这是时候了,朋友的心,朋友的信,该在绿衣人的背包里吧。安慰人们的绿衣人呀,你快快来到我的竹篱外边吧!"

他听了青年的话,更深深地点点头,仍旧朝前走去。

路旁是一个公园,有个女郎坐在凉椅上,对着花坛里的花出神。树上的鸟儿一阵叫,把她惊醒了。她四围望望,自言自语说:"这是时候了,他的心,他的信,该在绿衣人的背包里吧。安慰人们的绿衣人呀,你快快来到我的家里吧!"她站起来,匆匆地走了。看她步子这样轻快,知道她的希望正火一般地燃烧呢。

听了女郎的话,他很高兴地拍着手道:"我已经选定了我的职业了!"

他奔到邮政局里,自称愿意当一个绿衣人。邮政局里允许了,给他一身绿衣服和一个绿背包。他穿上绿衣服,背上了绿背包,就跟每个在街上看见的绿衣人一模一样了。

他当绿衣人比别人走得快。他取了信连忙向背包里塞,背包胀得鼓鼓的,像胖子的肚子。他拔脚就跑,将每封信送到等候信的人的手里,还恳切地说:"你的安慰来了,你的希望来了,快拆开来看吧!"说罢,他又急忙跑到第二个等候信的人的面前。

人们都非常欢喜他。从他手里接到信,除了信里的安慰,还先从他的话里得到安慰。所以人们只希望接到他送来的信。人们又想,发出去的信由他投送,收信的人一样可以得到分外的安慰,所以都愿意把信交到他的手里。

他的背包跟不断打气的气球一样,越来越鼓了。别的绿衣人的背包跟乞丐的肚子一样,越来越瘦了。他背着沉重的背包,羊一般地飞跑,不怕疲倦,也不想休息。

街旁有一所屋子,藤萝挂满了门框,好像个仙人住的山洞。他每回经过这家门前,总见一个姑娘站在那里,忧愁地问他:"你的背包里可有他的信?"他很不安地回答说:"很抱歉,没有他的信。"姑娘两手掩着脸,伤心地哭了。

姑娘盼望的是她情人的信,也是她情人的心。情人离开了她,去到什么地方,她不知道,也没有来过一封信。她天天在门前等着,等候这可爱的绿衣人经过。可是她终于伤心地哭了,两手掩着脸。

这一天他经过这家门前,姑娘照旧悲哀地问他。他又只好回答:"很抱歉,没有他的信。"姑娘好像要晕过去了,哭得只是呜咽。停了一会,才断断续续地说:"三年前的今天,他离开了我。整整的三年,没有一点信息,不知道他的心在哪里了!"说罢,更加呜咽不止。

他听了非常难过,就安慰姑娘说:"你不要哭,滴干了眼泪是不好的。我一定替你去找寻,把你要的他的心带给你。三天,不出三天!"

姑娘止住了啼哭,向他点点头表示感激,含着泪水的眼睛放出希望的光。

他就日夜不停地走,穿过了白天不见太阳、夜晚不见月亮的树林,经过了没有水也没有草的沙漠,爬过了有毒蛇猛兽的峻峭的山岭,才找到了姑娘的情人所在的地方。他告诉姑娘的情人,姑娘怎样地思念,怎样地哀伤,怎样地啼哭。姑娘的情人被感动了,立刻写了一封很长的信,极真挚的信,把整个心藏在里边了。写好之后,就交给他,托他送给那个姑娘。

他拿了信,爬过了有毒蛇猛兽的峻峭的山岭,经过了没有水也没有草的沙漠,穿过了白天不见太阳、夜晚不见月亮的树林,来到姑娘的门前——来回刚好是三天工夫。

姑娘已经在门前等候,看见了他连忙问:"我要的心,我要的心呢?"他不作声,就把信交给姑娘。姑娘马上拆开来看,越看越露出笑容,看到末了就快乐地说:"他爱我,他依然爱我呢!可爱的绿衣人,多谢你的帮助!"

"这算得什么呢?只要你得到安慰,我什么都愿意的。"他高兴地回答。

他回到邮政局里。邮政局里因为他三天没有到差,罚去他一个月的工钱。他依然羊一般地飞跑,把安慰送给人们。

在街上,他常常遇见一个孩子,拦住他说:"我有一封信,寄给去年的朋友小燕子,请你带了去吧!"他很不安地回答说:"很抱歉,不晓得小燕子住在什么地方,没有法子替你带去。"那孩子呆呆地站着,现出失去了伴侣的苦闷的神色。

孩子的朋友小燕子去年住在孩子家里,他们俩一同在屋檐下歌唱,一同到草地上游戏,一刻也不分离。秋天到了,小燕子忧愁地对孩子说:"要跟你分别了,我的家族要迁居了。"孩子十分不愿意,但是没有法子,只得含着眼泪送走了她的朋友。小燕子去后,孩子十分想念,就写了一封信,希望最可爱的绿衣人能给她带去。可是她终于呆呆地站着,现出失去了伴侣的苦闷的神色。

这一天他送信,在街上经过,一个妇人拦住了他,对着他哭,伤心得连话也说不成了,拿着一封信向他的背包里乱塞。他一看,就是孩子天天拿着的那封信,上面很有些手指的污痕了。他问妇人说:"孩子怎么了?"妇人勉强抑住了哭,哀求他说:"我的孩子病了,昏倒在床上。她迷迷糊糊地说,一定要把她的这封信寄去。你给她带了去吧,可怜可怜我的孩子吧!"说罢,她的眼泪成串地往下掉。

他听了十分难过,就安慰妇人说:"你不要哭,回去陪着你的孩子吧。我一定替她去找寻小燕子,把她的信送到。你回去告诉她,叫她放心。"

妇人收住了眼泪,向他说了声"多谢",慈祥的脸上露出一丝笑容。

他就日夜不停地走,经过了树木长得很高很大的炎热的地方,渡过了风浪险恶的海洋,才寻到了小燕子所在的海岛。他把信交给小燕子,并且告诉他,孩子怎样想念他,怎样害了病。小燕子快活地扑着翅膀说:"我也给她写了一封信,没法寄,想念得快要生病呢。你既然来了,我的信就托你带去吧。"

他拿了小燕子的信,渡过了风浪险恶的海洋,经过了树木长得很高很大的炎热的地方,来到孩子的家里——来回一共是五天工夫。

孩子看见他,连忙问:"我的信,我的心寄去了么?"他把小燕子的信交给孩子,对孩子说:"这是你没想到的东西。"孩子连忙拆开来看,快活得只是乱跳,欢呼道:"他快来看我了!他快来看我了!可爱的绿衣人,多谢你的帮助!"

"这算得什么呢?只要你得到安慰,我什么都愿意的。"他高兴地回答。

他回到邮政局里。邮政局里因为他五天没有到差,罚去他两个月的工钱。

有一天,他送信经过街上,看见一个猎人抱着猎枪,坐在凉椅上打盹,身旁堆着好几头打死的野兽。忽然听见有个很弱很弱的声音在招呼他:"一封紧急的快信,烦你送一送吧!"他仔细一看,原来有一头野兔还没有死,血沾满了灰色的毛,凝成一团,样子很难看,眼睛已经睁不大开,前爪拿着一封信。

他问野兔:"你怎么啦?"野兔忍着痛回答说:"我中了枪弹,快要死了。我死算不了什么,就是不放心我的许多同伴。我们这几天开春季联欢会,聚集在一起,在山林里取乐。我刚才听这位打盹的先生说:'那边东西多,明天要约几个打猎的朋友,多多地打它一回。'就觉得我的死绝不是值得害怕的事情了。我这封快信,就是要告诉我的同伴,不要只顾快乐;灾难快要到临,赶紧避开吧!"野兔的声音越来越弱,话才说完,四条腿轻轻地挺了几挺,就跟着他旁边的同伴一同长眠了。

他听着看着,心里很难过,不觉滴下眼泪来。他连忙拾起野兔的信,照着信封上写的地方奔去。越过了很深的山涧,爬上了很陡的崖石,钻进了很密的树林,他才到了野兔的同伴们聚集的地方。山羊,梅花鹿,野兔,松鼠,都在那里歌唱,都在那里跳舞;鲜美的果子堆得满地。

小兽们玩儿得正高兴,看见了他,觉得有点奇怪,都走近来打听。他把野兔的信交给小兽们。小兽们看了都非常惊慌,纷纷向密林中逃窜。正在这时候,起了一种嘈杂的声音。

他才回转身,不知什么地方发来"呼"的一枪,一颗枪子打中他的左腿,他昏倒了。

他醒转来以后,用草叶裹了受伤的腿,一步一颠回到邮政局里。又是两天没有到差了,这是第三次犯过失,跛子又本来不适宜送信,邮政局就不要他了。

他再不能做什么事,就成了乞丐。

跛乞丐的经历,很富有传奇色彩。他的命运是复杂的,作者在赞美他的时候,也把这个世界上一些有价值的东西撕裂了给我们看。这就是我们说的悲剧的艺术,艺术中的悲剧意识。虽然他是一个跛足的乞丐,我们同情他,但更钦佩和热爱他。

在这个故事中,绿衣人的每一次行动都是相对独立的,但每次行动的后果都会累积到他的身上,直至最后一次终被辞退,成了乞丐。在相似情节的反复中,跛乞丐的形象愈加高大。作者分别选择了人与人之间的思念之情、人与动物之间的友谊讯息、动物与动物之间的同生共死这三种情感进行投递,在丰富情节内容的同时,也表达了作者倡导的人与人、人与自然大和谐共处的思想。

35. 画　眉

　　这是一篇探讨人生的意义和价值的童话。安逸的生活，如果没有意义和价值，浑浑噩噩，那实在不算什么幸福的生活，如同本篇童话中的画眉一样。从本意上说，画眉是在思考生活，它不知道自己在唱什么，为什么歌唱，所以，它去寻找答案了。

　　一个黄金的鸟笼里，养着一只画眉。明亮的阳光照在笼栏上，放出耀眼的光辉，赛过国王的宫殿。盛水的罐儿是碧玉做的，把里边的清水照得像雨后的荷塘。鸟食罐儿是玛瑙做的，颜色跟粟子一模一样。还有架在笼里的三根横棍，预备画眉站在上面的，是象牙做的。盖在顶上的笼罩，预备晚上罩在笼子外边的，是最细的丝织成的缎子做的。
　　那画眉，全身的羽毛油光光的，一根不缺，也没一根不顺溜。这是因为它吃得讲究，每天还要洗两回澡。它舒服极了，每逢吃饱了，洗干净了，就在笼子里跳来跳去。跳累了，就站在象牙的横棍上歇一会儿，或者这一根，或者那一根。这时候，它用嘴刷刷这根羽毛，刷刷那根羽毛，接着，抖一抖身子，拍一拍翅膀，很灵敏地四处看一看，就又跳来跳去了。
　　它的声音温柔，宛转，花样多，能让听的人听得出了神，像喝酒喝到半醉的样子。养它的是个阔公子哥儿，爱它简直爱得要命。它喝的水，哥儿要亲自到山泉那儿去取，并且要过滤。吃的粟子，哥儿要亲手拣，粒粒要肥要圆，并且要用水洗过。哥儿为什么要这样费心呢？为什么要给画眉预备这样华丽的笼子呢？因为哥儿爱听画眉唱歌，只要画眉一唱，哥儿就快活得没法说。
　　说到画眉呢，它也知道哥儿待它好，最爱听它唱歌，它就接连不断地唱歌给哥儿听，哪怕唱累了，还是唱。它不明白张开嘴叫几声有什么好听，猜不透哥儿是什么心。可是它知道，哥儿确是最爱听它唱，那就为哥儿唱吧。哥儿又常跟同伴的妹妹兄弟们说："我的画眉好极了，唱得太好听，你们来听听。"妹妹兄弟们来了，围着看，围着听，都很高兴，都说了很多赞美的话。画眉想:"我实在觉不出来自己的叫声有什么好听,为什么他们也一样地爱听呢?"但是这些人是哥儿约来的,应酬不好,哥儿就要伤心,那就为哥儿唱吧。

一天天地过去,它的生活总是照常,样样都很好。它接连不断地唱,为哥儿,为哥儿的妹妹兄弟们,不过始终不明白自己唱的有什么意义和趣味。

画眉很纳闷,总想找个机会弄明白。有一天,哥儿给它加食添水,完了忘记关笼门,就走开了。画眉走到笼门,往外望一望,一跳,就跳到外边,又一飞,就飞到屋顶上。它四处看看,新奇,美丽。深蓝的天空,飘着小白帆似的云。葱绿的柳梢摇摇摆摆,不知谁家的院里,杏花开得像一团火。往远处看,山腰围着淡淡的烟,好像一个刚醒的人,还在睡眼蒙眬。它越看越高兴,由这边跳到那边,又由那边跳到这边,然后站住,又看了老半天。

它的心飘起来了,忘了鸟笼,也忘了以前的生活,一兴奋,就飞起来,开始它也不知道是往哪里的远方飞。它飞过绿的草原,飞过满盖黄沙的旷野,飞过波浪拍天的长江,飞过浊流滚滚的黄河,才想休息一会儿。它收拢翅膀,往下落,正好落在一个大城市的城楼上。下边是街市,行人,车马,拥拥挤挤,看得十分清楚。

稀奇的景象由远处过来了。街道上,一个人半躺在一个左右有两个轮子的木槽子里,另一个人在前边拉着飞跑。还不只一个,这一个刚过去,后边又过来一长串。画眉想:"那些半躺在木槽子里的人大概是没腿吧?要不,为什么一定要旁人拉着才能走呢?"它就仔细看半躺在上边的人,原来下半身蒙着很精致的花毛毯,就在毛毯靠下的那一边,露出擦得放光的最时兴的黑皮鞋。"那么,可见也是有腿了。为什么要别人拉着走呢?这样,一百个人里不就有五十个是废物了吗?"它越想越不明白。

"或者那些拉着别人跑的人以为这件事很有意思吧?"可是细看看又不对。那些人脸涨得通红,汗往下滴,背上热气腾腾的,像刚离开锅的蒸笼盖。身子斜向前,迈大步,像正在逃命的鸵鸟,这只脚还没完全着地,那只脚早扔出去。"为什么这样急呢?这是到哪里去呢?"画眉想不明白。这时候,它看见半躺在上边的人用手往左一指,前边跑的人就立刻一顿,接着身子一扭,轮子,槽子,连上边半躺着的人,就一齐往左一转,又跑下去。它明白了,"原来飞跑的人是为别人跑。难怪他们没有笑容,也不唱赞美跑的歌,因为他们并不觉得跑是有意义和趣味的。"

它很烦闷,想起一个人当了别人的两条腿,心里不痛快,就很感慨地唱起来。它用歌声可怜那些不幸的人,可怜他们的劳力只为一个别人,他们做的事没有一些儿意义和趣味。

它不忍再看那些不幸的人,想换个地方歌一会儿,一飞就飞到一座楼房的绿漆栏杆上。栏杆对面是一个大房间,隔着窗户往里看,许多阔气的人正围着桌子吃饭。桌上铺的布白得像雪。刀子,叉子,玻璃酒杯,大大小小的花瓷盘子,都放出晃眼的光。中间是一个大花瓶,里边插着各种颜色的鲜花。围着桌子的人呢,个个红光满面,眼眯着,像是正在品评酒的滋味。楼下传来声音。它赶紧往楼下看,情形完全变了。一个长木板上,刀旁边,一条没头没尾的鱼,一小堆切成丝的肉,几只去了壳的大虾,还有一些切得七零八碎的鸡鸭。木板旁边，水缸，盛水桶，盘，碗，碟，匙，各种瓶子，煤，劈柴，堆得乱七八糟，遍地都是。屋里有几个人，上身光着，满身油腻，正在浓厚的油烟、蒸气里忙忙碌碌。一个人脸冲着火，用锅炒什么。油一下锅，锅边上就冒起一团火，把他的脸、胳膊烤得通红。菜炒好了，倒在花瓷盘子里，一个穿白衣服的人接过去，上楼了。不一会儿，就由楼上传出欢笑的声音，刀子、叉子的光又在桌面上闪起来。

画眉就想："楼下那些人大概是有病吧？要不，为什么一天到晚在火旁边烤着呢。他们站在那里忙忙碌碌，是因为觉得很有意义和趣味吗？"可是细看看，都不大对。"要是受了寒，为什么不到家里蒙上被躺着？要是觉得有意义，有趣味，为什么脸上一点儿笑容也没有？为什么不做熟了自己吃？对了，他们是听了穿白衣服的人的吩咐，才皱着眉，慌手慌脚地洗这个，炒那个。他们忙碌，不是自己要这样，是因为别人要吃才这样。"

它很烦闷，想起一个人成了别人的做饭机器，心里不痛快，就很感慨地唱起来。它用歌声可怜那些不幸的人，可怜他们的劳力只为一些别人，他们做的事没有一些儿意义和趣味。

它不忍再看那些不幸的人，想换个地方歌一会儿，一展翅就飞起来。飞过一条弯弯曲曲的胡同，僻静得很，就从那里悠悠荡荡地传出三弦和一个女孩子歌唱的声音。它一拢翅膀，落在一个屋顶上。屋顶上有个玻璃天窗，它从那里往下看，一把椅子，上边坐着个黑大汉，弹着三弦，一个十三四岁的女孩子站在旁边唱。它就想："这回可看到幸福的人了！他们正奏乐唱歌，当然知道音乐的趣味了。我倒要看看他们会乐到什么样子。"它就一面听，一面仔细看着。

没想到完全不是那么回事，它又想错了。那个女孩子唱，越唱越紧，越唱越高，脸涨红了，拔那个顶高的声音的时候，眉皱了好几回，眉上的青筋露出来，胸一起一伏，几乎断了气。调门好容易一点点地溜下来，可是唱词太繁杂，字像流水一样往外滚，连喘口气也为难，因而后来嗓子都有点儿哑了。三弦和歌唱的声音停住，那个黑大汉眉一皱，眼一瞪，大声说："唱成这样，凭什么跟人家要钱！再唱一遍！"女孩子低着头，眼里水汪汪的，又随着三弦的声音唱起来，这回像是更小心了，声音有些颤。

画眉这才明白了，"原来她唱也是为别人。要是她自己可以随便主张，她早就到自己的房里去休息了。可是办不到，为了别人爱听，为了挣别人的钱，她不能不硬着头皮练习。那个弹三弦的人呢，也一样是为别人才弹，才逼着女孩子随着唱。什么意义，什么趣味，他们真是连做梦的时候也没想到。"

它很烦闷，想起一个人成了别人的乐器，心里不痛快，就很感慨地唱起来。它用歌声可怜那些不幸的人。可怜他们的劳力只为一些别人，他们做的事没有一些儿意义和趣味。

画眉决定不回去了，虽然那个鸟笼华丽得像宫殿，它也不愿意再住在里边了。它觉悟了，因为见了许多不幸的人，知道自己以前的生活也是很可怜的。没意义的唱歌，没趣味的唱歌，本来是不必唱的。为什么要为哥儿唱，为哥儿的妹妹兄弟们唱呢？当初糊里糊涂的，以为这种生活还可以，现在见了那些跟自己一样可怜的人，就越想越伤心。它忍不住，哭了,眼泪滴滴嗒嗒的,简直成了特别爱感伤的杜鹃了。

它开始飞,往荒凉空旷的地方飞。晚上,它住在乱树林子里。白天,它高兴飞就飞,高兴唱就唱。饿了,就随便找些野草的果实吃。脏了,就到溪水里去洗澡。四处不再有笼子的栏杆围住它,它愿意怎么样就怎么样。有时候,它也遇见一些不幸的东西,它伤心,它就用歌声来破除愁闷。说也奇怪,这么一唱,心里就痛快了,愁闷像清晨的烟雾,一下子就散了。要是不唱,就憋得难受。从这以后,它知道什么是歌唱的意义和趣味了。

世界上,到处有不幸的东西,不幸的事情——都市,山野,小屋子里,高楼大厦里。画眉有时候遇见,就免不了伤一回心,也就免不了很感慨地唱一回歌。它唱,是为自己,是为值得自己关心的一切不幸的东西和事情。它永远不再为某一个人或某几个人的高兴而唱了。

画眉唱,它的歌声穿过云层,随着微风,在各处飘荡。工厂里的工人,田地上的农夫,织布的女人,奔跑的车夫,掉了牙的老牛,皮包骨的瘦马,场上表演的猴子,空中传信的鸽子……听见画眉的歌声,都心满意足,忘了身上的劳累,心里的愁苦,一齐仰起头,嘴角上挂着微笑,说:"歌声真好听!画眉真可爱!"

作者用儿童的眼光、儿童的幻想以及明白晓畅的语言为我们描绘了一个充满诗意的童话世界。他用孩子们天真明亮的眼睛观照世界,用浪漫主义的手法和轻灵的笔触描写孩子们可爱的笑靥和瑰丽多姿的奇思异想,营造了一个充满幻想色彩和诗意化的童话意境。文中从童话题材到童话内容都极具有民族化的特色,如"弯弯曲曲的胡同""悠悠荡荡的三弦声""像刚离开锅的蒸笼盖",就体现了鲜明的民族色彩。

画眉虽然看到了冷酷的现实,但它也找到了自己的人生支点——为普通人而歌。其实,这也是作者在表白心迹。他所有的作品都是为那些平凡而又普通的人写的,他在抒写他们的命运和生活。

36. 旅 行 家

故事说的是在很远很远的星球上,住着一位大旅行家,他游历过很多地方后,决定到地球上去看一看。他来到地球上后,受到了热情的款待,可是他发现了奇怪的现象:同样是人,有的人吃丰盛的食物,可是有的人只能吃一小碟咸豆;有的人穿丝绸,可有的人只能穿破旧的衣服;他们甚至还把东西藏在箱子里,准备以后需要的时候用。这是为什么呢?

人有富人和穷人之分,没有钱,就不能得到自己需要的东西。旅行家觉得地球上的人一点儿也不聪明,他教人们做了一台机器,只要按一下机关,就能得到自己想要的东西。从此,地球上的人渐渐忘记了换东西的钱,忘记了收藏东西用的箱子。

很远很远的一个星球上,有个大旅行家。土星,木星,天王星,海王星,他都游历过。回家休息了一年,觉得住在家里太气闷了,又想出去游历游历。他就提了个皮包,走出了家里。到什么地方去呢?他想总要到个有趣的地方去;听说地球上面有好多人,而且那些人是很聪明的,他们能够想出种种聪明的方法,造成种种聪明的器具,大家过很好的生活。这地球一定是个有趣的地方,倒不可以不去看看。他这么想,就决定游历地球。

他先寄了一封信到地球上,告诉地球上的人说,自己要到地球上游历了。地球上的人立刻忙起来了,要想出很客气的方法来欢迎他,因为他从很远很远的一个星球上来,是个应当尊敬的客人。后来决定在东海边上,扎起一个极大极大的牌楼,上面都是各色的鲜花,花衬着翠绿的树叶。这就算地球上的大门,这尊敬的客人就从这里进来。大门里面,凡是能够奏音乐的,都聚集在那里,编成一个极大的音乐队。等到尊敬的客人来的时候,一齐把最好听的曲调奏起来。

旅行家乘了一艘轻快的飞艇,离开了自己的星球,向地球前进。他经过了不可计量的空间,穿过了不知多少层的云,看见了不知多少颗星儿的面目,才到了地球的大门前,东海之边。地球上欢迎的人便欢呼起来,好听的音乐便吹奏起来,东海的浪声反而听不清了。牌楼上的花儿,含着笑意似的,也在那里抖抖地动摇;想来也是欢迎尊敬的客人的意思吧?旅行家看了听了,心里非常快活;想地球上确是有趣,这等人何等的可亲可爱,又何等的聪明呵!欢迎的盛会散了以后,他就住在一家旅馆里。地球上的人公举出一个全能懂得地球上的事的人来陪他,预备他游历时候随意询问。

吃饭的时候,他吃的是上好的菜,味道香美,分量又多,没有吃完,就觉胃涨紧了。看看旁边同吃的人,还在那里张大了口装下去。便想这一定有缘故,量来地球上好吃的东西生得太多,不吃掉了,地球上要没有摆处,所以他们尽量地吃,把胃扩大了。他向来没有练习过,胃还是个小小的,只得停了不吃。便站起来出去散步;陪他的人跟着他。

出了旅馆,转了两个弯,走入一条狭小的巷里。两旁的人家也正吃饭呢。他们并没有味道香美的多量的菜,只有一小碟咸豆摆在他们饭碗的前面。旅行家看了,觉得有些奇怪。难道他们的胃特别小么?或者他们不爱吃味道香美的多量的菜么?实在想不明白,只得问了:"我们刚才吃的东西这么多,这么香美,为什么他们只吃一小碟的咸豆?"

陪伴的人面孔上露出一种稀奇的样子,心里正想,这远处星球上来的人有些儿傻气。但一想到他终究是个尊敬的客人,便很客气地回答道:"他们同我们不同;你初来,自然不能明白。大概住在这种巷里的人,都是很穷的。"

"什么叫做穷?我不能明白。穷了就只消吃一小碟子咸豆,我猜来穷就是胃量小的意思吧?"

"不是,并不是。穷就是没有钱。我们地球上,要有钱才能换东西。穷的人没有钱;有也很少,只能换点不好的东西。"

"我更不明白了。钱又是什么东西呢?"

陪伴的人就从口袋里取出一个金元来给旅行家看。旅行家接过金元,看了这一面,又看那一面,这样地翻了好几回。这确是可爱的玩意儿,又小,又亮,又滑。但是他有些不信。"这是小孩子玩弄的小东西,真好玩。可是我不大相信,这个是用来换东西的东西!"

"你不相信,我换给你看。你现在要用些什么东西?"

旅行家想了一想,别的都用不到;坐了一趟飞艇,汗衫有点汗污了,就取一件汗衫罢。他就说:"我现在需用一件汗衫。"

陪伴的人就引他走出狭小的巷,到一个宽大而繁华的市场。在一家铺子里,把金元交给店里的人,一件很美丽的汗衫就拿出来了。

陪伴的人说:"你看,汗衫换来了。这是我们地球上最有名的汗衫,用中国出产的蚕丝织成的,多么软,多么轻!拿在手里,几乎没有分量;一把就捏得拢来。穿在身上,光彩华丽,妙不可言。"

旅行家看汗衫实在好,心里自然欢喜。但立刻又使他疑惑了,因为他对面走来一个人。这个人拖了一辆大货车,身体弯成钩子的样子,一步一顿地走来;他身上的衣衫不要说汗污,简直涂满了泥,而且破了。旅行家问道:"这个人的衣衫脏到这个样子,还不去换一件新的衫子来,同我一样;不知为了什么缘故?"

"他也是个穷的人,哪里来金元去换美丽的衫子呢?"陪伴的人这句话,引起了旅行家刚才还没弄明白的意思,他就再问:"我到底还没有弄明白,为什么一定要用钱去换东西?大家爽爽快快地拣要用的拿,不便当些么?"

"我们地球上向来是这样的,也不知究竟是什么道理。总之,没有钱就不能拿一丝一毫的东西。"

"倘若拿了呢?"

"没有钱而拿人家的东西,叫作强盗,叫作贼。有官吏在那里,可以关他们起来。关强盗和贼的地方叫作监牢,我们有很好的监牢,里面强盗和贼也不少,隔日可以领你去参观参观。"

"关他们起来不是很费事么?他们关在里面又不是很苦么?你们何不给他们些钱,让他们去换东西?官吏也不要了,监牢也用不着了,这何等省事!"

"各人的钱,各人自己用,怎肯给别人?刚才我给你买汗衫的钱,并不是我给你的,是我们公共捐出来供给你的,因为你是个尊敬的客人。此外,你住旅馆,你吃饭,你要用一切东西,都由我们出钱,因为你是个尊敬的客人。"

"这又是什么缘故呢?有余多的钱的,给些与没有钱的,使他们也得去换些要用的东西,岂不大家舒服?"

陪伴的人忍不住笑了,说道:"有了余多的钱,不好留在那里,等到要用的时候用么?何必给予他人?你真不能明白我们地球上的情形。"

"原来这样,我明白了。"

他们两人还在市场之中走,看见一家铺子里在做许多箱子,大大小小,形式不一。旅行家问道:"这又是什么东西?是用来玩的,还是有正当的用处的?"

"这大有正当的用处,一切有用的东西都好藏在里面。"

"我又不明白了,照你所说要用什么可用钱去换。那么有了钱就是了,要用东西的时候,一切都换得到,何必要把东西藏起来呢?"

"你又想不到我们地球上的人的心思了。现在不用的东西,藏了起来,将来好用,便省了钱。即使自己不用,更可留给子孙用,省出来的钱,子孙可买别的东西了。这就是要把东西藏起来的道理。"

旅行家点点头,懂了。但是他的心情,不及没有到地球之前那样高兴了。他想,地球上不见得十分有趣,人家传说的话,不免有点靠不住。地球上的人,看来不见得很聪明;不然何以会想出把钱换东西这种不聪明的方法,造成藏不用的东西的箱子这种不聪明的器具?又何以会过这种一般人吃得胃涨,一般人只吃一小碟咸豆,一般人穿中国蚕丝织成的汗衫,一般人穿满是泥而破烂的衣服的生活?他这么想,不高兴再走了,便回到旅馆里,欲立刻驾了飞艇,回到自己的星球去。

但是他又想,地球上的人待我很好,口口声声称为尊敬的客人。倘若能够想出点方法帮助他们,也可报答他们的好意。他就再出去考查,地球上的情形都明白了,方始回到自己的星球去。走的时候说:"我就要到地球来的;承你们好意,待我再来时,将带一个很好的礼物送你们。"

不多几天,他又来了,仍旧坐了飞艇来。地球的大门口,欢呼的声音,音乐的声音,像前一次一样的高而繁。因为大家要看他带来的礼物,欢迎的人比前更多,几乎要立到海面上去。

他的礼物拿出来了,是一张机器的图样。他对大众说道:"我要教你们造这一种机器。这种机器可以耕种田地,可以制造器具,成功很快,使用又很便。你们愿意试一试么?"

"愿意!愿意!"大众海潮一般喊起来了。

旅行家就到铁厂里,教授工人照他的图样,造成许多架机器。更教他们安放在各处的市场里,各处的田里。大众要看他的机器怎样使用,各处的市场和田野都挤满了人。他把谷种摆在机器里,一按机关,那机器就飞一般的滚。不到半分钟,一亩田播好种了。他又按另一个机关,那机器就滚入树林。不到半分钟,已经制成许多很精美的桌椅。他向大家说:"要它做不论什么事,造不论什么东西,都是这个样子。"大众看得呆了,像遇见了魔术师一样。

一个乡下小女孩,手里拿一绞纱;她心里想,我这纱一定可以托他造一件美丽的衣服了。她就向旅行家说了。旅行家把纱放在机器里,按又一个机关。不过三四秒的工夫,一件美丽的衣服已经制成了,又轻又软,光彩鲜艳,同中国蚕丝织成的有什么分别呢?那乡下小女孩自然快活非常,其余的人也如神仙一般,只顾嘻嘻地笑;齐唱道:"我们的新生活来了!我们的新生活来了!"

旅行家向大家讲,要有什么用处,按那一个机关;大众都明白了。要用钢琴的女郎,走到机器旁边一按机关,就得一架钢琴,拿了去弹奏优美的乐调了。要用温软美丽的衣服的少年,走到机器旁边,一按机关就得一套衣服,穿了去游山游水了。要吃美味的食品的老翁,走到机关旁边一按机关,就得一份食品,自去享用了。要玩好玩的东西的小妹妹,走到机器旁边一按机关,就得几件玩具,自去玩弄了。要用什么东西的人,走到机器旁边,一按机关,就得到心里所要得的东西。

地球上的人忘记了换东西的钱,忘记了收藏东西用的箱子。

　　这是一篇妙趣横生的童话。旅行家无疑是好奇的,他用简单的思维来理解人世的复杂性,却是最接近真理的人。而真理,往往是最简单的,最朴素的,最贴近儿童的。他决定帮助地球人,不仅如此,还改变了这个世界,让世界没有不平等,没有贫困。这是作者美好的理想、善良的愿望。这是一篇让我们认识世界、认识人生、认识社会的童话。现实的不平等,现实的残酷,金钱所带来的一切,人与人地位和阶层的差异等,都在文中得到了充分展示。我们大家都有这样的梦想,即努力建设一个完美的地球。尽管个人的努力是微不足道的,但是人类发展的历史就是靠大家的努力写成的。

四、童 话

37. 傻 子

好人总会得到好报,好运气总会相伴,我们不能不承认,作者是有这份美好的愿望的。在我们很多人看来,傻子是傻的,但作者偏偏要讴歌他,把他塑造成吃苦、吃亏、勤劳、慷慨、献身的人。作者讴歌他身上优秀、闪光的美好品德。如此一来,傻子反而成了大英雄。那么,"傻子"傻吗?

傻子姓什么,叫什么,没有一个人知道。

他一生下来就睡在育婴堂墙上的大抽屉里。当父母生下孩子又无力抚养的时候,就把小孩子放在那个大抽屉里。傻子就是被父母遗弃在抽屉里的孩子,这种事儿总是在半夜里干的。第二天,育婴堂里的人看见抽屉里有个孩子,就收下养着,让乳娘喂给他奶吃。

已经两岁了,他还是又瘦又小,脸上倒有了一些老年人的皱纹。他只能发出"唔哑唔哑"的声音,不会说话,不会叫人,也不会笑。

有一天,乳娘高兴了,抱着他逗他玩。乳娘把一颗粽子糖含在嘴里,让他用小嘴去接,他还没接着粽子糖,才长出来的锋利的门牙却咬破了乳娘的嘴唇。血渗出来了,乳娘觉得很痛,就在他的小脑袋上重重地打了两下,狠狠地骂他:"你这个傻子!""傻子"这个名字从那个时候就开始用了。

傻子六岁出了育婴堂,一个木匠把他领去做徒弟。他举起斧头,胳膊摇摇晃晃,砍下去只能削去木头的一层皮。他使锯子,常常推不动拉不动,弄得面红耳赤。师傅总是先打他几下,才肯帮他教他。挨了打,他从来不哭,似乎也不觉得痛。他举得起斧头他就砍,推得动锯子他就锯,能做什么就做什么,邻居看他这样,都说他真是个傻子。

有一天夜里,天很冷,傻子和师兄两个还在做夜工。富翁家里要赶造一间有五层复壁的暖室,师傅睡觉之前特意吩咐他们说:"今天夜里你们必须把木板全都锯好,明天一早要带到富翁家里去用。你们必须锯完了才可以睡觉。今天夜里要是锯不完,明天我给你们厉害看!"师傅说完,自己去睡了。

傻子听师傅已经睡熟,悄悄地对师兄说:"天这么冷,你又累了,你去睡吧,我来锯。"

师兄伸伸腰,打了个哈欠,说:"我真想睡了,眼睛早就睁不开了。可是木头没锯完,明天怎么对师傅说呢?"

"有我呢!"傻子拍着胸脯说,"你不用管,剩下的木头我来锯,锯到天亮一定能锯完。你的夹被不够暖和,我反正不睡,你把我的破棉絮拿去盖吧。"

师兄听了,就把傻子的破棉絮铺在地上,再铺上自己的夹被。他躺在上面,一会儿就进了他舒适快乐的王国。

傻子见师兄肯听他的话,心里感到非常满足。他一推一拉地锯木板,简直像一台锯木板的机器。

时间过得真快,天亮了,傻子整整锯了一夜,还有两根木头没锯完。师傅醒来听到锯木头的声音,跑来一看,只有傻子一个人在那里锯,还有一个徒弟却裹在破棉絮里睡大觉。

他气极了,跳过去拉开破棉絮就要打。傻子急忙说:"不是他要睡觉,是我叫他睡的。师傅,您不能打他,要打就打我吧!"

师傅一听越发火了。他想:耽误了富翁家的活儿,挨罚是免不了了,都是傻子闯的祸。他举起木尺,使劲朝傻子的脑袋上打,边打嘴里还狠狠地骂:"你这个傻子,让别人偷懒,坏了我的事儿,实在是可恶!"

师傅罚傻子两顿都不能吃饭。到了吃饭的时候,别人三口饭一口菜,狼吞虎咽,吃得可香了!傻子只好站在一旁看,口水都流出来了。

有一天,傻子做完工从人家回来,天色已经黑了。他一个人走在路上,忽然踩到了一件东西,拾起来一看,是一个小口袋,沉甸甸的。他凑在路灯下打开袋子,是十来个雪白光亮的小圆饼儿,一闪一闪的。原来是银元,可是傻子并不知道。

傻子站在路灯下想:"这些又白又亮的东西,我带回去也没有一点儿用处,今夜还是吃两碗饭,盖一条破棉絮。师傅为什么喜欢这些东西呢?"他想来想去,实在想不明白。

在他看来,这些东西对他没有任何作用。于是,他想要把这些白花花的东西扔掉。他正要把口袋朝垃圾桶里扔,转念一想:"这袋东西应该是谁丢的吧!那个人要是跟师傅一样,也挺喜欢这东西,丢失了一定非常伤心。我把它扔进了垃圾桶,那个人找不着,不要哭得死去活来吗?"傻子想到这儿,决定等候那个人来找。

时间一点一点地过去,街上的人越来越少,连巡逻的警察也回家休息了。街上空荡荡的,只有路灯放着静寂的光。始终不见有人来找这一口袋东西,傻子觉得很奇怪:也许是路灯丢失的吧,要不,大家都睡了,它干吗老瞪着一只眼睛不肯睡呢?

突然,那边传来急促的脚步声,但又很轻很轻,似乎怕惊醒了其他人。傻子想:一定是那个人来找丢失的东西了。他借着灯光望去,原来是一位老太太,她一边走一边看着地面,不时地用袖口抹着眼睛。她根本没有瞧见站在一旁的傻子。

"老太太,"傻子迎上去问道,"你是找一口袋又白又亮的东西吗?在这里!"

"快给我吧,阿弥陀佛!"老太太笑了,干瘪的脸笑得真难看。

夜已经很深了,师傅不见傻子回来,一点儿不放在心上,以为他掉在河里淹死了,或者让骗子给拐走了。傻子摸进门去,屋子里一片漆黑,师傅师兄都早就睡着了,鼾声像打雷一样。傻子摸到了自己的破棉絮,一骨碌钻了进去。

第二天天亮,师兄才发觉傻子躺在身旁,就推醒了他,问他昨夜上哪里去了。傻子把经过讲了一遍,师兄听了,从被窝里伸出一只手,指着他的额角说:"你这个傻子!"

这天,傻子做工的那户人家修房子上大梁,照例有糕和馒头分给工人。傻子分得了两块糕和两个馒头。

在回去的路上,傻子遇见一群难民。有的妇女把孩子背在背上,裹在又破又脏的衣服里;有的妇女把孩子抱在胸前喂奶。难民们痛苦地叫唤着,好像一群荒地里的乌鸦。

傻子觉得很奇怪,不知道他们这是怎么了。难民们都看到了他手里的糕和馒头,不时地吞咽着口水。他想:"他们想吃吗?他们未必知道糕是甜的,馒头是咸的。让他们尝一尝吧,反正我回去还有我分内的两碗饭呢。"

于是,傻子把糕和馒头都送给了难民。难民没想到会有这样的好东西送给他们吃。他们不再叫唤,把糕和馒头掰成许多小块,大人小孩都分配到了。他们细细地嚼,舍不得马上咽下肚里,像吃山珍海味那样有滋有味的。傻子在一旁看着,觉得非常有趣。

邻居早就知道傻子有好吃的东西带回来,没等傻子走到门口就拦住他说:"把上梁的糕和馒头,分一半给我吃。"傻子摊开一双空手,笑着说:"你为什么不早跟我说呢?真对不起,我把糕和馒头都给难民了。"

邻居板起脸,吐了口唾沫,拉长了声音说:"你……你这个傻子!"

这一天,所有的工厂都停了工,所有的店铺都歇了业,因为国王要在广场上演说,老百姓都得去听。国王非常勇武,常常带兵攻打邻国,没有一回不打胜仗的。可是最近他打了败仗——头一回被邻国打败了。

傻子跟着大家来到广场上。广场上已经站满了人,好像数不清的蚂蚁。傻子慢慢地向前挤,挤到了演说台下。他抬起头来,看见国王满面怒容,眼睛似乎要射出火来,两撇翘起的胡子好像枪尖一般。他正在演说:

"……从未有过的耻辱!从未有过的这样大的耻辱!咱们只能打胜仗,怎么能让人家给打败呢?可恨的敌人呀,我要把他们全都杀死,一个也不剩。恨不得这时候就有一个敌人站在这里,让我一刀砍下他的脑袋,才解我心头之恨……"

广场上没有别的声音,只有国王一个人在吼叫。傻子非常可怜国王,看他这样恼怒,恐怕立刻会昏倒。可是眼前又没有可以让他砍脑袋的敌人,有什么方法消解他的恼怒呢?傻子一转念,方法有了,他高声喊:

"国王,不必等敌人了! 你要杀一个人解解气,就把我杀了吧!"

"傻子! 傻子!"广场上的人都喊起来。大家都说从来没见过这样傻的傻子,竟敢打断国王庄严的演说。

可是,谁也没想到国王不再发怒了,他的眼睛突然发出慈爱的光。他满脸堆笑地对傻子说:"谢谢你教训了我! 我要把敌人全都杀死;你非但宽恕他们,还愿意代他们死。我实在不如你,以后我再也不打仗了。"

国王请傻子一同进宫里去喝酒。他听说傻子是个木匠,就请傻子雕一座高大的牌楼,好纪念他永远不再打仗。

傻子就动手雕牌楼了。他雕得非常精致,牌楼上有许多和平之神,手里捧着各种乐器,许多野兽安静地伏在他们脚下,听他们演奏。还有各种茂盛的花草树木,好像都在欢乐地随风摇摆。

牌楼完工了。行揭幕礼的那一天,国王亲手把一个大花圈挂在牌楼正中央。全国的百姓都来庆祝,大家向傻子欢呼,把傻子抬了起来,把鲜花撒在他的身上。

走过牌楼跟前的人总要指指点点地说:"快看,这是傻子的成绩。"

赏析品鉴

叶圣陶童话中"三段式"模式(即"性质相同的事件反复三次")是颇具中国特色的。叶氏童话的"三段式"主要是空间化的:事件的安排顺序不需要一定的逻辑联系,三件事不必按时间顺序发展,故事情节可以由叙述人随意安排,这无疑更便于传达作品的主旨。如《傻子》做的四件"傻事"这种"三段式"给了想象更大的飞翔空间,作者可以更自由地设计事件。

在生活中,我们知道有时要正话反说,有时要反话正说,而文学作品中也有这样的,这是一种表达技巧。总之,傻子不傻,不仅不傻,而且有大智慧。我们不能把傻子的成功仅仅归功于运气。

四、童 话

38. 书的夜话

本篇童话续写了三本书的不同经历。紫皮书的主人是一个要看书而没有书、要看书而不看书的人。红皮书的主人凭借藏书来附庸风雅,把自己鼓吹成一个博学多才的文人。破书的主人读破书耗尽心力,但是没对世界做出一点新的贡献。作者仅仅在写书的对话吗?有何深意呢?

年老的店主吹熄了灯,一步一步走上楼梯,预备去睡了。但是店堂里并不就此黑暗,青色的月光射进来,把这里照成个神奇的境界,仿佛立刻会有仙人跑出来似的。

店堂里三面靠墙壁都是书架子,上面站满了各色各样的书。有的纸色洁白,像女孩子的脸;有的转成暗黄,有如老人的皮肤。有的又狭又长,好比我们在哈哈镜里看见的可笑的长人;有的又阔又矮,使你想起那些肠肥脑满的商人。有的封面画着花枝,淡雅得很;有的是乱七八糟的一幅,好像是打仗的场面,又好像是一堆乱纷纷的虫豸。有的脊梁上的金字放出灿烂的光,跟大商店的电灯招牌差不多,吸引着你的视线;有的只有朴素的黑字标明自己的名字,仿佛告诉人家它有充实的内容,无须打扮得花花绿绿的。

这时候静极了,街上没有一点儿声音。月光的脚步向来是没有声响的,它默默地进来,进来,架上的书终于都沐浴在月光中了。这当儿,要是这些书谈一阵话,说说彼此的心情和经历,你想该多好呢?

听,一个温和的声音打破了室内的静寂。

"对面几位新来的朋友,你们才生下来不久吧?看你们颜色这样娇嫩,好像刚从收生婆的浴盆里出来似的。"

开口的是一本中年的蓝面书,说话的声调像一位喜欢问东问西的和善的太太。

"不,我们出生也有二十多年了。"新来的朋友中有一个这样回答。那是一本红面子的精致的书,里面的纸整齐而洁白。"我们一伙儿一共二十四本,自从生了下来,就一同住在一家人家,没有分离过。最近才来到这个新地方。"

"那家人家很爱你们吧?"蓝面书又问,它只怕谈话就此截止。

"当然很爱我们,"红面书高兴地说,"那家人家的主人很有趣,凡是咱们的同伴他都爱,都要收罗到他家里。他家里的藏书室比这里大多了,可是咱们的同伴挤得满满的,没有一点儿空地方。书橱全是贵重的木料做的,有玻璃门,又有木门,可以轮替装卸。木门上刻着我们的名字,都是当今第一流大书法家的手笔。我们住在里面,舒服,光荣,真是无比的高等生活。像这里的书架子,又破又脏,老实说,我从来不曾见过。可是现在也得挤在这里,唉,我们倒霉了!"

蓝面书不觉跟着伤感起来,叹息道:"世间的事情,往往就这样料想不到。"

"不过,二十多年的优越生活也享受得够了。"红面书到底年纪轻,能自己把伤感的心情排遣开,又回忆起从前的快乐来。"那主人得到我们的时候,心头充满着喜悦。他脸上露出十二分得意的神色,告诉他的每一个朋友说,'我又得到了一种很好的书!'他的声调既郑重,又充满着惊喜,可见我们的价值比珍宝还要贵重。每得到一种咱们的同伴,他总是这样。这是他的好处,他懂得待人接物应该平等。他把我们摆在贵重木料做的书橱里,从此再也不来碰我们——我们最安适的就是这一点。他每天在书橱外面看我们一回,从这边看到那边,脸上当然带着微笑,有时候还点点头,好像说:'你们好!'客人来了,他总不会忘记了说:'看看我的藏书吧。'朋友们于是跟他走进藏书室,像走进了宝库一样赞叹道:'好多的藏书啊!'他就谦逊道:'没有什么,不过一点点。可都是很好的书呢!'在许多的客人面前受这样的赞扬,我们觉得异常光荣。这二十多年的生活呀,舒服,光荣,我们真享受得够了!"

"那么你们为什么离开了他呢?"这个问题在蓝面书的喉咙口等候多时了。

"他破产了! 不知道为什么。我们只见他忽然变了样子,眉头皱紧,没有一点笑意,时而搔头皮,时而唉声叹气。收买旧货的人有十几个,历乱地在他家里各处翻看,其中一个就把我们送到这里来了。不知道许多同伴怎样了。也许他们迟来几天,在这里,我们将会跟他们重新相聚。"

"这才有趣呢。你们来到这里,因为主人破了产,而我们来到这里,却因为主人发了财。"

说话的是一本紫面金绘的书。这本书虽然不破,但是沾了好些墨迹和尘土。可见它以前的处境未必怎么好,也不过是又破又脏的书架子罢了。它的语调带着滑稽的意味,好像游戏场里涂白了鼻子引人发笑的角色。

"为什么呢?"蓝面书动了好奇心,禁不住问。

"发了财还会把你丢了!"红面书也有点不相信,"像我们从前的主人,假如不破产,他是永远不肯放弃我们的。"

四、童　话

"哈哈，你们不知道。我的旧主人因为穷，才需要我和我的同伴。等到发了财，他的愿望已经达到，我们对他还有什么用呢？他的经历很好玩，你们喜欢听，我就说给你们听听。反正睡不着，今晚的月光太好了。"

"我感谢你。"蓝面书激动地说，"近来我每晚失眠，谁跟我说个话儿，解解我的寂寞，我都感谢。何况你说的一定是很有趣的。"

"那么我就说。他是个要看书而没有书的人，又是个要看书而不看书的人。怎么说呢？他本来很穷，见到书铺子里满屋子的书，书里有各种的学问，他想：如果能从这些学问中间吸取一部分，只消最小最小的一部分，至少可以把自己的处境改善一点儿吧。但是他买不起书。那时候，他是要看书而没有书。后来，他好容易攒了一点钱，抱着很大的热心跑到书铺子里，买了几种他最想望的书。他看得真用心，把书里最微细的错误笔画都一一校出来了。靠他的聪明，他有了新的发现。他以为把整本书从头看到尾是很愚蠢的，简捷的办法只消看前头的序文。序文往往把全书的大要都讲明白了，知道了大要，不就是抓住了全书的灵魂吗？以后他买了书就按照他的新发现办，一直到他完全抛弃我们。因此，他的书只有封面沾污了，只有开头几页印上了他的指痕，此外全是干干净净的，只看我就是个榜样。你要是问他做什么，他当然是看书。但是单看一篇序文能算看书吗？所以我说，他要看书而不看书。"

"啊，可笑得很。他的发现哪里说得上聪明！"红面书像爽直的青年一样笑了。

"没有完呢！"紫面书故意用冷冰冰的口气说，"我还没有说到他的发财。你们知道他怎样发了财？他看了好几本书的序文，写了一篇文章，题目是《某某几本书的比较研究和批评》，投给了报馆。过了几天，报上把这篇文章登出来了，背后有主笔的按语，说这篇文章如何如何有意思，非博通各种学问的人是写不出来的。他得到了一笔稿费，这一快活真没法比拟。他想：'这才来了！改善处境的道路已经打开，大步朝前走吧！'于是他继续写文章，材料当然不用愁，有许许多多的书的序文在那里。稿费一笔一笔送到，名誉拍着翅膀跟了来，他渐渐成为了不起的人物。学校请他指定学生必读的书，图书馆请他鉴定古版书的真伪。报馆的编辑和演讲会的发起人等候在他的会客室里，一个说：'给我们写一篇文章吧！'一个说：'给我们作一回演讲吧！'他的回答常常是：'没有工夫想。'请求的人于是说：'关于书，你是无所不知的，还用得着想吗？你的脑子犹如大海，你只要舀出一勺来，我们就像得到了最滋补的饮料了。'他迟疑再三，算是勉强答应下来。请求的人就飞一般回去，在报上刊登预告，把他的名字写得饭碗一样大，还加上'读书大家''博览群书'一类的字眼。有一天，他忽然想到计算他的财产。'啊，成了富翁了吗！'他半信半疑地喊了出来。他拧了一下自己的大腿，感觉到痛，知道并非在梦中。他就想自己已经成了富翁，何必再去看那些序文呢？可做的事情不是多着吗？他招了个旧货商来，把所有的书都卖了，从此他完全丢开我们了。现在，他已经开了个什么公司在那里。"

"原来是这样！"蓝面书自言自语，它听得出了神。

"在运走的时候,我从车上摔了下来。我躺在街头,招呼同伴们快来扶我。他们一个也没听见,好像前途有什么好境遇等着他们,心早已不在身上了。后来一个苦孩子把我捡起来,送到了这里。"紫面书停顿一下,冷笑说,"我心里很平静,不巴望有什么好境遇,只要能碰到一个真要看我的主人,我就心满意足了。"

"真要看书的主人,算我遇到得最多了。然而也没有什么意思。"说这话的是一本破书,没有封面,前后都脱落了好些页,纸色转成灰黑,字迹若有若无。它的声音枯涩,又夹杂着咳嗽,很不容易听清楚。

红面书顺着破书的意思说:"老让主人看确乎没有意思,时时刻刻被翻来翻去,那种疲劳怎么受得了。老公公,看你这样衰弱,大概给主人们翻得太厉害了。像我以前,主人从不碰我,那才安逸呢。"

"不是这个意思。"破书摇摇头,又咳嗽起来。

"那倒要听听,老公公是什么意思。"紫面书追问一句。它心里当然不大佩服,以为书总是让人看的,有人看还说没意思,那么书的种族也无妨毁掉了。

"你们知道我多大年纪?"破书倚老卖老地问。

"在这里没有一个及得上你,这是可以肯定的。你是我们的老前辈。"蓝面书抢出来献殷勤。

"除掉零头不算,我已经三千岁了。"

"啊,三千岁! 古老的前辈! 咱们的光荣!"许多静静听着没开过口的书也情不自禁地喊出来。

"这并不稀奇,我不过出生在前罢了,除了这一点,还不是同你们一个样?"破书等大家安静下来,才继续往下说,"在这三千多年里头,我遇到的主人不下一百三十个。可是你们要知道,我流落到旧书铺里,现在还是第一次呢。以前是由第一个主人传给第二个,第二个又传给第三个,一直传了一百几十回。他们的关系是师生:老师传授,学生承受。老师干的就是依据着我教,学生干的就是依据着我学。传到第一二十代,学起来渐渐难了,等到明白个大概,可以教学生了,往往已经是白发老翁。再往后,当然也不会变得容易一些。他们传授的越来越少了,在这个人手里掉了三页,在那个人手里丢了五页,直把我弄成现在这副寒酸的样子。"

"老公公,你不用烦恼,"蓝面书怕老人家伤心,赶紧安慰他,"凡是古老的东西总是破碎不全的。破碎不全,才显得古色古香呢。"

"破碎不全倒也没有什么,"破书的回答出于蓝面书的意料,"我只为我的许多主人伤心。他们依据着我耗尽心力学,学成了,就去教学生。学生又依据着我耗尽心力学,学成了,又去教学生。我被他们吃进去,吐出来,是一代;再吃进去,再吐出来,又是一代。除了吃和吐,他们没干别的事。我想,一个人总得对世间做一点事。世间固然像大海,可是每一个人应该给大海添上自己的一勺水。我的许多主人都过去了,不能回来了,他们的一勺水在哪里呢！如果没有我,不把吃下去吐出来耗尽了他们的一生,他们也许能干点事吧。我为他们伤心,同时恨我自己。现在流落到旧书铺里,我一点不悲哀。假若明天落到了垃圾桶里,我觉得也是分所应得。"

"老公公说得不错。要看书的也不可一概而论。像老公公遇见的那许多主人,他们太要看书,只知道看书,简直是书痴了,当然没有什么意思。"紫面书十分佩服他说。

月光不知在什么时候默默地溜走了。黑暗中,破书又发出一声伤悼它许多主人的叹息。

赏析品鉴

语言简洁、生动、诗意盎然是叶圣陶童话的艺术成就。本文既简洁明了、活泼生动,又诗意浓郁、生趣盎然;念起来上口,听起来顺耳;既无欧化的句式,又无文言词语。

本文既是写书,其实也是在写人,写形形色色的人,形形色色和书有关的人。每一本书都有自己的命运。这些书的遭遇,会激起我们怎样的情感,相信不同的读者会有不同的感慨。希望读者爱书,爱阅读,善待书。书是有生命的,书是有灵魂的。我们不可以不抱有敬畏之心,不可不持有感恩之情。

五、诗 歌

##

叶圣陶是中国新文学家中带有浓郁古风的一位现代文人。叶圣陶的旧体诗词创作主要有两个高峰期：一个是上世纪三四十年代的抗战时期，一个是新中国成立后的五十至七十年代。叶圣陶的旧体诗词创作在现当代文人圈内享有盛誉。汉语语言学家孙功炎在给《叶圣陶诗词选注》所作的序中认为，叶圣陶的诗词已自成一种风格，可以用"清真沉厚"四个字来概括。这四个字不仅高度凝练地概括了叶圣陶旧体诗词的总体风格，而且还隐含了影响叶圣陶旧体诗词风格形成的两个关键诗人词客：一个是杜甫，一个是周邦彦。所以说，叶圣陶的旧体诗"清真沉厚"，与古风一脉相承。

叶圣陶的新诗率真而洒脱，他的诗歌忠于"真实恳切"这一创作原则。不少新诗充分体现了"五四"的时代精神，诗句含蓄蕴藉，意境邃远，耐人寻味。有些政治抒情诗短小精悍，犀利泼辣，一针见血，酣畅淋漓。他的诗歌对中国新诗歌运动的发展做出了重要贡献。

39. 夜

1919年到1924年是叶圣陶以"五四"为中心的早期创作阶段，其诗歌在创作上忠于"真实恳切"的创作原则，对新诗歌运动的发展做出了重要贡献。《夜》这首诗，抒发了诗人诅咒黑暗、向往光明的思想感情。他的诅咒是力显深痛的，他的呼喊是真挚热烈的。这种对黑暗现实的强烈诅咒，对光明未来的热烈向往，充分体现了"五四"的时代精神。

你将世界包裹！
虽然有煤灯电火，
但是一切都产生了阴影，
显见你是幽晦的，严密的，
最高威权的包裹！

在你的王国里，
恒河沙数弱小的心
各各在那里跳动：
茫昧的恐惧，
生命的厌恶，
失望的叹息，
如愿的满足，
别离的啼泣，
狂欢的搂抱，
恶意的陷害，

标榜的赞扬,
沉湎的痛饮,
蜜恋的低唱,
——是跳动的符号。

冲决你的包裹!
毁灭你的王国!
光明的曙色与世界接吻,
弱小的心才得救啊!

  这首诗开头采用象征手法,用"夜"象征黑暗势力。描写了"夜"的"幽晦"和"严密",指出它是包裹世界的"最高权威",而在"夜"的王国里,有着无数待解救的"弱小的心"在跳动:"茫昧的恐惧,生命的厌恶,失望的叹息,如愿的满足,别离的啼泣,狂欢的搂抱,恶意的陷害,标榜的赞扬……"作者用了一连串的排比,情感表现得复杂而浓烈。在一连串的排比铺垫后,直抒胸臆:"冲决你的包裹! 毁灭你的王国! 光明的曙色与世界接吻,弱小的心才得救啊!"这种对黑暗现实的强烈诅咒,对光明未来的热烈向往,充分体现了"五四"的时代精神。这种直白的诗歌表达方式,在新诗起始阶段是一种"流行色"。

40. 锁闭的生活

叶圣陶写过不少关于日常生活的小诗。《锁闭的生活》写乱草中的蔷薇,因为把自己锁闭起来,常常无端地"猜疑"和"愤怒",所以很快就枯萎了。诗歌表露了诗人不作"套中人"的开放思想和宽广胸怀。

乱草里开着蔷薇,
伊有不遇的幽怨。

红襟鸟在空际歌唱,
也许是赞美伊的姿色;
但伊认为轻薄的嘲笑,
猜疑的心使伊涨红了脸。

小孩子嬉笑着赛跑,
无心地,衣角在伊旁边拂过;
但伊认为故意的侮辱,
愤怒的心便充满伊每一个刺。

"你有这般好颜色,好姿态,
谁不许你做个芳春之女王?"
伊不回答,只将无限的幽怨自咽,
不多时,就寂寂地谢了,萎了。

五、诗 歌

 赏析品鉴

　　这是一首咏物小诗。作者采用拟人手法生动形象地塑造了乱草中幽怨、活在自我封闭的世界里的蔷薇形象。它对外界无端猜疑,对他者常常误会,总是充满了怨恨和愤怒,最终寂寞地凋谢枯萎。诗歌通过写红襟鸟的歌唱、小孩子的嬉笑以及旁白的发问来衬托出"蔷薇"无端的猜疑和愤怒。本诗采用托物言志的手法,借"蔷薇"这一形象来表露对锁闭狭隘思想的批判和对开放思想、宽广胸怀的推崇。

41. 五月三十日

阅读提示

叶圣陶写过一些直接抒情的诗歌,主要是政治抒情诗,如《我的伴侣》《一件短棉袄》《太平之歌》《五月三十日》等。这类短诗是诗人"战斗的投枪,攻守的手足"(鲁迅语),往往一击便中对方要害。诗人在对敌斗争中总是把自己的眼光转向最广大的人民,重视人民的力量,相信人民的力量,这种朴素的群众观点,无疑是他后来走向人民、走向人民革命的重要条件。

原文品读

快枪,奴隶手里的快枪,
向密集的群众开放!
群众有的是什么?
有的是空空的手,
有的是沸腾的心——
要把民族的命运向同胞们讲。
可是,快枪,
奴隶手里的快枪,
就准对密集的群众开放,
如急雨,如飞蝗:
倒的倒了,伤的伤了,
鲜红的血淌在租界的大马路上!

是五月三十日,
是五月三十日,

牢牢记着不要忘!
牢牢记着不要忘!
这一天,公理人道那些美名儿,
被玷污得黑暗无光。
这一天,兽性涨成漫天雾,
恶魔开那残惨的宴飨。
谁是牺牲呢?
你看,
倒的倒了,伤的伤了,
鲜红的血淌在租界的大马路上!

他们说,"没有什么,
不过打死了几只小鸡,何妨?"
他们说,"驱散群众,
最好的办法就是开枪!"
我听见了,
我们听见了。
唏嘘么?
流泪么?
不,决不,
唯有懦怯的弱者才会这样。

同胞,我们彼此是唯有的伴当!
同胞,我们彼此是唯有的伴当!
大家拿出一颗心来,
大家牵起两只手来,
我们不孤单呀,
我们气方壮!
心心融和为大心,
手手紧持成坚障,
要扑灭那恶魔的猖狂,
要洗濯出公理人道固有的辉光,
——为这个,便临对仇敌的快枪,
也没有什么恐慌。

>　　我们记着,五月三十日,
>　　我们的同胞吃了奴隶手里的子弹。
>　　倒的倒了,伤的伤了,
>　　鲜红的血淌在租界的大马路上。

　　这是一首政治抒情诗。本诗以五卅运动为写作背景,以"快枪,奴隶手里的快枪"开头,语言犀利,直指敌人要害。第一节中采用画面感极强的语句"奴隶手里的快枪,就准对密集的群众开放,如急雨,如飞蝗;倒的倒了,伤的伤了,鲜红的血淌在租界的大马路上!"表现了群众喋血街头的惨状。诗歌一旦写实,必然会有强大的震撼力。第二节,作者采用反复的修辞手法:"是五月三十日,是五月三十日,牢牢记着不要忘!牢牢记着不要忘!"强烈呼吁民众要铭记屈辱。最后作者号召人民群众团结起来,坚信人民的力量不可阻挡。全诗多采用短句,短小精悍,犀利泼辣,一针见血,使敌胆寒。"五四"以后,文学成为一种社会干预的力量,这从这样的诗歌创作中可见一斑。

五、诗 歌

42. 鹧鸪天

一个真正的爱国主义者,他总是以祖国独立自由的最可靠和最彻底的保卫者的姿态出现,无论在反对外国侵略者还者是在反对本国反动统治者的斗争中,叶圣陶正是如此。"七七事变"揭开了抗日战争的序幕,但是事变后的一二十天里,国民党政府虽有抗战言论,却不见行动。为此,叶圣陶很怅惘,写下一首《鹧鸪天》,抨击国民党,表明自己积极抗战的豪情壮志。

不定阴晴落叶飞,小红花自媚疏篱。颇惊宿鸟依枝久,亦讶行云出岫迟①。吟止酒,写新词,寻消问息费然疑。同仇敌忾非身外,莫道书生无所施。

本诗写于1937年抗战爆发时期。作为一个爱国知识分子,作者在他这一阶段的诗歌中表现了强烈的爱国情怀和"天下兴亡匹夫有责"的责任感。词的上阕写景,描写天色阴晴不定,落叶纷飞,花自开于篱,作者惊讶宿鸟依枝太久、行云出岫太迟,暗含对国民党没有抗战行动的批判。下阕笔锋一转,表达了自己在国家内忧外患之时,绝不退缩,要为国家贡献一己之力的想法。词的结句"同仇敌忾非身外,莫道书生无所施"意谓不把国事置之身外,哪怕是作为一介书生也要参与到抗日斗争中,尽自己的绵薄之力。词的上下阕形成了鲜明对比,上阕寓情于景,写景起兴,突出了下阕的豪情壮志。

---

① [岫(xiù)] 山峰。

43. 江行杂诗

抗日战争爆发不久,叶圣陶离开故乡苏州,先到杭州,次到汉口,1938年年初入川,度过了长达八年的蜀中生活。本诗写于作者初入蜀地之时。作品饱含了虽处乱离时代,却仍气定神闲,对抗战充满信心的乐观之情。

犹嫌郦注落言诠①,三峡岂容文字传。
一事此行微憾惜,冬晴未睹万重泉。

尽日看山如读画,宋元工笔绝精奇,
纤毫点染具深味,何数倪迂小品为②。

故乡且付梦魂间,不扫妖氛誓不还。
偶与同舟作豪语,全家来看蜀中山。

《江行杂诗》共三首。第一首中"犹嫌郦注落言诠,三峡岂容文字传"应用郦道元的典故表明三峡之美文字难以表现,表明作者虽处颠沛流离之中,却依然气定神闲。第二首写得妙趣横生,不直言蜀地之美,而是采用侧面表现之法,说蜀地犹如宋元的工笔画那样精美

---

① [郦注] 郦道元写《三峡》一文,用以表现三峡之美。
② [倪迂] 元末明初画家、诗人倪瓒。因性狷介、怪癖多,人称"倪迂"。

奇秀,纤毫点染颇具韵味,能比得上元代名家倪瓒的画作。在逃亡途中仍能欣赏蜀地的美,体现了作者宽广的胸襟和气概。第三首直抒胸臆,立下了抗日救亡的铮铮誓言:"故乡且付梦魂间,不扫妖氛誓不还",这是诗人爱国热情的具体表现。三首绝句,信手写来,非常轻松,有晚唐人风采。

44. 自北碚夜发经小三峡至公园

这首诗是作者入蜀时所作。不难看出，蜀中山水的秀丽，三峡风光的奇伟，固然引人入胜，令人神往，但叶圣陶的入蜀，绝不是寻找一个"世外桃源"，以避兵荒离乱，"何能忘世虑，休说问桃源"，便是最有力的证明。作为一个爱国诗人，他要用自己的笔作武器，参加全民抗日的伟大斗争。

初上月微昏，孤舟发野村。
江流唯静响，滩沸忽繁喧。
浓黑峡垂影，深凹石露根。
何能忘世虑，休说问桃源。

这是一首五言律诗。诗歌的前三联写景，尾联抒情，以尾联抵对前三联，写得十分峻峭。首联用"昏月""孤舟""野村"的意象营造孤寂的意境，交代时空。颔联采用动静结合的手法以声衬静来表现环境的寂静。颈联用"垂影""凹石"来营造一种险要不测之感。在浓浓的孤寂和清幽中，尾联用"何能忘世虑，休说问桃源"作结，情景交融，表现了作者不忘国事，心中常忧的爱国情怀。

45. 游乌尤山

这是叶圣陶游乌尤山时所作的一首七言律诗。本诗描写了乌尤山高耸入云、飘然出尘的美景。面对如此美景,作者想到抗战艰辛、国家危难、自己颠沛流离,一时间家国之悲、兴亡之恨、漂泊之感油然而生。

乌尤耸翠接凌云,石磴虚亭并出尘。
差喜名山随老母①,顾非美景值良辰。
江流不写兴亡恨,云在自怜漂泊身。
木末夕阳淡无语,归樵渐看下前津。

《游乌尤山》又名《近游》,是叶圣陶游乌尤山所作。首联写乌尤山高耸入云,出尘世外,起笔声调高亢。颔联急转入跌宕舒缓,写陪老母登山之事,叹虽有美景却不值良时,此时国家正值乱离,自己也逃难在外。颈联忽又一转,"江流不写兴亡恨"写江流无情,不知兴亡恨,以景之无情衬人之有情;"云在自怜漂泊身"以白云自比,写自己漂泊之感,以景写情,含蓄精妙。尾联以景做结,写夕阳无语,樵夫暮归去渡口,有淡淡的感伤和迷茫之感。

---

① [差]勉强。

46. 水 龙 吟

这首《水龙吟》是叶圣陶"流亡"乐山期间写,可以作为"抗战词"来读。这首词完全是作者心有所感、意有所触、情有所激之作。抗战已经两年了,不但最初的鞭痕没有半点平复,而且创伤的范围越来越大。前方,哀鸿遍地;后方,警报频传。《水龙吟》写的是诗人的"近怀",反映的是那个时代最痛切的国难,中华民族的忧虑和悲痛,读来令人感慨。

举头暗暗云山,秋心飞跃云山外。风陵渡口,洞庭湖畔,捷音迟至。战士无衣,哀鸿遍地,西风寒厉。听连番烽警,惊传飞寇,又几处叫摧毁。

怅恨良朋悠邈,理舟车,愿言难遂。西窗剪烛①,春盘荐韭②,谈何容易。江水汤汤,写愁莫去,够尝滋味。更何心、怀土悲秋,点点洒无聊泪。

上阕,"举头暗暗云山",时值初冬,阴暗的云山更增添了词人的愁绪。"秋心"乃"愁",抗战的局势让作者愁绪满腹。抗战已经两年了,山西境内黄河北岸的"风陵渡",以及长江以南的"洞庭湖",均为主要战场,战况无佳音。前方,西风寒厉,战士无衣,哀鸿遍地;后方,警报频传,敌机轰炸,人民的生命财产化为寒烟。下阕,烽火连天,词人与滞留在上海的朋友们离得越来越遥远了。前途茫茫,东归无期,想象有一天久别重逢,接受老朋友的殷勤

---

① [西窗剪烛] 化用李商隐《夜雨寄北》中"何当共剪西窗烛",表达期盼与友人重逢相聚之情。
② [春盘荐韭] 鲜嫩清香的韭菜是早春时节的盘中餐。

款待,又谈何容易。"西窗剪烛""春盘存韭"皆为用典。汤汤江水,流不尽亡国之恨,徒然愤恨,只能抛洒哀伤而又"无聊"的眼泪。词人"斟唐酌宋",古为今用,即景抒情,"旧瓶"装上了"芳醇"的"新酒",非但没有陈旧的涩味,反而显得清新可喜,言有尽而意无穷。

47. 闻丏翁回愁为喜奉赠二律

夏丏尊是叶圣陶多年的老友兼儿女亲家,叶圣陶跟他经常有书信往来,在这些书信中,两人感怀时局,探讨诗词创作问题,互相勉励关怀。两人还时有诗歌唱酬,如叶圣陶作有《闻丏翁回愁为喜奉赠二律》《至善满子结婚于乐山得丏翁寄诗四绝依韵和之》等诗与夏丏尊相唱和,这些诗歌体现了老友之间质朴深厚的情谊。

颇闻春讯令翁喜,翁喜能回朋辈春。
三驷安排操胜算,五年计划启维新。
残墟胥现庄严相,弱子犹呈锻炼身。
念此牢愁哪复有?轩眉意欲举千钧。

自今想象十年后,我亦清霜上鬓须。
既静烟尘生可恋,欲亲园圃计非迂。
定居奚必青石弄①,迁地何妨白马湖②。
乐与素心数晨夕,共看秋月酌春酤。

《闻丏翁回愁为喜奉赠二律》表现了叶圣陶和夏丏尊之间深厚的情谊。第一首"翁喜

---

① [青石弄]苏州滚绣坊青石弄五号,是叶圣陶的家。
② [白马湖]位于浙江上虞。

能回朋辈春"表现友情之深，当夏丏尊遇喜讯时，也让朋友发自内心地开心。第二、三联写了建校安排之周全，事情向好的方向发展。最后一句"轩眉意欲举千钧"运用夸张的手法表现朋友遇喜事展眉欢颜的情态。整首诗对夏丏尊建白马湖学校充满了祝贺之诚。第二首想象十年后亲近田园、素淡人生的场景。第三联"定居奚必青石弄，迁地何妨白马湖"是说叶圣陶愿意离开苏州迁居浙江上虞白马湖畔。第四联表明叶圣陶愿与老友相伴，留有素心，共看春花秋月。此句化用陶渊明《移居》中的"闻多素心人，乐与数晨夕"，整首诗颇有陶潜的田园风骨。

48. 和佩弦

朱自清和叶圣陶既是性情相投的旧友,在成都时又于国文教学研究上多有合作,往来极为频繁,朱自清对叶圣陶一直都帮助良多。叶圣陶作有《和佩弦》《采桑子·偕佩弦登望江楼》《次韵答佩弦见赠之作》《送佩弦之昆明》等诗词相赠,作品饱含了乱离时代两位质朴文人的深厚情谊。

几经转徙兴非悭,休咏哀时且未还。
杜老草堂欣涉想,青羊深树望如山。
野居渐看群芳发,溪钓聊赊半日闲。
敝褐犹完饭差饱,敢言艰厄损容颜?

附朱自清诗:

鼯鼠心知五技悭,抛砖好语掷珠还。
天孙锦美针无迹,笔阵图成篑覆山。
秩秩足音传谷响,啾啾蚓唱倚身闲。
忽闻匠石求樗栎,只供狂醒一赧颜。

《和佩弦》写于1941年,当时国家内忧外患,叶圣陶逃亡在蜀地。这首诗虽写于乱离之时,却毫无衰飒之气,字里行间充满了从容淡定。"几经转徙兴非悭",虽颠沛流离,却兴致不减,依然有着追求。"野居渐看群芳发,溪钓聊赊半日闲"透露着随遇而安的豁达开朗。"敝褐犹完饭差饱,敢言艰厄损容颜",虽然时局艰难,但仍然能满足温饱,最后一句反问体现了饱满的精神状态和乐观的情绪,这是自我的鼓励,也是对好友的安慰。

49. 送佩弦之昆明

抗战时期,朱自清任西南联合大学教授。当时,按西南联合大学规定的教师"轮休"制度,朱自清可以带薪离校休假一年,于是他决定从1940年夏至1941年夏休假。假期即将结束,朱自清要回昆明西南联大上课了。1941年10月8日启程时,叶圣陶闻讯赶来相送,临别时赠诗二首给朱自清,题为《送佩弦之昆明》。

平生俦侣寡①,感子性情真。
南北萍踪聚,东西锦水滨。
追寻逾密约,相对拟芳醇。
不谓秋风起,又来别恨新。

此日一为别,成都顿寂寥。
独寻洪度井②,怅望宋公桥③。
诗兴凭谁发？茗园复孰招？
共期抱贞粹,双鬓漫萧条。

---

① ［俦侣］朋友。
② ［洪度井］典故。此处指去洪度井凭吊薛涛。
③ ［宋公桥］典故。此处指去宋公桥凭吊宋濂。

　　《送佩弦之昆明》是送别诗。第一首语言朴实,饱含着浓浓的朋友之情。首联"平生侪侣寡,感子性情真"写出对友情的珍视和对朱自清的赞美。"南北萍踪聚,东西锦水滨"写出两人在成都的亲密友情。"追寻逾密约,相对拟芳醇"写两位性情相投的旧友,在成都时相过从,彼此心契。最后一联写出浓浓的离愁别恨,表现了老友间的深情厚谊。第二首饱含浓烈的感情,首联写朱自清走后,在成都的作者顿觉寂寥。"独寻洪度井,怅望宋公桥"写只能独自去望江楼凭吊薛涛,独自去宋公桥凭吊宋濂,此处"洪度井""宋公桥"为典故,指薛涛、宋濂。第三联写好友离去,和谁唱和诗歌、品茗畅谈呢?表达对好友离去的依依不舍之情。整首诗通达清新而又古意盎然,堪称送别中的不俗之作。

50. 鹧鸪天·初至乐山

本词写于词人在抗战时期初到乐山时。词人初到异乡,有对前途的担忧迷茫,有对异乡的不适之感,还有对家乡的思念,但是诗人对抗战的胜利抱有不可动摇的信念,这种信念又是决定他这一时期诗歌的革命乐观主义精神的基础。虽然会有人在旅途的触景伤情,但诗歌中依然有"会看雪冱冰坚后,烂漫花开有好春"的慷慨之音。

忽讶生涯类隐沦,青衣江畔著吟身。更锣灯蕊如中古,翠巘丹崖为近邻①。搔短发,顿长颦,雁声一度一酸辛。会看雪冱冰坚后②,烂漫花开有好春。

词的上阕写词人初到乐山,乐山比较闭塞,生活似乎回到了隐居时代。词人沉吟江畔,无限感伤。乐山一地和家乡迥异,夜里听着打更之锣声,对着油灯,好像回到了中古时代,平时只能和群山为邻。上阕写出了词人初到异地的感伤和孤独。下阕的"雁声一度一酸辛"借雁声传递出词人身在异乡、思念家乡的酸楚之情。但是词人没有停留于哀伤与悲叹中,而是笔锋一转,以"会看雪冱冰坚后,烂漫花开有好春"作结,表达词人乐观豪迈的情怀和抗战必胜的信念。最后一句的笔锋突转使整首词境界一新,鼓舞人心。整首词裁唐句,融宋语,化原句而成神奇。

---

① [巘(yǎn)] 山峰。
② [冱(hù)] 冻结。

五、诗　歌

51. 墨　亡

一九五七年三月,叶圣陶的夫人胡墨林去世。诗人伤怀不已,作悼亡诗《墨亡》,表达了对妻子之死的无限悲痛之情与对妻子的深切怀念之情。

　　　　　同命四十载,此别乃无期。
　　　　　永劫君孤往,余年我独支。
　　　　　出门唯怅怅,入室故迟迟。
　　　　　历历良非梦,犹希梦醒时。

　　本诗语言朴实真挚,从夫妻四十多年相伴起笔,昔日相伴左右,今日一别无期,今昔对比,奠定了诗歌沉痛的感情基调。第二联"君孤往""我独支"两相比较,写出生死两隔的孤独和悲凉。第三联运用细节描写,写自己出门时失魂落魄,回家时迟迟不敢进门,通过这两个细节表现了诗人精神上的痛苦。最后一联寄托着诗人对妻子深沉的思念,过去的一切历历在目难以忘怀,还盼望梦醒时能再次相见。可是,这希望等同于无望,以此句作结,真是无比沉痛!

52. 鹧鸪天

　　叶圣陶除作有悼亡诗《墨亡》外，尚有悼亡词《扬州慢》《鹧鸪天》。《鹧鸪天》也写得感人至深。在四十一年的漫长岁月里，胡墨林和叶圣陶志同道合，祸福与共，她既是叶圣陶生活上的理想伴侣，也是工作上的得力助手。胡墨林的过早逝世，给叶圣陶带来了难以排遣的悲痛，住室中的一景一物，都常常勾起诗人的无限哀思。

　　暝色无端侵小斋。是耶非耶起徘徊。迟归行附三轮至，暂别将驰一简回。
　　徒设想，更伤怀。往时相候候终来。如今已作西山土，暮暮朝朝有独哀。

　　《鹧鸪天》这首词，开篇借"暝色入斋"起笔，"无端"一词用得甚妙，暝色无缘无故侵斋，其实是妻子突然亡故让诗人悲痛欲绝，实是"一切景语皆情语"。诗人起而"徘徊"的细节描写，展开了对往昔生活的回忆：每当黄昏时分，诗人就"徘徊"在书斋里，等候着妻子下班归来。而妻子有时下班迟了，错过了班车，就乘"三轮"赶回。有时因公外出，哪怕是三两天的"暂别"，也要捎回一封书信，以免家人悬念。真是恩爱夫妻，情深挚诚啊！而后由昔及今，今昔对比："徒设想，更伤怀。往时相候候终来。如今已作西山土，暮暮朝朝有独哀。"这样抚今思昔，交错描写，表达了诗人对妻子无限怀念、对妻子去世无限痛惜的情感。